– O GUIA –

Copyright © 1958 by R.K. Narayan
Título original: *The Guide*

Todos os direitos reservados. Nenhuma parte desta publicação poderá ser reproduzida ou transmitida sob qualquer forma ou por quaisquer meios, quer eletrônicos ou mecânicos, incluindo fotocópia, gravação ou qualquer outro sistema de armazenamento ou de recuperação de dados, sem a autorização por escrito da Editora.

PRODUÇÃO EDITORIAL
Luiza Vilela

REVISÃO
Hermínia Totti
Tereza da Rocha

PROJETO GRÁFICO
E DIAGRAMAÇÃO
Retina 78

IMPRESSÃO
Imos Gráfica

AGRADECIMENTOS
Gianluca Manzi
P. C. Balachandran

CIP-BRASIL. CATALOGAÇÃO-NA-FONTE
SINDICATO NACIONAL DOS EDITORES DE LIVROS, RJ

N177g   Narayan, R. K., 1906-2001
            O guia / R. K. Narayan ; tradução Léa Nachbin. - Rio de Janeiro : Guarda-Chuva, 2013.
            il.

            Tradução de: The Guide
            ISBN 978-85-99537-27-5

            1. Índia - Ficção. 2. Ficção indiana. I. Título.

13-0557.   CDD: 828.99353
                           CDU: 821.111(540)-3

25.01.13   29.01.13   042395

Todos os direitos reservados, no Brasil, à Editora Guarda-Chuva Ltda.
Rua Jardim Botânico, 674, sala 315, Jardim Botânico
Cep: 22461-000 – Rio de Janeiro – RJ
Tel: (21) 2239-4023 – E-mail: versal@versal.com.br
www.editoraguardachuva.com.br

– O GUIA –
R.K.Narayan

Tradução: Léa Nachbin

GUARDA·CHUVA

CAPÍTULO UM

Raju gostou da intromissão – um alívio, naquele lugar tão solitário. Imóvel, o homem fitava-o com um respeito reverencial. Raju achou aquilo engraçado e embaraçoso.

"Sente-se, se quiser", disse Raju, para quebrar o gelo.

O outro aceitou a sugestão com um aceno de cabeça e desceu os degraus até o rio, para lavar os pés e a face, retornou, enxugando-se com a ponta da toalhinha de xadrez amarelo apoiada no ombro, e se instalou dois degraus abaixo da lastra de granito onde Raju encontrava-se sentado de pernas cruzadas, como se estivesse num trono, bem do lado de um *shrine* antigo. As copas das árvores entrelaçavam-se compondo uma abóbada que resguardava o curso do rio e farfalhavam com a agitação dos pássaros e dos macacos que se preparavam para o anoitecer. Rio acima, atrás das montanhas, o sol se punha. Raju aguardou que o outro falasse primeiro, porém ele era muito cerimonioso para fazê-lo.

"De onde você é?", perguntou então Raju, receando que o outro lhe devolvesse a pergunta.

O homem respondeu:

"De Mangal."

"E onde fica?"

O outro fez um gesto com o braço indicando a direção da outra margem do rio, para além da ribanceira mais íngreme.

"Não é longe daqui", acrescentou e, por iniciativa própria, ofereceu mais informações sobre si: "Minha filha mora aqui perto. Fui visitá-la e agora estou voltando pra casa. Parti depois do almoço. Ela insistiu em que eu ficasse pra jantar, mas não aceitei. Isso significaria não chegar em casa antes da meia-noite.

Não que eu tenha medo de alguma coisa, mas por que caminhar quando se deve estar na cama dormindo?"

"Parece-me bastante sensato", disse Raju.

Permaneceram quietos por um tempo, escutando o cicio dos macacos. Em seguida o homem disse ainda, como algo que esquecera de mencionar:

"Minha filha é casada com o filho da minha irmã. Então ficou tudo em casa. Quando visito uma, também visito a outra. Para que não haja nenhum problema."

"Mas por que haveria algum problema em visitar a própria filha?"

"Pode ser considerado indiscreto visitar o genro com muita frequência", explicou o aldeão.

Raju estava gostando da conversa fiada. Passara o dia inteiro ali sozinho. Era agradável voltar a ouvir a voz humana. Naquele instante o aldeão pôs-se a admirar suas feições, com profundo respeito. Raju, pensativo, afagou o próprio queixo como que para assegurar-se de que uma barba apostólica não tivesse crescido ali de uma hora para outra. Ainda estava liso. Havia sido barbeado apenas dois dias atrás, pagando pelo serviço com as moedas conseguidas a duras penas durante o tempo passado no cárcere.

Loquaz como sempre e raspando o sabão com sua navalha afiada, o barbeiro perguntou:

"Recém-saído? Imagino."

Raju revirou os olhos e permaneceu calado. A pergunta o irritara, mas era melhor não demonstrá-lo enquanto o sujeito estivesse com a navalha na mão.

"Acabou de sair, não foi?", repetiu o barbeiro, insistente.

Raju achou que de nada adiantaria bancar o durão com aquele sujeito. Estava diante de um tipo experiente. Então perguntou:

"Como é que você sabe?"

"Há vinte anos barbeio as pessoas neste lugar. Não reparou que esta é a primeira barbearia depois do portão da cadeia? Estabelecer-se no local adequado é a alma do negócio. O único problema é a inveja dos concorrentes!", disse, afastando com a mão um exército de barbeiros invejosos.

"Mas você também não atende os internos?"

"Não, só quando saem. Quem barbeia lá dentro é o filho do meu irmão. Não me agrada fazer concorrência a ele e muito menos entrar na cadeia todos os dias."

"Não é tão ruim assim", disse Raju através da espuma.

"Então volte pra lá", replicou o barbeiro e perguntou: "Qual foi o motivo? O que alegou a polícia?"

"Não toco nesse assunto", rebateu Raju, decidido a fechar-se num silêncio inflexível até que o outro terminasse o serviço.

Mas o barbeiro não se deixava intimidar facilmente. Tanto tempo lidando com durões tornara-o casca-grossa o bastante para dizer:

"Dezoito ou vinte e quatro meses? Aposto que foi uma coisa ou a outra."

Raju admirou o sujeito. Era um mestre. De nada adiantava irritar-se.

"Se você é assim tão esperto e já sabe, por que pergunta?"

O barbeiro apreciou o reconhecimento. Seus dedos fizeram uma pausa, ele deu a volta para olhar Raju de frente e disse:

"Para ouvir da sua própria boca. Só por isso. Está escrito na sua cara que você é do tipo que cumpriu dois anos. Você não é um assassino."

"Como é que você sabe?", perguntou Raju.

"Sua cara seria totalmente diferente se tivesse passado sete anos lá dentro, que é a pena mínima para assassinato, sem provas incontestáveis."

"E quais outros crimes não cometi?", perguntou ainda Raju.

"Você não cometeu nada de muito grave. Talvez só alguma coisinha miúda, de pouca monta."

"Muito bem. E o que mais?"

"Você não sequestrou nem violentou ninguém, nem incendiou canto nenhum."

"Por que não diz logo o exato motivo pelo qual fui condenado a dois anos de prisão? Estou disposto a apostar quatro *annas*."

"Não tenho tempo pra ficar de brincadeira", disse o barbeiro enquanto prosseguia a barbeá-lo, perguntando ainda: "E o que vai fazer agora?"

"Não sei ainda. Tenho que ir para algum lugar...", disse Raju, meditativo.

"Se quer mesmo voltar pra companhia dos seus coleguinhas, por que não enfia a mão no bolso de alguém no mercado ou pega um troço qualquer de uma casa que esteja com a porta aberta? Só pra que possam chamar a polícia... Levarão você direto para onde tanto gosta!"

"Não é tão ruim assim", repetiu Raju quase que apontando com a cabeça em direção ao muro do cárcere. "Encontrei muita gente amável por lá; mas odeio ser acordado às cinco da manhã todos os dias."

"Hora a que um gatuno da noite está acostumado a *ir* para cama e não a *sair* dela, não é?", disse o barbeiro numa insinuação muito clara. "Muito bem, acabamos. Pode se levantar", acrescentou, pousando a navalha. Contemplou-o a poucos passos de distância e declarou: "Parece um marajá, agora."

A devoção com que o aldeão no degrau mais baixo continuava a fitá-lo acabou incomodando Raju.

"Por que você fica me olhando desse jeito?" perguntou, de modo brusco.

"Eu não sei", respondeu o homem. "Não tenho intenção de ofendê-lo, senhor."

Raju teria desejado desabafar: "Estou aqui só porque não tenho para onde ir. Preciso ficar longe daqueles que podem me reconhecer." Porém hesitou, perguntando-se como poderia dizer algo do gênero. Tinha a impressão de que só em insinuar a palavra "prisão" estaria ferindo os sentimentos mais profundos da pessoa diante de si. Pensou em dizer ao menos: "Não sou assim tão puro como você imagina. Sou uma pessoa muito banal." Porém, antes que encontrasse as palavras, o outro disse:

"Tenho um problema, senhor."

"Fale-me sobre o que o aflige", disse Raju, deixando aflorar o antigo, antiquíssimo hábito de oferecer-se como guia. Os turistas que o indicavam para seus amigos comentavam, unânimes: "Se tiver a sorte de ter Raju como guia, você aproveitará ao máximo. Ele não só o levará a todos os lugares que valem a pena ser visitados, mas o auxiliará em tudo o que for possível." Fazia parte da natureza dele deixar-se envolver pelos interesses e pelas atividades dos outros. "Senão", refletia Raju com frequência, "eu teria sido capaz de viver como milhares de outras pessoas normais, sem preocupações."

Meus problemas nem sequer teriam começado (diria mais tarde Raju, ao contar a história da vida dele a esse homem que, depois veio a saber, se chama Velan) se não fosse pela Rosie. E por que queria ser chamada de Rosie? Não vinha do estrangeiro. Era uma simples indiana, que se adequaria muito bem a nomes como Devi, Meena, Lalitha ou qualquer outro dos milhares de nomes disponíveis no nosso país. Mas escolheu para si o nome Rosie. Ao ouvir o nome dela, não vá imaginar que ela usasse minissaias ou cortes de cabelo estilizados. Tinha a perfeita aparência da dançaria tradicional que era. Usava saris de tons vivos e barras douradas, o cabelo ondulado, que ela trançava e enfeitava com flores, além dos brincos de diamante e colares de ouro. Assim que tive oportunidade, eu lhe disse quão esplêndida bailarina ela era e como ela enaltecia as nossas tradições culturais. Ela ficou muito contente.

Milhares de pessoas devem ter dito a ela a mesma coisa, só que eu era o primeiro da fila. Todo mundo gosta de ouvir elogios, e as dançarinas mais que todo mundo, suponho. Adoram escutar a qualquer hora do dia como executam bem seus passos. Eu louvava sua arte, cochichando ao pé de seu ouvido, a cada oportunidade que tinha de surrupiar um instante a sós com ela, fora do alcance de escuta daquele sujeito que era o marido dela. Ah! Que sujeito! Nunca encontrei alguém mais grosseiro na minha vida. Em vez de chamar a si mesma Rosie, teria sido mais lógico que ela chamasse a ele Marco Polo. Vestia-se como alguém sempre prestes a partir numa expedição – com aqueles óculos escuros espessos, uma jaqueta pesada e uma espécie de capacete colonial, eternamente coberto por uma capa à prova d'água de um verde fosforescente, o que lhe fazia parecer um astronauta. Não tenho, é claro, a mínima ideia da aparência do autêntico Marco Polo, mas, à primeira vista, eu teria chamado aquele homem de Marco e, portanto, nunca me preocupei em associá-lo a qualquer outro nome.

No instante em que bati os olhos nele naquele dia memorável na estação ferroviária, tive a certeza de ter encontrado um cliente cativo. Um sujeito que opta por vestir-se como um eterno turista era a materialização perfeita daquilo que um guia cobiça, ardentemente, por toda a sua vida.

Talvez você queira perguntar quando e por que me tornei um guia. Tornei-me guia pelo mesmíssimo motivo que leva outra pessoa a se tornar sinalizador, carregador ou maquinista. Está assim destinado. Não ria de minhas referências ligadas à estrada de ferro. A ferrovia entrou no meu sangue muito cedo. As locomotivas, com o seu tinido tremendo e a sua fumaça, simplesmente me seduziram. Sentia-me na minha própria casa na plataforma da estação e considerava os maquinistas e os carregadores a melhor companhia que se pudesse desejar; suas conversas ferroviárias eram as mais edificantes. Cresci em meio a eles. Nós vivíamos numa pequena casa bem em frente à estação ferroviária de Malgudi. A casa fora construída pelo meu pai, com suas próprias mãos, muito antes que sequer concebêssemos a ideia de um trem. Ele escolhera o terreno porque ficava fora do perímetro urbano e era barato. Ele mesmo escavou o solo, preparou a argila com a água do poço, ergueu as paredes e cobriu o teto com sapê. Plantou mamoeiros ao redor, que produziam frutos que ele cortava e vendia em fatias – um único mamão proporcionava a ele oito *annas*, se o trinchasse com destreza. Meu pai possuía uma pequena venda, construída com caixotes de madeira e sacos de juta; passava o dia todo lá sentado vendendo hortelã, frutas, tabaco, folhas de betel e grão-de-bico seco (que ele media usando cilindros de bambu) e tudo o mais de que os viandantes da Trunk Road pudessem precisar. O ponto era conhecido como "a barraquinha". Uma multidão de aldeões e caminhoneiros aglomerava-se em frente à venda. Era um empresário muito ocupado. Ao meio-dia, quando saía para almoçar, ele me chamava e repetia sempre a mesma frase: "Raju, fique no meu lugar. Certifique-se de que recebeu o dinheiro correspondente ao preço da mercadoria que você vender. E não coma nada: são produtos para serem vendidos. Se tiver alguma dúvida, é só me chamar."

Enquanto o freguês aguardava pacientemente, eu gritava quase a toda hora perguntas como: "Papai, quanta hortelã fresca posso dar por meio *anna*?"

"Três ramos", gritava ele de dentro de casa, com a boca cheia. "Mas se ele estiver pagando com uma moeda de três quartos de *anna*, então pode dar..." E mencionava alguma concessão complexa que eu nunca conseguia aplicar.

Eu apelava ao comprador: "Por favor, me dê só uma moeda de meio *anna*" e assim estava seguro em lhe dar três ramos de hortelã em troca e pronto. Se acontecesse de eu me enganar e retirar quatro ramos em vez de três do garrafão, eu engolia o quarto a fim de evitar complicações.

Um galo excêntrico da vizinhança anunciava o raiar do dia quando ele julgava que já havíamos dormido o bastante. Seu canto era tão espalhafatoso que fazia meu pai saltar da cama e logo me acordar.

Eu lavava o rosto no poço, aplicava cinzas sagradas à testa e permanecia diante das imagens das divindades penduradas em molduras no alto da parede, recitando versos sagrados variados, alto e bom som. Após apreciar minha *performance* por algum tempo, meu pai dirigia-se ao quintal dos fundos para mungir a búfala. Ao reentrar carregando o balde com leite, ele sempre dizia:

"Hoje ela não está bem. Não rendeu nem a metade do que deveria."

Minha mãe invariavelmente respondia:

"Ah, sei... Sei como é. Ela está ficando é pirracenta. Mas sei muito bem como fazê-la mudar de atitude." Pronunciava essas palavras ao receber o balde e dirigia-se à cozinha, evocando certo mistério um tanto sinistro. Logo em seguida voltava da cozinha com um copo cheio de leite quente para mim.

O açúcar era mantido num recipiente de latão bastante corroído, mas era delicioso. Ficava fora do meu alcance, na prateleira de madeira na parede da cozinha enegrecida pela fuligem. Receio que fora sendo deslocado para locais cada vez mais altos à medida que fui crescendo, porque me recordo de que jamais consegui alcançar aquele recipiente enferrujado sem a ajuda de um dos meus pais.

Quando o céu se iluminava, meu pai já me aguardava no *pyol*. Sentava, sempre com um galho seco do lado. Na época não existiam as noções modernas de pedagogia infantil; o galho era um instrumento indispensável ao educador. "Fedelho impune vira toupeira graúda", dizia ele, reproduzindo a sabedoria popular. Ele me ensinou o alfabeto tâmil. Escrevia as primeiras duas letras, uma de cada lado da minha pequena lousa. Eu tinha que passar com meu giz por cima de seus contornos um sem-número de vezes, até que ficavam inchadas e distorcidas e praticamente irreconhecíveis. De vez em quando ele tirava a lousa das minhas mãos, dava uma olhada e dizia: "Que borrão! Você nunca vai ser alguém na vida, distorcendo desse jeito as letras sagradas do nosso alfabeto!" Em seguida limpava a lousa com a sua toalhinha molhada, escrevia as letras de novo e me devolvia o pequeno quadro com a injunção: "Se você estragar estas, vou ficar furioso. O traçado deve ser exatamente igual ao que eu fiz. Não me venha com suas manhas!" E balançava o galho seco em sinal de ameaça. Eu dizia, manso:

"Sim, Papai." E recomeçava a escrever. Ainda me vejo com a cabeça torta, mordendo a língua e aplicando toda a minha força no bastãozinho de giz – a cada tentativa de traçado, o giz produzia um rangido na lousa e meu pai ordenava:

"Não é pra fazer esse barulho irritante com o giz. O que deu em você?"

Seguia-se a aritmética. Dois mais dois, quatro; quatro e três, sei lá o quê. Sei lá o quê com não sei o que lá dava tanto. Aquele tanto menos não sei quanto, isso. Meu Deus do Céu! Eu ficava com dor de cabeça depois de tanto número. Enquanto os passarinhos gorjeavam e voavam livres lá fora, eu maldizia o destino que me condenava à companhia do meu pai. Ele perdia a paciência comigo a toda hora. Como em resposta à minha reza silenciosa, um cliente madrugador apareceu na entrada da venda e minha aula terminou abruptamente. Meu pai saiu para atendê-lo, sentenciando:

"Tenho mais que fazer pela manhã do que transformar um cabeça de bagre num gênio!"

Embora para mim as aulas parecessem intermináveis, quando minha mãe me via, comentava:

"Já acabou? E o que se aprende com meia horinha de aula?"

Eu dizia a ela:

"Vou lá pra fora brincar. Não vou lhe dar trabalho. Mas por hoje, por favor, chega de aula."

Dito isso, eu ia para a sombra da árvore de tamarindo, do outro lado da estrada. Era uma árvore antiga, em meio a cuja copa generosa e densa viviam, se acasalavam e tagarelavam macacos e passarinhos, que se alimentavam de suas folhas e frutos. Porcos e porquinhos, vindos não sei de onde, apareciam por ali, farejando o chão abarrotado de folhas. Eu passava o dia inteiro lá brincando. Envolvia os porcos nos meus jogos imaginários e creio que chegasse mesmo a tentar montá-los, vez por outra. Os clientes de meu pai me cumprimentavam quando passavam por perto. Eu ainda tinha pedacinhos de mármore, um barril de ferro para rolar e uma bola de borracha com os quais me divertia. Nem percebia a hora do dia e o que acontecia ao meu redor.

Algumas vezes meu pai me levava com ele até a cidade quando ia fazer compras. Ele pedia carona a algum carro de boi de passagem.

Eu me aproximava, ansioso e com um olhar suplicante (havia sido educado a não pedir que ele me levasse), até que meu pai declarava: "Muito bem. Pode subir, rapazinho."

Antes que terminasse a frase, eu já estava dentro da carroça. Os sininhos pendurados no pescoço do boi soavam, as rodas de madeira rangiam e levantavam poeira da estrada de terra batida; agarrava-me às traves laterais e sentia meus ossos chacoalharem. Ainda assim eu apreciava o cheiro de forragem e a paisagem ao longo do caminho. As pessoas e os meios de transporte, os rebanhos e a criançada – o panorama da vida me encantava.

Uma vez no mercado, meu pai me punha sentado numa plataforma de madeira à vista de um lojista conhecido seu e ia fazer compras. Os meus bolsos enchiam-se de amendoim frito e balas. Mastigando, eu observava o movimento do lugar – as pessoas comprando e vendendo, pechinchando e rindo, praguejando e gritando. Enquanto meu pai estava afastado, fazendo suas compras, recordo-me que uma questão martelava na minha cabeça: "Papai, mas se o senhor é dono de uma loja, por que tem que ir à loja dos outros fazer compras?" Nunca obtive uma resposta. Enquanto contemplava a confusão da tarde, o burburinho incessante do mercado embalava os meus sentidos, o mormaço poeirento terminava por me entorpecer e eu sempre adormecia, recostado à parede de um desconhecido, no local que meu pai escolhera para eu ficar.

"Tenho um problema, senhor", disse o homem.

Raju balançou a cabeça e disse numa imprevista crise de sabedoria:

"Como todo mundo."

Desde o momento em que aquele homem chegara e sentara diante dele, olhando-o de modo fixo e devocional, ele experimentara um sentimento de importância. Sentia-se como o ator de quem sempre se espera que pronuncie a fala certa. Agora a frase certa era:

"Se você me apresentar uma só pessoa que não tenha um problema, então eu lhe apresentarei o mundo perfeito. Você sabe o que o grande Buda disse?"

O outro se aproximou.

"Uma vez uma mulher pranteou diante do grande Buda, agarrada a seu bebezinho morto junto ao peito. O Buda disse: 'Visite todos os lares desta cidade e encontre um só que não conheça a morte; se o encontrar, apanhe um bocado de sementes de mostarda do lugar e traga-as para mim. Então lhe ensinarei como vencer a morte.'"

O homem estalou a língua em sinal de apreciação e perguntou:

"E o que aconteceu com o bebezinho morto, senhor?"

"Ela teve que enterrá-lo, claro", respondeu Raju. "Do mesmo modo", concluiu ele, no seu íntimo duvidando da pertinência da comparação, "se você me mostrar um só lar que não tenha um problema, eu lhe mostrarei a fórmula da solução universal de todos os problemas."

O homem comoveu-se com o teor dessa declaração. Executou uma profunda reverência e se apresentou:

"Não lhe disse como me chamo, senhor. Meu nome é Velan. Meu pai casou-se três vezes ao longo da vida. Sou o primogênito da primeira esposa. A filha caçula da última mulher de meu pai também mora com a gente. Como chefe da família, dei a ela todo o conforto do nosso lar, todas as joias e vestimentas de que uma jovem necessita, mas..." Ele fez uma pausa antes de revelar a grande surpresa. Porém Raju completou a frase em seu lugar: "Ela não demonstra gratidão."

"Exatamente, senhor!", exclamou o homem.

"E também não aceita o seu projeto de casamento para ela?"

"Isso, é exatamente isso, senhor", disse Velan, maravilhado. "O filho do meu primo é um ótimo rapaz. Chegamos até a fixar a data do casamento. Mas sabe o que a menina fez, senhor?"

"Tomou chá de sumiço e fugiu", disse Raju. "Mas como você conseguiu trazê-la de volta?"

"Fui atrás dela por três dias e três noites e a surpreendi em meio a uma festa num vilarejo distante. Conduziam o carro do templo pelas ruas da cidadezinha, que reunia a população de cinquenta localidades da redondeza. Perscrutei todos os rostos daquela multidão e enfim flagrei-a enquanto assistia a um espetáculo de marionetes. E agora, sabe o que ela faz?"

Raju julgou que deveria conceder ao outro a satisfação de poder contar, ele mesmo, a história. Velan então prosseguiu o relato:

"Ela passa o dia inteiro trancafiada no quarto. Não sei mais o que fazer. Talvez ela esteja possuída. Se ao menos eu soubesse o que devo fazer com ela, já seria de grande ajuda, senhor."

Raju retrucou com enfado filosófico:

"Isso é comum na vida. É preciso não se deixar afetar por nada excessivamente."

"Mas o que devo fazer com ela, senhor?"

"Traga-a até aqui e deixe que eu converse com ela", disse Raju, fazendo uma concessão.

Velan levantou-se e prostrou-se perante o outro, procurando tocar-lhe os pés. Raju retraiu-se:

"Não permito que ninguém faça isso. Somente Deus é digno de tal tributo. E Ele nos destruirá se ousarmos usurpar um direito que é exclusivamente Seu."

Sentiu-se como equiparado à estatura de um santo. Velan desceu os degraus com modos humildes, atravessou o rio, escalou a margem oposta e logo desapareceu do alcance da vista. Raju ruminou:

"Deveria ter perguntado a ele a idade da moça. Espero que não seja atraente. Já arrumei encrencas suficientes nesta vida."

Permaneceu sentado ali por um bom tempo ainda, assistindo ao curso do rio adentrar a noite; o farfalhar das figueiras *banyan* e *peepul* ao redor, por vezes, chegava a meter medo. O céu era límpido; não tendo nada para fazer, Raju começou a contar as estrelas e pensou:

"Serei recompensado por prestar este enorme serviço à humanidade. As pessoas dirão: 'Eis o homem que conhece o número exato de estrelas que o céu possui. Se você tem dúvidas a respeito disso é melhor consultá-lo. Será o seu guia noturno no que toca às estrelas.'" E disse a si mesmo: "O melhor a fazer é começar de um canto e ir passando de um pedaço a outro. Nunca começar do alto para o horizonte, mas sempre no outro sentido."

Excogitava uma teoria. Começou a contagem a partir do contorno das palmeiras no seu lado esquerdo e prosseguiu por sobre do rio até o outro lado:

"Uma, duas..., cinquenta e cinco." De repente percebeu que, ao focalizar em profundidade, surgiam novos grupamentos estelares; quando finalmente conseguiu incorporá-los à sua contagem, deu-se conta de ter perdido de vista o ponto de partida e viu-se embaralhado com números desanimadores. Sentiu-se exausto. Estirou-se na laje e adormeceu sob o céu aberto.

O sol das oito horas resplandeceu direto no rosto dele. Abriu os olhos e viu Velan de pé numa atitude respeitosa, alguns degraus abaixo:

"Trouxe minha irmã", disse ele e empurrou para cima uma jovem com cerca de quatorze anos, coberta de joias e com os cabelos bem penteados e enfeitados. Velan explicou: "Todas estas joias fui eu quem deu a ela, comprei-as com o meu dinheiro, pois afinal de contas ela é minha irmã."

Raju sentou-se, esfregando os olhos. Ainda não estava pronto para carregar o peso do mundo. O que precisava agora era de privacidade para suas abluções matutinas. Disse a eles:

"Entrem e me aguardem ali."

Encontrou-os esperando por ele no saguão principal, repleto de pilastras, daquele templo antigo. Raju sentou-se numa plataforma ligeiramente mais alta no meio do saguão. Velan colocou diante dele uma cesta cheia de bananas, pepinos, pedaços de cana-de-açúcar, amendoim frito e uma vasilha de cobre transbordando de leite.

"Para que tudo isso?", perguntou Raju.

"Ficaremos muito contentes se aceitar, senhor."

Raju ficou olhando para a cesta. Não deixava de ser muito bem-vinda. Poderia já pegar alguma coisa e comer de imediato. Aprendera a não ser exigente. Antigamente teria dito: "E quem come isso? Quero café e *idli*, por favor, é assim que começo meu dia. O que trouxeram pode servir para beliscar mais tarde." Porém, a vida na prisão ensinara-lhe a engolir de tudo e a qualquer hora. Às vezes um companheiro de cela conseguia contrabandear, com a complacência de um carcereiro piedoso, algo intragável, como um guisado de cordeiro preparado seis dias antes, cujo óleo já ficara para lá de rançoso, e o dividia com Raju; ele lembrava como comia aquilo com gosto às três da madrugada – horário escolhido para evitar que outros pudessem reivindicar um pedaço. Agora qualquer coisa era bem-vinda. Ele perguntou:

"Por que vocês se incomodam tanto comigo?"

"São do nosso sítio e ficaremos honrados se tiver a bondade de aceitar."

Raju não teve que perguntar mais nada. Aos poucos adquirira familiaridade com situações como essa. Já começara a achar que a adulação à sua pessoa fosse algo inevitável. Permaneceu sentado em silêncio, fitando a oferta. De súbito pegou a cesta e entrou no recinto mais sagrado do templo. Os outros o seguiram. Raju parou diante de uma imagem de pedra naquele recinto escuro. Era um deus alto com quatro mãos, segurando uma clava e uma roda e cuja cabeça era lindamente esculpida. Contudo, fora abandonado um século atrás. Raju pousou a cesta com os alimentos aos pés da imagem com um gesto cerimonioso e disse:

"Primeiro é Dele. Antes as oferendas devem ser para Ele. E nós comeremos o que sobrar. Ofertando a Deus, sabem como Ele multiplica em vez de dividir? Conhecem a história?"

Começou a narrar a história de Devaka, um homem que em tempos idos pedia esmolas no portão do templo todos os dias, mas não usava nada do que recebia sem antes depositar as ofertas aos pés de Deus. Com metade da história andada, deu-se conta de que não se lembrava nem dos próximos acontecimentos nem do seu significado. Calou-se. Velan aguardou pacientemente pela continuação. Era um discípulo nato, jamais se perturbava por uma história inacabada ou uma moral incompleta; fazia parte do *show* da vida. Quando Raju virou-se e caminhou majestosamente de volta para os degraus do rio, Velan e a irmã o seguiram, calados.

Como poderia me lembrar de uma história contada por minha mãe há tanto tempo? Todas as noites ela desfiava uma história enquanto esperávamos meu pai fechar a venda e voltar para casa. A barraca ficava aberta até meia-noite. Carros de boi chegavam bem tarde em longas caravanas, vindos de povoados distantes, carregados com cocos, arroz e outras matérias-primas para o mercado. Os animais eram desatrelados debaixo da árvore de tamarindo para ali pernoitar e os carreteiros dirigiam-se às duas ou três vendinhas locais em busca de tabaco, algo para comer e um pouco de conversa fiada. Meu pai adorava debater com eles questões como a cotação dos cereais, a pluviosidade, a safra e o estado de conservação dos canais de irrigação. Ou então discutiam velhos litígios. Ouviam-se referências a juízes, depoimentos, testemunhas do caso e apelações, interrompidas em geral por gargalhadas espalhafatosas – provocadas provavelmente pela citação de alguma lei absurda ou, ao contrário, uma brecha na legislação.

Quando tinha companhia, meu pai se esquecia de comer ou dormir. Minha mãe enviava-me até lá diversas vezes para convencê-lo a voltar para casa. Era um homem de temperamento instável: impossível antecipar como reagiria à interrupção. Minha mãe instruía-me a chegar e observar primeiro seu humor; só depois, com gentileza, recordá-lo de que havia um jantar e um lar esperando por ele. Eu permanecia debaixo da lona que servia de toldo na entrada da barraca, tossindo, limpando a garganta, na esperança de interceptar seu olhar. Porém estava sempre completamente absorto na conversa e nem sequer olhava na minha direção. Embora eu não entendesse uma só palavra do que diziam, acabava capturado pelo falatório deles.

Passado certo tempo, a voz de minha mãe soava docemente em meio ao ar da noite, chamando: "Raju! Raju!" Meu pai então interrompia o que estava fazendo, dirigia-se a mim e dizia: "Avise à sua mãe que não me espere. Peça a ela que deixe para mim uma tigela com uma porção de arroz e leitelho no forno, só com um pedacinho de conserva de limão. Voltarei para casa mais tarde." Praticamente uma frase feita, repetida cinco dias por semana. E ele sempre acrescentava: "Não que eu esteja particularmente faminto esta noite." Dito isso, introduzia algum assunto ligado à saúde, creio, para dar continuidade ao bate-papo com os amigos.

Mas eu não ficava para ouvir o resto. Voltava correndo para casa. Havia um hiato de escuridão entre a luz da venda e a débil luminosidade vertida pela lanterna na soleira da nossa casa. Um trecho de umas dez polegadas, creio, mas passar por ali me dava arrepios. Temia que animais selvagens ou criaturas sobrenaturais surgissem para me agarrar. Minha mãe aguardava-me no degrau da porta, dizendo: "Está sem fome, aposto! Boa desculpa para ficar de conversa fiada com o pessoal do povoado a noite inteira,

voltar para casa para dormir só uma hora e acordar com o canto daquele galo idiota. Desse jeito, vai acabar com a saúde..."
Eu a acompanhava até a cozinha. Ela dispunha nossos pratos no chão, um ao lado do outro, deixava a panela de arroz ao alcance da mão, servia-nos ao mesmo tempo e terminávamos nosso jantar debaixo da lâmpada de latão, coberta de fuligem, pendurada com um prego na parede. Ela então desenrolava uma esteira para mim na sala, onde eu me deitava para dormir. Permanecia sentada ao meu lado, aguardando que meu pai regressasse. Sua presença me proporcionava uma sensação de aconchego indescritível. Eu julgava que devia desfrutar ao máximo daquela proximidade e reclamava: "Tem alguma coisa incomodando no meu cabelo"; ela então passava os dedos por entre os fios e me fazia um cafuné na nuca. Feito isso, eu ordenava: "Uma história."

No mesmo instante, ela iniciava: "Era uma vez um homem chamado Devaka..." Quase todas as noites ouvia o nome dele. Fora um herói, um santo ou coisa que o valha. Nunca fiquei sabendo exatamente o que ele fizera e por que, pois era vencido pelo sono antes mesmo que minha mãe tivesse terminado o preâmbulo.

Raju sentou-se no degrau e observou o brilho do rio ao sol da manhã. O ar era fresco e ele desejava estar sozinho. Seus visitantes permaneciam sentados alguns degraus abaixo, plácidos e compostos, aguardando serem recebidos por ele, tal qual pacientes na sala de espera de um consultório médico. Os problemas de Raju já eram suficientes para lhe dar o que pensar. De repente irritou-se com a responsabilidade imposta por Velan e disse de modo franco:

"Não vou me ocupar dos seus problemas, Velan; não agora."
"Posso saber por quê?", perguntou o homem, humilde.
"Porque sim", respondeu Raju, dando o assunto por encerrado.
"Quando poderei importuná-lo, senhor?", indagou o outro.
Raju respondeu, pomposo:
"Quando o tempo estiver maduro."
Com isso o assunto passou da esfera do tempo à da eternidade. Velan aceitou a resposta com resignação e levantou-se para ir embora. Foi bastante comovente. Raju sentiu-se em débito pelos víveres que o outro trouxera e disse, conciliador:
"É essa a irmã sobre quem você me falou?"
"Sim, senhor. É ela."
"Compreendo o seu problema, mas gostaria de refletir a respeito dele. Não se pode improvisar soluções vitais. Tudo tem o seu tempo. Você me entende?"
"Sim, senhor", disse Velan. Passou os dedos na testa e disse ainda: "Tudo aquilo que está escrito acontecerá. O que podemos fazer?"
"Não podemos alterar, mas podemos compreender o curso dos fatos", retrucou Raju, com pompa. "E, para que se alcance a justa compreensão, o tempo é fundamental."
Raju teve a sensação de que estava criando asas. Em breve poderia flutuar no ar e empoleirar-se no alto da torre de algum templo antigo. Nada mais o surpreendia. De repente pegou-se indagando a si mesmo: "Estive mesmo na prisão ou sofri um processo transmigratório?"
Velan sentia-se aliviado e orgulhoso por seu mestre dispensar-lhe tamanho ensinamento. Lançou um olhar significativo à irmã

criadora de caso, que abaixou a cabeça, envergonhada. Raju declarou, fitando a menina:

"O que há de acontecer, acontecerá; não há poder terreno ou celeste que possa alterar seu rumo, como não se pode mudar o curso deste rio."

Contemplaram o rio como se a solução para seus problemas jazesse ali e depois partiram. Raju observou-os atravessar suas águas e escalar a outra margem. Logo desapareceram de vista.

CAPÍTULO DOIS

Notamos uma atividade febril no terreno em frente à nossa casa. Pela manhã um grupo de homens vindos da cidade chegava e trabalhava ali o dia inteiro. Ficamos sabendo que estavam construindo uma ferrovia. Lanchavam na venda do meu pai, que logo indagou, ansioso:

"Quando chegarão os trens?"

Quando estavam de bom humor, respondiam: "Daqui a uns seis ou oito meses, talvez." Mas, se estivessem de mau humor, diziam: "E como é que vamos saber? Daqui a pouco vai querer que a gente traga uma locomotiva até sua barraca!" E riam, maldosos.

O trabalho progredia depressa. Perdi um pouco da liberdade que tinha debaixo do pé de tamarindo, porque estacionavam ali os tratores. Mas eu subia neles para brincar. Ninguém se importava com isso. Eu passava o dia todo subindo e descendo de caminhões e tratores e acabava com as roupas cheias de barro. A maioria dos caminhões trazia terra vermelha, que se amontoava no terreno. Em pouco tempo uma pequena colina formara-se em frente de casa. Era uma maravilha. Quando eu subia no topo do monte, conseguia enxergar lugares distantes, até a silhueta enevoada da Serra de Mempi. Tornei-me tão ocupado como aqueles homens. Passava o tempo todo na companhia dos construtores da ferrovia, ouvindo a conversa deles e compartilhando suas piadas. Chegaram mais caminhões transportando madeira e ferro. Cargas variadas ficavam empilhadas por todos os lados. Logo comecei a colecionar lascas de metal, porcas e parafusos que guardava no grande baú da minha mãe, onde dispunha de um espaço a mim reservado em meio a seus antigos saris de seda, que ela nunca usava.

Um menino pastoreando suas vacas aproximou-se do pé do morro onde eu brincava sozinho. As vacas pastavam bem debaixo do monte onde os homens estavam trabalhando e o sujeitinho ousou invadir a rampa onde eu jogava. Eu começara a desenvolver um sentimento de posse com relação à ferrovia e não desejava intrusos na área. Fiz uma cara feia e rosnei:

"Cai fora!"

"Por quê?", perguntou ele. "Minhas vacas estão aqui e devo cuidar delas."

"Pois suma daqui com as suas vacas", disse eu. "Ou serão atropeladas pelo trem que está para passar já, já."

"E daí? O que você tem a ver com isso?", disse ele, irritando-me de tal modo que parti para cima dele, berrando:

"Filho de uma..." e mais outras variáveis, recém-aprendidas. O garoto, em vez de lutar comigo, saiu correndo para me dedurar ao meu pai:

"Seu filho está falando palavrões!"

Ao ouvir a denúncia, meu pai veio voando. Dei azar. Quando já retomara meu jogo ele pôs-se diante de mim e perguntou:

"O que você disse a esse menino?"

Tive o bom senso de não repetir. Pisquei, sem pronunciar palavra, e o garoto repetiu exatamente o que eu dissera. Isso desencadeou uma reação inesperada e violenta em meu pai. Agarrou-me pelo cangote e perguntou:

"Onde é que você aprendeu isso?"

Apontei na direção dos trabalhadores da ferrovia. Ele olhou para eles, ficou quieto por um segundo e depois disse:

"Ah, então foi assim? Pois você não vai mais passar o dia todo vagabundeando, aprendendo palavrões. Vou cuidar disso. Amanhã mesmo e todos os dias a partir de então você deverá ir para a escola."

"Pai!", exclamei.

Era um castigo duríssimo: sequestrar-me de um lugar que eu amava condenando-me a outro que odiava!

Todos os dias a minha saída de casa para o colégio era precedida de uma grande agitação. Bem cedo minha mãe me dava comida e enchia um pequeno recipiente de alumínio com um lanchinho para a tarde. Dispunha, cuidadosamente, meus livros e minha lousa dentro de uma bolsa e a pendurava no meu ombro, a tiracolo. Estava sempre vestido com bermudas e camisa limpas; os cabelos eram bem penteados para trás, com os cachos que caíam na nuca. Durante os primeiros dias, até que gostei de tamanha atenção, mas logo criei uma aversão natural a tudo aquilo; preferia ser negligenciado e poder ficar em casa a ser paparicado e mandado para o colégio. Porém meu pai impunha uma rígida disciplina; talvez fosse um tanto esnobe e quisesse vangloriar-se de que seu filho frequentava a escola. Ele não tirava o olho de mim até se certificar de que eu já seguira caminho. Sentado, na venda, perguntava a cada minuto:

"Ainda não saiu? Anda, menino!"

Era um estirão sem fim até chegar à escola. Nenhum outro garoto fazia o mesmo trajeto. Eu falava sozinho e parava para observar os passantes, as carroças que sacolejavam pelo caminho ou um gafanhoto que saltava para dentro do canal de esgoto. Andava tão devagar e de modo intermitente, que quando dobrava a Market Street, ouvia meus colegas, que já repetiam em uníssono a lição, visto que o velho senhor, nosso professor, acreditava na extração do máximo volume vocal de seus alunos.

Não sei a conselho de quem meu pai optara por enviar-me àquele estabelecimento de ensino, visto que a prestigiosa Albert Mission School ficava tão pertinho. Teria me orgulhado de ser aluno da Albert Mission. Mas sempre ouvia meu pai repetir: "Não quero que meu filho estude lá. Parece que tentam converter nossas crianças ao Cristianismo e insultam nossos deuses o tempo todo." Não sei de onde ele tirara tal ideia; de qualquer forma ele tinha plena convicção de que o colégio que eu frequentava era o melhor sobre a face da Terra. Costumava gabar-se: "Vários alunos desse velho professor são hoje altos oficiais em Madras, funcionários da Receita ou homens de boa colocação..." Não passava de pura fantasia ou invenção do velho que me ensinava. Aquilo não era uma escola nem mesmo em sonho, que dirá uma escola de prestígio. Era o que se chamava de *pyol school*, porque as aulas eram ministradas no *pyol* da casa do mestre. Ele morava numa casa estreita e antiga em Kabir Lane, com um *pyol* de cimento na frente, debaixo do qual corria o esgoto urbano. Todas as manhãs reunia ali um grupo de meninos da minha idade, recostava-se numa almofada num canto e gritava com a criançada, brandindo sempre uma vara de junco. Lecionava a todas as suas classes ao mesmo tempo, dando atenção a um grupo de cada vez. Eu pertencia à turma de nível mais elementar:

estávamos ainda aprendendo o alfabeto e a conhecer os numerais. Ele nos fazia ler em voz alta e copiar as letras nas nossas lousas. Observava e corrigia cada um, aplicando leves pancadinhas com a vara naqueles que incidiam no mesmo erro. Era um homem irascível. Meu pai, desejoso de salvaguardar-me da linguagem dos trabalhadores ferroviários, certamente não fizera melhor escolha entregando-me aos cuidados daquele velho, que chamava seus alunos de burros e traçava meticulosamente suas genealogias, tanto da parte materna como da paterna.

Ele não se irritava apenas com nossos erros; bastava a nossa simples presença. Acho que só o fato de nos ver, miúdos, sem modos, atrapalhados e bagunceiros, já o enervava. É verdade que fazíamos um barulho danado no seu *pyol*. Quando ele entrava em casa, para uma sesta, uma refeição ou em resposta aos tantos chamados domésticos, nós rolávamos uns sobre os outros, nos engalfinhávamos, uivávamos e berrávamos. Ou então tentávamos invadir sua privacidade e espionávamos. Uma vez chegamos a penetrar na casa e seguimos de um cômodo a outro, até chegar à cozinha e flagrá-lo sentado diante do forno, assando alguma coisa. Paramos na porta e exclamamos:

"Oh! Professor, o senhor sabe até cozinhar!", e rimos; uma senhora que estava por perto também riu do nosso gracejo.

Ele virou-se para nós, furibundo, e ordenou:

"Saiam já daqui, seus pestinhas! Vocês não podem vir aqui; aqui não é a sala de aula!"

Fugimos correndo de volta para nosso lugar. Ele veio a ter conosco mais tarde e torceu nossas orelhas até nos fazer gritar. Disse ainda:

"Se os recebo aqui, seus capetinhas, é para que se tornem civilizados, porém o comportamento de vocês é..." E listou nossos pecados e nossos delitos.

Arrependemo-nos, ele se acalmou, e acrescentou:

"Saibam que não podem entrar na minha casa. Se voltar a pegá-los lá dentro, eu os entregarei à polícia."

E deu o assunto por encerrado. Nunca mais entramos na casa, mas, assim que ele dava as costas, concentrávamos nossa atenção no esgoto que corria debaixo do *pyol*. Arrancávamos folhas de caderno, fazíamos barquinhos de papel e os deixávamos flutuar esgoto abaixo. Em pouco tempo, esta se tornou uma prática de rotina, a partir da qual se desenvolveu uma espécie de corrida de barcos. Deitávamos de bruços para observar os barquinhos sendo levados pelas águas do escoamento. Ele nos advertia:

"Se caírem no esgoto, lembrem-se: vão parar no Sarayu e me verei obrigado a avisar seus pais para irem procurá-los por lá, imagino!" E ria de seu presságio sinistro.

Seu interesse por nós consistia em uma rupia por mês e qualquer coisa que lhe pudéssemos levar. Todos os meses meu pai lhe enviava torrões de rapadura, outros meninos traziam arroz e legumes ou alguma outra coisa que ele solicitava de tempos em tempos. Sempre que sua dispensa ficava vazia, ele chamava um dos meninos à parte e dizia:

"Vamos ver se você é um bom rapaz: vá correndo até sua casa e me traga um pouquinho, só um tanto assim, preste atenção, de açúcar. Pode ir, vamos ver se você é um garoto esperto!"

Nessas ocasiões, adotava um tom gentil e persuasivo e sentíamo-nos honrados em poder atendê-lo; apoquentávamos nossos pais para que nos dessem os presentes e brigávamos pelo privilégio de servi-lo. Nossos pais demonstravam uma solicitude excessiva em prestar favores ao mestre, em provável sinal de gratidão por encarregar-se da gente durante a maior parte do dia: desde cedo pela manhã até as quatro da tarde, quando nos dispensava e nós zarpávamos para casa.

Apesar de toda a aparente violência e falta de objetividade, acredito que tenhamos feito progressos sob sua tutela, pois no prazo de um ano consegui ser admitido para a primeira série na Board High School; já dava conta de leituras mais consistentes e sabia a tabuada de cor até vinte. O próprio professor nos encaminhou para a Board School, que acabara de ser inaugurada e providenciou minha matrícula. Ele nos acompanhou até a sala de aula – eu e outros dois meninos – e nos abençoou antes de se despedir. Foi uma agradável surpresa descobrirmos que ele podia ser assim tão bondoso.

Velan estava doido para narrar o milagre. Parou diante de Raju com as palmas das mãos unidas e disse:

"Senhor, tudo acabou dando certo."

"Fico muito contente. Como foi?"

"Minha irmã apresentou-se diante da família e admitiu seus caprichos. Ela aceitou..."

E continuou com a narrativa. De uma hora para outra a garota surgiu em meio à família reunida naquela manhã. Encarou todo mundo e disse:

"Comportei-me como uma tola ultimamente. Farei o que meu irmão e os adultos da casa desejarem que eu faça. Eles sabem o que é melhor para nós."

"Mal pude acreditar no que ouvia", explicou Velan. "Belisquei-me para ver se estava sonhando ou acordado. O caso dessa menina havia lançado um espectro sobre nosso lar. Se não levarmos em conta o espólio e todas as complicações dele derivadas, nunca tivéramos uma preocupação comparável a esta. Todos nós gostamos da mocinha, sabe, e partia nosso coração vê-la deprimida no quarto escuro, sem cuidar da aparência, sem se importar com as roupas e sem apetite. Fizemos todo o possível para animá-la, mas por fim fomos obrigados a abandoná-la à própria solidão. Sofríamos muito por causa dela e assim ficamos muito surpresos esta manhã ao vê-la com os cabelos untados, bem penteados e enfeitados com flores. Radiante, ela disse: 'Causei-lhes muitos transtornos ultimamente. Por favor, perdoem-me. Obedecerei aos desejos da família.' Naturalmente, assim que nos recuperamos da surpresa, perguntamos: 'Está disposta a se casar com seu primo?' Ela não deu uma resposta imediata, mas permaneceu de cabeça baixa, numa atitude respeitosa. Minha esposa chamou-a num aparte e perguntou a ela se já poderíamos enviar uma mensagem à família do noivo informando que o acordo fora estabelecido. A menina concordou. Espalhamos a notícia e assim muito em breve celebraremos um matrimônio na nossa família. Estou com tudo pronto: o dinheiro, as joias e todo o resto. Amanhã cedo entrarei em contato com os tocadores de pífaros e de tambores para acertar tudo o mais rápido possível. Já fiz a devida consulta a nosso astrólogo, que avaliou ser este um período muito auspicioso. Não quero que um evento tão feliz sofra o mínimo atraso."

"Por receio de que ela possa voltar a mudar de ideia?", perguntou Raju.

Sabia por que Velan estava apressando as coisas desse jeito. Era fácil adivinhar o motivo. Porém a sua observação causou espanto no outro, que indagou:

"Como é que o senhor consegue ler meus pensamentos?"

Raju permaneceu calado. Ele não podia abrir a boca sem despertar admiração. Era um momento delicado na operação. Sentia-se predisposto a redimensionar-se um pouco. Disse a Velan com firmeza:

"Não há nada de extraordinário na minha suposição."

E logo veio a réplica:

"Não compete ao senhor afirmar isso. Pode parecer banal para um gigante, mas pobres mortais, como nós, somos incapazes de ter a mínima ideia do que se passa na cabeça das outras pessoas."

Procurando mudar de assunto, Raju perguntou, descontraído:

"Alguma notícia sobre a posição do noivo? Ele está disposto? O que achou da recusa inicial da moça?"

"Assim que a garota voltou a si, enviei o sacerdote para que conversasse com o noivo e ele regressou com a notícia de que o rapaz aceita se casar com ela. Prefere não remoer o passado. O que passou, passou."

"É verdade, é a pura verdade", disse Raju, sem ter mais nenhum comentário a fazer e sem desejar correr o risco de afirmar alguma coisa que pudesse soar brilhante. Começara a temer a própria inteligência nos últimos tempos. Tinha medo de abrir a boca. A solução seria prestar voto de silêncio, mas isto poderia ser mais perigoso ainda.

Toda a sua prudência de nada adiantou. Os preparativos de Velan obtiveram pleno êxito. Um dia ele chegou para convidar

Raju a participar do casamento da irmã e Raju viu-se obrigado a insistir muito e com firmeza até convencer o outro a deixá-lo em paz. Contudo, Velan trouxe frutas e enormes bandejas repletas de artigos de seda, o tipo de oferendas que Raju descrevia para a edificação dos turistas, quando os ciceroneava na visita a palácios ou templos antigos. Aceitou o presente com reconhecimento.

Não foi ao casamento da moça. Não queria ser visto em meio às pessoas e não queria reunir um monte de gente ao redor dele, como o homem que operara uma metamorfose numa adolescente obstinada. Porém esse distanciamento não o salvou. Se não podia ir ao casamento, o casamento viria até ele. Na primeira oportunidade que surgiu, Velan trouxe a garota, seu marido e uma comitiva de parentes até o templo. A própria menina referia-se a Raju como o seu salvador. Descrevia ela:

"Ele não fala com ninguém. Mas basta um olhar seu e a pessoa não é mais a mesma."

Seu círculo gradualmente se alargava. No final da sua jornada de trabalho no campo, Velan vinha e sentava-se no degrau mais baixo. Se Raju falasse, ele escutava; caso contrário, acolhia o silêncio com igual gratidão e quando caía a noite levanta-se e ia embora sem pronunciar palavra. Aos poucos, outras pessoas, despercebidas, começaram a frequentar o lugar com regularidade. Não havia cabimento em que Raju se metesse a perguntar quem eram ou deixavam de ser: a margem do rio era um local público e ele próprio era um intruso. Apenas sentavam-se nos degraus de nível mais baixo e olhavam para Raju. E não tiravam mais os olhos dele. Ele não era obrigado a dizer nada para ninguém: apenas permanecia sentado, seu olhar perdido no rio alcançava a outra margem e ele então fazia um esforço para pensar que rumo tomar e o que fazer. Nem sequer cochichavam entre si, com receio de perturbá-lo. Raju começou a sentir-se incomodado com aquela situação e perguntou-se se não poderia descobrir uma maneira de se livrar daquelas pessoas. Passava o dia ali praticamente sozinho, mas com o cair da tarde os aldeões começavam a aparecer, após suas jornadas de trabalho.

Uma tarde, antes que o grupo chegasse, Raju dirigiu-se ao quintal nos fundos do templo e escondeu-se atrás de um imenso arbusto de hibisco, carregado de flores vermelhas. Ouviu-os chegar e escutou suas vozes provindas dos degraus que conduzem ao rio. Falavam em voz baixa, sussurrada. Deram a volta no edifício e passaram em frente ao pé de hibisco. O coração de Raju palpitou enquanto permanecia agachado qual um bicho acuado. Prendeu a respiração e esperou. Já excogitara uma explicação na eventualidade de ser flagrado. Diria que se encontrava num estado de meditação profunda e que a sombra do hibisco é favorável a tal prática. Mas, por sorte, não o procuraram ali. Permaneceram próximos à planta de hibisco, discutindo num tom abafado e receoso. Um deles disse:

"Para onde pode ter ido?"

"É um homem extraordinário: pode ter ido para mil lugares e ter mil coisas para fazer."

"Ah, você não entende. Ele renunciou ao mundo; não faz nada além de meditar. Que pena que hoje não está aqui!"

"O simples fato de permanecermos sentados junto a ele por alguns minutos, que mudança trouxe à nossa família! Você acredita que aquele meu primo foi lá em casa ontem e me devolveu a nota promissória? No período em que ele ficou de posse da nota, sentia-me como se tivesse entregado a ele uma faca com a qual nos apunhalar."

"Já não temos mais nada a temer; somos abençoados por ter uma grande alma vivendo em nosso meio."

"Mas hoje ele sumiu. Será que nos deixou para sempre?"

"Seria uma desgraça se tiver nos abandonado."

"As roupas dele ainda estão no saguão do templo."

"Ele não tem medo de nada."

"O almoço que eu trouxe ontem foi comido."

"Deixe lá o que você trouxe agora; certamente estará faminto quando regressar."

Raju sentiu-se agradecido pela consideração desse homem.

"Sabia que alguns desses *yoguis* viajam até a Cordilheira do Himalaia só com a força do pensamento?"

"Não acho que ele seja esse tipo de *yogui*", ponderou outro.

"Quem sabe? Às vezes as aparências enganam", falou alguém.

Dito isso, eles se dirigiram ao local de costume e tomaram seus assentos habituais. Por um bom tempo Raju escutou a conversa que mantiveram. Mais tarde partiram e Raju pôde ouvir seus pés chapinhando na água.

"É melhor irmos embora antes que escureça. Ouvi dizer que nesta parte do rio mora um velho crocodilo."

"Conheço um menino que foi agarrado pelo tornozelo bem aqui."

"E o que aconteceu?"

"Foi recuperado no dia seguinte..."

O GUIA

    Raju ouvia suas vozes se distanciando. Saiu com cautela do seu esconderijo e deu uma espiada. Ainda avistou suas figuras na outra margem. Aguardou até que todos desaparecessem por completo. Entrou no templo e acendeu uma lâmpada a óleo. Estava faminto. Haviam deixado comida, envolta numa folha de bananeira, no pedestal da imagem em pedra. Repleto de gratidão, Raju orou para que Velan jamais chegasse à conclusão de que ele era bom demais para necessitar de alimentos e portanto seria capaz de subsistir com partículas do ar.

    Na manhã seguinte, ele levantou cedo, fez suas abluções, lavou suas roupas no rio, acendeu o fogareiro, preparou café e sentiu-se completamente em paz com o mundo. Tinha que decidir seu futuro naquele dia. Poderia retornar à sua cidade natal, aturar as risadinhas e os olhares que perdurariam por alguns dias, ou então ir para outro lugar. Mas para onde? Nunca fora habituado a ganhar a vida com trabalho duro. Atualmente recebia comida sem ter que pedir por ela. Se fosse para algum outro lugar, com certeza ninguém se daria ao trabalho de lhe trazer alimento, pelo simples fato de que ele estava lá a esperá-lo. O único lugar em que isso acontecia era na cadeia. Para onde poderia ir agora? Para canto nenhum. Vacas que pastavam num declive a distância conferiam ao lugar ares de quietude sublime. Percebeu que não tinha alternativa: só lhe restava desempenhar o papel que Velan lhe atribuíra.

    Tomada a decisão, preparou-se para o encontro com Velan e seus amigos à tardinha. Sentou-se como de costume na laje com uma expressão de calma e beatitude no rosto. O que mais o incomodara até então era soar brilhante demais em tudo o que dizia. Adotara o silêncio como precaução. Mas agora esse receio não existia mais. Decidiu parecer o mais ilustre possível, dispensar pérolas de sabedoria através dos lábios, assumir o máximo esplendor e provê-los, sem restrições, da orientação requerida. Pensou em organizar melhor o palco para tal espetáculo. Em vista disso, transferiu seu assento para o saguão interno do templo. Ficava melhor como cenário. Pouco antes da hora habitual de chegada de Velan e seus companheiros, sentou-se ali. A expectativa gerou nele boa dose de excitação e ansiedade. Ensaiou expressões e poses para recebê-los.

O sol estava se pondo. Sua luz coloria de rosa a parede. Os topos dos coqueiros ao redor estavam em chamas. A algazarra dos pássaros aumentava num *crescendo*, antes de extinguir-se para a noite. Sobreveio a escuridão. Nem sinal de Velan nem de ninguém. Não apareceram aquela noite. Ele ficou sem comida, mas essa não era a principal preocupação; ainda lhe sobraram algumas bananas. Mas se não voltassem nunca mais? O que aconteceria? Entrou em pânico. Passou a noite em claro, angustiado. Todos os seus velhos medos ressurgiram. Caso regressasse à cidade, teria que reaver sua casa com o sujeito da hipoteca. Teria que lutar por um espaço para morar dentro da sua própria casa ou arranjar dinheiro para resgatá-la.

Questionava-se se não seria o caso de atravessar o rio, ir até o povoado e procurar por Velan. Mas não lhe parecia uma atitude digna. Poderia rebaixá-lo perante os aldeões e os levar a abandoná-lo de vez.

Avistou um menino pastoreando suas ovelhas na outra margem. Bateu palmas e gritou:

"Venha cá!" Desceu os degraus que conduzem ao rio e berrou sobre as águas: "Garoto, sou o novo sacerdote deste templo! Venha até aqui! Tenho uma banana-da-terra pra lhe dar. Venha até aqui buscar!" Acenou com a fruta, ciente do risco que o blefe implicava; era a última do estoque e poderia sumir para sempre, assim como aquele menino, sem que Velan jamais tomasse conhecimento de seu apelo aflito, enquanto ele, Raju, definharia de fome no templo, até que seus ossos privados de vida fossem encontrados e somados às relíquias circundantes. Era nisso que pensava enquanto acenava com a banana. O garoto deixou-se atrair pelo chamado e logo cruzou as águas. Era baixinho, molhou-se até as orelhas. Raju disse:

"Tire o turbante, menino, e seque-se."

"Não tenho medo da água, senhor", disse ele.

"Mas não deve ficar molhado."

O menino estendeu a mão para receber a banana e disse:

"Eu sei nadar. Venho sempre nadar."

"Mas nunca o vi por aqui antes", disse Raju.

"Nunca venho aqui. Nado mais adiante."

"E por que não vem aqui?"

"Aqui está infestado de crocodilos."

"Mas nunca vi nenhum crocodilo por aqui."

"Vai acabar vendo", disse o garoto. "Minhas ovelhas geralmente pastam lá adiante. Vim ver se encontrava um homem aqui."

"Por quê?"

"Meu tio me pediu que eu viesse dar uma olhada. Ele me disse: 'Conduza o rebanho até a frente do templo e veja se há um homem por lá.' Por isso vim aqui hoje."

Raju deu a banana ao menino e falou:

"Diga a seu tio que o homem voltou e que ele venha hoje à tardinha aqui."

Não perguntou quem era o tio. Quem quer que fosse seria bem-vindo. O garoto descascou a banana, engoliu-a de uma só vez e depois começou a mastigar também a casca.

"Por que você come a casca? Vai lhe fazer mal", disse Raju.

"Não vai, não", retrucou o menino.

Parecia ser um garoto bastante resoluto: um menino que sabe o que quer da vida.

Raju dispensou um conselho vago:

"Seja sempre assim, um bom rapaz. Agora pode ir. Não se esqueça de dizer a seu tio..."

O menino partiu, depois de tê-lo precavido:

"Fique de olho nelas até eu voltar."

E apontou para suas ovelhas na encosta em frente.

CAPÍTULO TRÊS

O GUIA

Um belo dia, o prédio da estação, para além da árvore de tamarindo, ficou pronto. Os trilhos de aço brilhavam sob o sol; os postes de sinalização erguiam-se com suas listras vermelhas e verdes e seus faróis coloridos; agora a linha ferroviária dividia de modo nítido o nosso mundo em dois. Estava tudo pronto. Passávamos todo o nosso tempo livre caminhando ao longo dos trilhos, até o canal de escoamento, a cerca de meia milha de distância. Andávamos para cima e para baixo na nossa plataforma. Uma muda de flamboyanzinho fora plantada no pátio da estação. Passeávamos pelo corredor, espiando a sala destinada ao chefe da estação.

Decretaram feriado.

"Hoje o trem chega a nosso vilarejo!", exclamavam as pessoas excitadas.

A estação fora decorada com guirlandas e bandeirolas. Um tocador soava seu pífaro e bandas retumbavam ao redor. Abriam-se cocos nos trilhos quando surgiu, fumegante, a locomotiva puxando alguns vagões. A maioria dos figurões da cidade estava por lá. O tesoureiro municipal, o superintendente da Polícia, o presidente da Câmara dos Vereadores e muitos dos empresários locais, exibindo em mãos seus convites esverdeados, aglomeravam-se na estação. A polícia cercou a plataforma, não permitindo que a multidão entrasse. Senti-me trapaceado. Fiquei indignado com a ousadia de proibirem o meu ingresso na plataforma. Num ponto mais afastado do policiamento, espremi-me por entre as grades e, quando a locomotiva chegou, lá estava eu para recepcioná-la. Provavelmente eu era tão pequeno que minha presença não se fazia notar.

Dispuseram mesas em torno das quais os convidados oficiais sentaram-se para degustar os quitutes oferecidos; vários dentre eles se levantaram para discursar. A única palavra que eu conseguia entender em toda aquela prosopopeia era "Malgudi", repetida com frequência. Houve aplausos. A banda começou a tocar, a locomotiva apitou, o sino badalou, os guardas sopraram seus apitos e os senhores que até então comiam os acepipes embarcaram no trem. Meu ímpeto seria segui-los, porém havia muitos policiais para me impedir. O trem moveu-se e logo sumiu de vista. Permitiram então que a grande massa de gente adentrasse a plataforma. A barraca de meu pai bateu recorde de vendas naquele dia.

Antes mesmo que o chefe da estação e o carregador tivessem se instalado nas suas casinhas de pedra nos fundos da estação, de frente para a nossa, meu pai já prosperara tanto a ponto de ter adquirido uma *jutka* com cavalo, que lhe permitiria ir à cidade para as suas compras.

Minha mãe estava em desacordo.

"Para que arrumar mais sarna para se coçar, cavalo, ração de cavalo e o diabo a quatro? Já não basta o trabalho que temos com a parelha de búfalos?"

Ele não deu a ela uma resposta pormenorizada, apenas descartou suas objeções dizendo:

"Você não entende nada disso. Tenho muita coisa para resolver todos os dias na cidade. Tenho que ir ao banco a toda hora."

Pronunciou a palavra "banco" com uma ênfase cheia de orgulho, mas minha mãe não se deixou impressionar.

Desse modo foi acrescentada uma estrebaria com teto de palha no nosso quintal, onde um pônei de pelo castanho ficava amarrado, e um cocheiro foi contratado para tratar do animal. Tornamo-nos o principal assunto do povoado por causa do cavalo e da charrete, mas minha mãe nunca aceitou aquela situação. Ela julgava que aquilo era uma vaidade desmesurada por parte de meu pai e não havia explicação que ele desse que a convencesse do contrário. Na opinião dela, meu pai superestimara a dimensão de seu comércio e ela o atazanava sempre que o encontrava pela casa, com o cavalo e a charrete ociosos. Esperava que ele passeasse o dia inteiro pelas ruas da cidade, dando voltas no seu veículo. Sempre que ia à cidade, ele não gastava mais que uma hora por dia e voltava a tempo para cuidar da venda, que passara a deixar aos cuidados de um amigo durante algumas horas do dia. Minha mãe estava se tornando uma resmungona bem-sucedida, creio eu, pois meu pai estava perdendo muito de sua agressividade e desdobrava-se em explicações quando regressava a casa e deixava charrete e pônei, sem uso, debaixo do pé de tamarindo.

"Você pode usar a charrete para ir ao mercado, se quiser", dizia ele com frequência.

Porém minha mãe desprezava a oferta, retrucando:

"E pra onde você quer que eu vá todos os dias? Numa sexta-feira, pode até ser útil para ir ao templo. Mas daí a manter apetrechos tão dispendiosos o ano inteiro, só para uma visita ocasional ao templo... Você tem ideia do preço da forragem e da ração?"

Felizmente, no fim das contas, o veículo não deu só prejuízo. Exausto com a oposição persistente de minha mãe, meu pai considerou seriamente se desfazer do cavalo e – uma prospectiva fantástica! – converter a charrete num carro de boi, com uma "mola arqueada" na parte de cima da roda, que um serralheiro, conhecido seu do portão do mercado prometera confeccionar.

O cocheiro que cuidava do cavalo riu da ideia, afirmou que era um projeto impossível e convenceu meu pai de que o serralheiro terminaria por fazer da charrete uma peça de mobília, cuja única utilidade seria permanecer estacionada debaixo da árvore de tamarindo.

"É como se você acreditasse que ele pode transformar o cavalo num boi!", disse ele. E fez uma proposta que aguçou o instinto comercial de meu pai: "Deixe-me alugá-lo no mercado. Todos os custos com ração e forragem passarão a ser por minha conta; permita apenas que eu continue usando a cocheira. Pagarei duas rupias por dia pelo cavalo e uma rupia por mês pela cocheira, e a quantia que conseguir ganhar acima disso será minha."

Foi uma ótima solução. Meu pai podia usar a charrete sempre que quisesse, e o veículo passara a lhe proporcionar uma renda e deixara de ser uma despesa. Mas, com o passar dos dias, o condutor apareceu alegando falta de clientela. Na semiescuridão bem diante da nossa casa deram-se inúmeras e acirradas discussões entre meu pai e o condutor, durante as quais meu pai tentava extrair as duas rupias que lhe eram de direito. Minha mãe terminou por intervir, dizendo:

"Essa gente não merece confiança. Com toda a multidão que veio para o festival, ele tem coragem de dizer que não ganhou um tostão hoje? E quem acredita?"

Minha mãe estava convicta de que o condutor gastava tudo com bebida. Ao que meu pai argumentava:

"E daí? Se ele bebe ou deixa de beber, isso não é da nossa conta."

Todo dia era a mesma coisa. Debaixo da árvore, todas as noites, o sujeito bajulava e implorava pela indulgência de meu pai. Era evidente que estava embolsando nossos recursos. Passadas algumas semanas, ele retornou, dizendo:

"Esse cavalo está emagrecendo e já não trota bem; além disso, está ficando manhoso. É melhor vendê-lo logo e arrumar outro; todos os passageiros da *jutka* reclamam e acabam pagando menos por causa disso. As molas das rodas também precisam ser trocadas."

O homem sugeria continuamente a venda do equipamento e a compra de um novo. Sempre que minha mãe o escutava dizendo isso ela perdia a paciência e gritava com ele, afirmando que um cavalo e uma carroça já davam despesa suficiente. A situação levou meu pai a avaliar o acordo como um fracasso irremediável, até que o homem deu a entender que recebera uma oferta de 70 rupias pelo conjunto – cavalo e charrete. Meu pai conseguiu puxar para 75 rupias e um dia, finalmente, o sujeito apareceu com o dinheiro, levando consigo o equipamento completo. Era evidente que poupara o dinheiro que surrupiara com vistas ao empreendimento. De qualquer forma, ficamos aliviados por termos nos livrado daquele peso morto. A operação fora muito bem calculada, pois assim que os trens começaram a chegar à nossa estação com regularidade, descobrimos que nossa *jutka* estava dando lucro com o transporte de passageiros para a cidade.

Meu pai teve o privilégio de gerir uma loja no interior da estação ferroviária. E que loja! O chão era de cimento, com prateleiras embutidas. Era tão ampla que, quando meu pai transferiu todos os artigos da sua barraca, só preenchiam a quarta parte do espaço; ele ficou deprimido diante de tanto vazio na parede. Foi a primeira vez que tomou consciência de que o comércio que até então administrara não era tão próspero como supunha.

Minha mãe foi bisbilhotar a operação e o provocou:

"Com um estoque como este você vai comprar um automóvel e sabe-se lá mais o quê!"

Ele nunca mencionara a compra de um carro, mas ela adorava implicar com ele.

Meu pai retrucou, sem convicção:

"Por que você fica tocando nesse assunto agora?" E ficou pensativo. "Vou precisar investir pelo menos mais quinhentas rupias em mercadoria para preencher todo esse espaço."

O chefe da estação – um velho que usava um turbante verde e óculos de armação metálica prateada – veio vistoriar a loja. Meu pai assumiu uma atitude extremamente respeitosa diante dele. Karia, o carregador, de uniforme azul e turbante, o acompanhava, mantendo-se um passo atrás. Minha mãe retirou-se com discrição e retornou a casa. O chefe da estação contemplou a loja a uma certa distância com a cabeça inclinada para um lado, como se fosse um artista analisando um quadro. O carregador seguia fielmente o exemplo dele, de prontidão para concordar com o que quer que ele falasse. O chefe da estação disse:

"Preencha todo este espaço, senão o ATS pode vir fazer uma inspeção, nos encher de perguntas e meter o bedelho em todos os nossos negócios. Não foi fácil conseguir esta licença para você."

O GUIA

Meu pai deixou-me sozinho na loja e foi à cidade fazer compras.

"Não exponha arroz e coisas do gênero; continue a usar a sua barraca para isso", aconselhou o chefe da estação. "Os passageiros do trem não precisarão de tamarindo ou lentilhas enquanto viajam."

Meu pai aceitava as instruções sem questioná-las. O chefe da estação tornara-se seu deus na face da Terra e ele se mostrava disposto a lhe obedecer complacentemente. Assim, em pouco tempo a nova loja transbordava de cachos de banana pendurados em pregos, cascatas de laranjas de Mempi, enormes vasilhas com frituras, potes de vidro com balas de hortelã coloridas e docinhos variados, e ainda pães de forma e bolinhos. A disposição dos produtos era muito atraente e havia também várias prateleiras dedicadas a maços de cigarros. Ele tinha que prever e suprir a demanda de todo tipo de passageiro.

Meu pai deixou a antiga venda por minha conta. Seus antigos fregueses continuavam a ir até lá para fazer suas compras e bater papo, como de costume. Mas não me achavam à altura do cargo. Entediava-me ter que ouvir seus relatos sobre questões de irrigação e outras contendas. Eu não tinha idade suficiente para compreender seus problemas ou interessar-me pelas sutilezas de suas transações. Escutava-os sem comentar nada e eles logo perceberam que eu não era um interlocutor que lhes aprouvesse. Deixaram-me de lado e correram para a outra loja, em busca da companhia do meu pai. Mas acharam o lugar inóspito. Não se sentiam à vontade ali. Era um ambiente sofisticado demais para eles.

Como quem não quer nada, em pouco tempo meu pai retomou seu posto na barraca, encarregando-me da nova loja na estação. Tão logo uma ponte de conexão para Malgudi ficou pronta, nossos trilhos passaram a conhecer um serviço regular; era emocionante assistir às atividades do chefe da estação e do carregador em seu uniforme azul quando "recebiam" e "liberavam" dois trens completos por dia: o trem do meio-dia de Madras e o de Trichy, no fim da tarde. Tornei-me muito dedicado ao trabalho na loja e tomava muitas iniciativas. Como se pode adivinhar, toda essa expansão nos empreendimentos da nossa família foi de grande ajuda na obtenção de um objetivo ardentemente desejado: larguei a escola sem que ninguém desse por isso.

CAPÍTULO QUATRO

A banana cumpriu o milagre. O menino percorrera casa por casa anunciando que o santo regressara a seu lugar. Homens, mulheres e crianças acorreram em massa. Queriam apenas poder vê-lo e admirar o esplendor de seu rosto. As crianças o circundaram, fitando-o, cismadas. Raju procurou amenizar o embaraço da situação beliscando algumas bochechas, fazendo gracinhas e chegando a ponto de imitar a fala delas para quebrar o gelo. Aproximou-se de um grupo de meninos.

"Que matérias estão cursando?", indagou, imitando agora o comportamento dos homens importantes da cidade. Mas fora um erro fazer a pergunta ali; os meninos riram, entreolharam-se e disseram:

"Nada de escola pra gente."

"E o que fazem o dia todo?", perguntou, sem genuíno interesse por suas atividades.

Um adulto interveio e disse:

"Não podemos enviar nossas crianças à escola, como vocês na cidade. Elas têm que levar o gado para pastar."

Raju estalou a língua em sinal de reprovação. E balançou a cabeça. Seu público começou a ficar apreensivo e aflito. Raju explicou, sapiente:

"Em primeiro lugar, as crianças devem aprender a ler. Devem, é claro, ajudar seus pais, mas é preciso que também encontrem tempo para o estudo." Acrescentou, inspirado: "Se não têm tempo para ler durante o dia, por que não se reúnem à noite para estudar?"

"Mas onde?", indagou alguém.

"Por que não ali?", disse Raju, apontando para o amplo saguão. "Vocês poderiam sugerir isso a algum professor do povoado. Não há ninguém formado na comunidade de vocês?"

"Tem sim, tem...", bradaram várias vozes ao mesmo tempo.

"Pois digam a ele que venha conversar comigo", ordenou Raju, autoritário, com ares de diretor convocando um docente faltoso.

Na tarde seguinte, um homem tímido, com um topete curto que despontava de seu turbante, apresentou-se no saguão do templo. Raju havia terminado sua refeição e desfrutava da sesta, estirado no fresco pavimento de granito. O tímido personagem parou ao lado de um antigo pilar e pigarreou. Raju abriu os olhos e fitou-o de modo inexpressivo. Não seria apropriado perguntar quem era ou deixava de ser, com tantas pessoas que iam e vinham a seu bel-prazer. Raju apenas fez um gesto com o braço, indicando ao outro que se sentasse, e voltou a dormir. Mais tarde, ao despertar, deparou com o homem sentado perto de si.

"Sou o professor", disse o homem.

No estado confuso e semiadormecido em que se encontrava Raju, sua antiga aversão a mestres escolásticos reemergiu: por uma fração de segundo esqueceu que aquilo era coisa do passado. Sentou-se bem ereto.

O mestre surpreendeu-se e disse:

"Não se incomode. Posso aguardar."

"Tudo bem, estou pronto", disse Raju, recobrando tanto a compostura como a orientação no tempo e no espaço. "Você é o professor?", perguntou, indulgente. Refletiu por um instante e em seguida perguntou de forma vaga: "Como vão as coisas?"

O outro simplesmente disse:

"Do jeito que sempre estiveram."

"Mas qual é a sua opinião?"

"O que importa?", disse o outro. "Faço o que posso, com honestidade."

"De outro modo, de que serviria fazer alguma coisa?", perguntou Raju.

Estava ganhando tempo. Ainda não recobrara inteiramente suas faculdades mentais depois da soneca, e o problema da educação infantil não vinha sendo uma de suas prioridades nos últimos tempos. Ensaiou:

"No fim das contas, o dever de cada um de nós..."

"Eu me esforço", disse o outro na defensiva, não se dando por vencido.

Depois de meia hora num toma lá dá cá, foi o professor quem tomou a iniciativa:

"Parece que o senhor sugeriu reunir as crianças aqui para que tenham aulas à noite."

"Ah, sim!", disse Raju. "Sugeri, sim, mas é claro que se trata de um assunto cuja palavra final deve ser sua. Afinal de contas, a melhor ajuda é aquela que somos capazes de obter sozinhos. Hoje posso estar aqui, mas o dia de amanhã a Deus pertence. Essa deve ser uma iniciativa sua. Eu quis apenas dizer que, caso lhe faltasse um espaço... aqui poderia ficar à vontade."

E, com um movimento impetuoso do braço, assumiu ares de quem fazia uma doação a toda uma comunidade.

O professor permaneceu pensativo por um instante e disse, hesitante:

"Não tenho certeza, contudo..."

Raju, então, tornou-se resoluto e persuasivo de modo repentino, e afirmou com muita autoridade:

"Acho imprescindível que nossa juventude seja alfabetizada e desenvolva a própria inteligência." E acrescentou com ardor, visto que soava bem: "E é dever de cada um fazer com que todos sejam felizes e instruídos."

Esse altruísmo comovente arrebatou o professor:

"Farei qualquer coisa", disse ele. "Basta tê-lo como guia."

Raju deu o tiro de misericórdia:

"Sou apenas um instrumento e também necessito do meu guia."

O fato é que quando regressou ao povoado o professor era outro homem. No dia seguinte estava de volta entre os pilares do templo, acompanhado de uma dúzia de crianças. Tinham a testa borrada com cinzas consagradas, e suas lousas rangiam no silêncio da noite enquanto o professor ditava a lição. Sentado na plataforma, Raju assistia, com olhar benévolo. O professor desculpou-se pelo número reduzido de alunos, pois conseguira reunir pouco mais de dez crianças:

"Elas têm medo de atravessar o rio no escuro; dizem que um crocodilo mora por aqui."

"Que mal pode causar um crocodilo quando se tem a mente pura e a consciência em paz?", disse Raju, bombástico.

Que formulação maravilhosa! Estava surpreso com quanta sabedoria brotava das profundezas do seu ser. Disse ao professor:

"Não se deixe abater se são apenas doze. Dedicando-se aos doze de corpo e alma, seu serviço valerá cem vezes mais."

O professor sugeriu:

"Não me interprete mal, mas, quando puder, será que o senhor também faria palestras aos meninos?"

Isso deu a Raju a oportunidade de externar aos meninos sua visão da vida e da eternidade. Falou a eles sobre a devoção e a pureza; citou o *Ramayana* e personagens épicos. Falou às crianças sobre diversos assuntos. O som da sua própria voz o hipnotizava. Crescia em estatura ao ver os rostinhos daquelas crianças voltados para cima, concentrados e reluzentes, em meio à penumbra do templo. Ninguém estava mais tocado pela solenidade do evento que o próprio Raju.

Agora que reflito sobre o ocorrido, considero que, no fim das contas, não me saí tão mal assim. Parece-me que nem sempre temos plena consciência da real grandeza da nossa sabedoria. Lembro-me de quanto procurava exercitar a mente então. Havia lido uma quantidade razoável de textos de bom nível nos meus tempos de lojista da ferrovia. Ficava sentado na loja, vendendo pães e água gasosa. Vez por outra os estudantes deixavam alguns livros comigo para revenda. Embora meu pai tivesse nossa loja em alta conta, eu não compartilhava a opinião dele. Ganhar dinheiro vendendo pães e biscoitos me parecia uma ocupação demasiado simplória. Sempre considerei a função muito aquém das minhas potencialidades.

Meu pai faleceu na estação chuvosa. Sofreu morte súbita. Permanecera até tarde da noite na sua barraca, ocupado com as vendas e as conversas com seus fregueses; contou a féria do dia, entrou em casa, comeu arroz com leitelho e deitou-se para dormir; nunca mais acordou.

Minha mãe adaptou-se à nova condição de viúva. Meu pai a deixara com recursos suficientes para que pudesse viver dignamente.

Dediquei-me a ela quanto pude. Com o seu consenso, fechei a barraca e mantive o estabelecimento da estação ferroviária. Foi então que comecei a diversificar meus negócios. Estocava revistas e jornais velhos e comprava livros didáticos para revender. Claro que não possuía uma enorme clientela, mas o tráfego ferroviário trazia cada vez mais estudantes e o trem local das 10h30 era lotado de rapazolas que frequentavam o Albert Mission College, uma universidade recém-inaugurada em Malgudi. Adorava bater papo. Divertia-me ouvindo o que as pessoas falavam. Apreciava os fregueses que abriam a boca não somente para comer uma banana, mas que tinham algo a dizer que não se referisse apenas à colheita, à cotação das matérias-primas e a disputas judiciárias. Temo que, após a morte de meu pai, seus velhos amigos tenham se dispersado e sumido, um por um, substancialmente em busca de um ouvinte.

Os estudantes reuniam-se na minha loja enquanto esperavam pelo trem. Aos poucos, livros ocupavam o lugar dos cocos. As pessoas despejavam ali seus livros usados, roubados e todo tipo de material impresso. Eu fingia indiferença e regateava duramente na hora da compra, mostrando-me solícito na venda. A rigor, era uma atividade ilegal. Porém eu mantinha uma relação amistosa com o chefe da estação, que dispunha, assim como seus filhos, de crédito ilimitado para todos os produtos do meu estabelecimento; além disso, ele apreciava desfrutar do privilégio de poder ler qualquer publicação que surgisse na pilha que pululava na frente da loja.

Minha atividade como livreiro foi um desdobramento natural da minha busca por papel usado para os embrulhos. Quando as pessoas compravam alguma coisa, eu detestava observá-las indo embora com o artigo na mão. Gostava de embrulhar com capricho, da melhor forma possível. Mas enquanto era meu pai quem dava as ordens, ele dizia:

"Não tenho nada contra o cliente que queira trazer papel para embrulhar suas compras; mas, com a margem de lucro com que trabalho, não posso me dar ao luxo de fazer isso por ele. Quem compra óleo traz a garrafa, ou seja lá o que for, para transportá-lo. Por acaso fornecemos o recipiente?" Durante a época em que imperou essa filosofia, era praticamente impossível encontrar sequer uma folha de papel na nossa venda. Após a morte de meu pai, adotei uma política diversa. Espalhei aos quatro ventos que desejava receber papel velho e livros usados e logo consegui acumular um monte. Nas horas vagas, organizava o material. No intervalo entre os trens, quando a plataforma ficava silenciosa, não havia nada de mais prazeroso do que pegar um punhado sortido de livros para ler refestelado em meu assento, erguendo intermitentemente o olhar para contemplar a imensa árvore de tamarindo que entrevia-se pelo vão da porta, lá fora. Lia coisas que despertavam meu interesse, que me entediavam, que me deixavam perplexo, e que terminavam por embalar meu cochilo na cadeira. Lia textos que me incutiam pensamentos nobres e filosofias que me seduziam; contemplava fotografias de templos antigos e de ruínas arqueológicas, assim como de edifícios recentes, de embarcações de guerra e soldados e ainda de garotas bonitas, nas quais me detinha imaginando coisas. Aprendi muito com o descarte.

As crianças ficaram encantadas com a aula de Raju (até o professor, ao ouvi-lo, extasiado, ficara boquiaberto). Ao chegarem a casa narraram as maravilhas que haviam escutado. Impacientes, estavam todas ansiosas por regressar na noite seguinte, para ouvir mais. Logo os pais passaram a acompanhar seus filhos. Usavam a seguinte desculpa:

"As crianças regressam aos lares muito tarde, então, veja, professor, elas ficam com medo, principalmente na hora de atravessar o rio."

"Ótimo, ótimo", disse Raju. "Queria mesmo sugerir isso. Fico contente que tenham tido essa ideia. Que mal há nisso? Aliás, quem sabe também possam tirar proveito ao manter os ouvidos bem abertos? Ouvido aberto e boca fechada, duradoura faz-se a estrada", disse ele, proferindo uma máxima brilhante.

Formou-se um círculo ao seu redor. Sentaram-se, olhando para ele. As crianças também se sentaram e ficaram olhando para ele. O professor sentou-se e ficou olhando. O saguão do templo estava iluminado pelos lampiões e lanternas trazidos pelos aldeões. Tinha-se a impressão de que uma reunião solene estivesse por ter início ali. Raju sentia-se como o ator que pisa o palco sem uma fala ou um gesto ensaiado, com a plateia diante dele, em expectativa. Disse ao professor:

"Acho que você deve levar as crianças até o canto de costume, para a aula delas; leve um lampião com você."

Ao pronunciar essas palavras, não pôde evitar pensar em como se permitia dar ordens a crianças que não eram seus filhos, a um professor que não era seu funcionário, dispondo de um lampião que não lhe pertencia. O professor fez menção de obedecer às instruções, porém as crianças não se mexiam. Raju disse:

"Primeiro vocês têm que assistir à aula; depois irei falar com vocês. Antes preciso conversar com os adultos sobre assuntos que vocês não iriam gostar mesmo."

As crianças se levantaram e seguiram o professor para um canto afastado do saguão.

Velan arriscou uma sugestão:

"Faça uma palestra, senhor." E, visto que Raju não esboçava qualquer reação, permanecendo com o olhar ausente e aparentando estar em profundo estado meditativo, Velan disse ainda: "Para que possamos desfrutar da sua sabedoria."

Os demais murmuraram em sinal de aprovação.

Raju sentiu-se encurralado. "Tenho que representar o papel que esperam de mim; não tenho escapatória", pensou. Quebrou a cabeça, sem dar na vista, em busca de um jeito para começar. Poderia discursar sobre as atrações turísticas de Malgudi ou deveria tratar de temas edificantes, do tipo era uma vez fulano ou cicrano, tão bom ou tão malvado, que, quando aconteceu isso ou aquilo, sentiu-se tão desesperado que rezou ardentemente, e por aí vai? Que tédio! O único assunto sobre o qual estava de fato preparado para discursar no momento parecia ser a vida penitenciária e suas vantagens, especialmente para alguém que era tomado por santo. Aguardaram de forma respeitosa que ele refletisse e se inspirasse. "Seus panacas!", sentiu vontade de gritar bem alto. "Por que não me deixam em paz? Se trouxerem comida, basta deixá-la aí num canto. Obrigado."

Após um prolongado silêncio de reflexão, Raju saiu-se com as seguintes palavras:

"Tudo tem que esperar a sua hora."

Velan e seus amigos, sentados na primeira fila, demonstraram preocupação – sem perder minimamente o respeito, é claro. Não compreendiam aonde ele estava querendo chegar dizendo isso. Após uma pausa, Raju acrescentou magnânimo:

"Dirigirei a palavra a vocês quando outro dia tiver raiado."

Alguém perguntou:

"Mas por que outro dia, senhor?"

"Porque é assim que deve ser", disse Raju, misterioso. "E, enquanto vocês esperam a aula das crianças terminar, sugiro que passem o tempo refletindo sobre cada palavra pronunciada e cada ação por vocês cometida, desde hoje de manhã até agora."

"Como assim, cada palavra e cada ação?", perguntou alguém, genuinamente desconcertado com o conselho.

"As suas", disse Raju. "Rememore e reflita acerca de cada palavra dita por você desde que despertou."

"Mas não me lembro exatamente..."

"Foi por isso mesmo que eu disse *rememore, reflita*. Se você não consegue lembrar nem mesmo de suas próprias palavras, como conseguirá recordar as palavras de outrem?"

A sua observação divertiu o auditório. Ouviram-se abafados ataques de riso. Quando cessaram as risadas, Raju prosseguiu:

"Quero que cada um de vocês seja capaz de pensar de forma independente, com a própria cabeça, e não como se fossem gado, conduzidos pelo cabresto."

O conselho desencadeou um murmurinho em sinal de polida discordância. Velan perguntou:

"Como podemos fazer isso, senhor? Cultivamos a terra e cuidamos do rebanho; até aí, tudo bem. Mas como podemos filosofar? Não é nosso campo, mestre. Não é possível. São pessoas sábias como o senhor que devem pensar por nós."

"E por que o senhor pediu que lembrássemos tudo o que dissemos ao longo do dia?"

O próprio Raju não sabia bem por que solicitara tal coisa; disse então:

"Quando você o fizer, saberá por quê." A essência da santidade parecia residir na habilidade em proferir sentenças mistificadoras. "Enquanto não tentarem, como poderão saber aquilo que são ou que não são capazes de fazer?", perguntou. Estava arrastando aqueles pobres inocentes cada vez mais ao fundo no pântano de pensamentos obscuros.

"Não consigo lembrar nem o que eu disse há poucos instantes; passa muita coisa pela minha cabeça", lamentou-se uma de suas vítimas.

"Justamente. É disso que desejo que você se livre", disse Raju. "Enquanto você não desenvolver essa capacidade, não poderá conhecer o prazer que proporciona." Escolheu três homens dentre o grupo. "Quando os vir novamente, amanhã ou algum outro dia, quero que estejam em condições de repetir pelo menos seis palavras que tenham pronunciado desde a manhã. Estou pedindo que lembrem apenas seis palavras", alegou, como alguém que faz uma imensa concessão. "Não seiscentas."

"Seiscentas! Existirá alguém que consiga lembrar seiscentas, senhor?", perguntou um deles, maravilhado.

"Bem, eu consigo", disse Raju. E obteve o estalar de línguas em sinal de aprovação, como esperava, legitimamente, merecer.

Logo as crianças estavam de volta – uma dádiva para Raju, que levantou como quem dissesse, "Por hoje basta" e caminhou na direção do rio, seguido pelos demais.

"As crianças devem estar com sono. Levem-nas para casa em segurança e voltem sempre."

Programara um roteiro detalhado para a próxima reunião. Batendo palmas, cadenciou um ritmo suave e cantou uma canção religiosa que continha um refrão simples o bastante para ser repetido pelo público. O teto antigo ecoava vozes de homens, mulheres e crianças que repetiam, em uníssono, textos sagrados. Alguns trouxeram altas lâmpadas em bronze que foram acesas. Outros cuidavam de mantê-las abastecidas com óleo; outros ainda haviam transcorrido o dia todo enroscando pedacinhos de algodão e convertendo-os assim em pequenos pavios para as lâmpadas. Por iniciativa própria, as pessoas trouxeram pequenas imagens emolduradas de deuses e as penduraram nas colunas do templo. Em pouco tempo, algumas mulheres passaram a vir em grupo durante o dia para lavar o pavimento e decorá-lo com desenhos feitos com farinha colorida; dependuravam flores, ramagens e enfeites por todos os cantos. O interior do templo ficou irreconhecível. Alguém até cobriu a plataforma no centro do saguão com um tapete colorido e macio; esteiras foram desenroladas para acomodar a assembleia.

Raju não tardou a intuir que seu *status* espiritual aumentaria se deixasse crescer a barba e os cabelos até que encobrissem a nuca. Um santo barbeado e de cabelos curtos era uma anomalia. Suportou bravamente as várias etapas de sua transfiguração, sem se importar com a fase irritante que teve que atravessar antes que uma barba autêntica e digna do nome cobrisse seu rosto e descesse ao peito. Quando chegara a ponto de poder alisar a barba, pensativo, seu prestígio já superara até mesmo as suas mais delirantes expectativas. Sua vida ultrapassara os limites da sua pessoa; seus seguidores tornaram-se tão numerosos que transbordavam para os corredores adjacentes ao saguão e até a beira do rio havia pessoas sentadas.

Com exceção de Velan e poucos outros, Raju nunca se preocupou em lembrar nomes e reconhecer fisionomias nem mesmo saber a quem estava falando. Havia conquistado seu lugar no mundo. Sua influência era ilimitada. Ele não apenas cantava versículos sagrados e discorria sobre filosofia, tendo chegado ao ponto de prescrever remédios; mães lhe traziam crianças com dificuldade em dormir à noite; ele apertava a pequena barriga e receitava alguma erva, dizendo:

"Se mesmo com isso não melhorar, traga-o de volta para um novo exame."

Difundiu-se a crença de que quando ele alisava a cabeça de uma criança ela se beneficiava de diversas maneiras. Também o procuravam, é claro, por causa de disputas e contendas ligadas a questões fundiárias e partilha de propriedades herdadas. Tinha que reservar algumas horas das suas tardes para esse tipo de atividade. Agora, mal podia se dar o luxo de uma vida privada. Chegou a ponto de ser obrigado a se levantar muito cedo e se apressar com seus hábitos rotineiros, antes que os visitantes começassem a afluir. Era desgastante. Suspirava profundamente aliviado ao poder voltar a ser ele mesmo – comer, gritar e dormir como um homem comum – assim que as vozes no rio cessavam pelo restante da noite.

CAPÍTULO CINCO

O GUIA

Comecei a ser chamado de Raju da Ferrovia. Completos estranhos, tendo ouvido falar no meu nome, dirigiam-se a mim para saber o horário em que seus trens chegariam à estação de Malgudi. Há pessoas que trazem escrito na testa que nunca sejam deixadas em paz. Acho que sou uma dessas. Nunca fui em busca de novos relacionamentos: foram eles que, de um jeito ou de outro, vieram atrás de mim. Homens recém-desembarcados entravam na minha loja para tomar um refrigerante ou comprar cigarros e davam uma olhada na pilha de livros; quase sempre perguntavam "Quão longe fica...?", ou "Como faço para ir para...?", ou ainda "Há muitos lugares históricos por aqui?", ou ainda "Ouvi dizer que a nascente do rio Sarayu fica naquelas montanhas e que é um lugar lindo". Esse gênero de pergunta levou-me a perceber que eu jamais dera a devida atenção a essas coisas. Porém, nunca respondi "Não sei". Não é da minha natureza, creio eu. Se tivesse tendência a dizer "Não faço ideia do que você está falando", minha vida teria tomado um rumo diferente. Em vez disso, eu dizia: "Ah, sim! Um lugar incrível! Não conhece? Você tem que arranjar tempo para visitar, senão a vinda até aqui terá sido um desperdício!" Lamento ter mentido assim tão despudoradamente. Não foi pelo prazer de mentir, mas simplesmente por procurar agradar.

Naturalmente me perguntavam que caminho tomar. Eu dizia então: "É só seguir por ali até a Market Square; chegando lá, perguntem a um taxista..." Não era uma indicação muito satisfatória. Certa vez um homem pediu que eu lhe indicasse com maior exatidão o caminho até a Market Square e onde encontrar o táxi. O filho caçula do carregador encarregava-se da sinalização apenas quando algum trem estava por chegar; fora isso, não tinha nada para fazer. Pedi a ele que ficasse de olho na minha loja enquanto eu ajudava o viajante a encontrar um táxi.

No chafariz do mercado, encontrei aquela velha raposa – o Gaffur – em busca da sua próxima vítima. Especializara-se em recolher todos os carros abandonados da região e reformá-los. Depois de ressuscitar os veículos, passeava com eles pelas montanhas e pelas estradas em meio à floresta. Costumava ficar sentado no parapeito do chafariz, enquanto seu carro, estacionado à beira da rua, ao lado da vala de esgoto, torrava ao sol.

"Gaffur!", chamava eu, para então dizer: "Apresento-lhe este distinto senhor, um amigo meu. Ele gostaria de ir ver... Você deve levá-lo até lá e trazê-lo de volta, com todo o conforto e segurança; foi por isso que o acompanhei até aqui, pessoalmente, embora neste horário eu não devesse ausentar-me da minha loja."

Acertávamos o preço: eu deixava que fosse o cliente a mencionar um valor e regateava com Gaffur até que ele aceitasse aquela quantia. Mas quando o freguês fazia alguma objeção ao ver as condições do veículo, eu tomava as dores de Gaffur e explicava:

"Pode ter certeza de que ele não escolheu esse carro porque é trouxa. Na verdade, teve que procurar muito até encontrar este exato modelo: é o único que consegue percorrer todos os pontos do seu roteiro; em alguns trechos, a estrada ainda nem foi aberta. Mas pode ficar tranquilo que Gaffur o leva até lá e ainda o traz de volta a tempo de jantar. Não é, Gaffur?"

"Bem", enrolava ele, "são setenta milhas para ir e setenta milhas para voltar; agora é uma hora da tarde. Se partirmos imediatamente e nenhum pneu furar pelo caminho..."

Mas eu o apressava tanto, que ele nem tinha tempo de concluir a frase. Regressavam não exatamente na hora do jantar – a não ser que se considere que se possa jantar à meia-noite –, mas Gaffur trazia o cliente de volta são e salvo, buzinava para me acordar, recebia seu dinheiro e ia embora. O horário de partida do próximo trem que servia ao sujeito era às oito da manhã do dia seguinte. Via-se obrigado a deitar no chão da plataforma, embaixo do toldo da minha loja, e passar assim a noite. Se sentisse fome, eu abria a loja e o provia com frutas e coisas do gênero.

Viajantes são entusiasmados por definição. Não se importam com a falta de comodidade, desde que tenham com que se entreter. Por que alguém renuncia ao conforto e a comer bem para ir chacoalhando por cento e tantas milhas para ver um lugar, nunca consegui entender e não cabe a mim perguntar; da mesma forma que, enquanto lojista, não dava a mínima para o que as pessoas comiam ou se fumavam; minha única tarefa era abastecê-los, nada mais. Parecia-me uma tolice viajar centenas de milhas para ir ver a nascente do Sarayu, quando o próprio rio dera-se ao trabalho de descer a montanha e chegar até nossas portas. Até aquele momento, eu jamais ouvira a nascente ser sequer nomeada; mas o sujeito que fora até lá voltou falando maravilhas do lugar. Dizia ele:

"Lamento só não ter trazido também minha mulher e minha mãe para que pudessem conhecer."

Já mais experiente, fui levado a constatar que todo mundo, ao visitar um local interessante, lastimava a falta da mulher, ou da filha; como se estivessem traindo essas pessoas ou privando-as de algo valioso na vida. Depois, quando já me tornara um guia turístico afirmado, sempre dava um jeito de injetar uma gota de melancolia nos meus clientes, dizendo: "Este é o tipo de programa que deveria ser aproveitado pela família reunida." E os sujeitos juravam que retornariam na próxima estação trazendo toda a parentela.

O homem que fora até a nascente do rio discorrera sobre a visita a noite inteira, descrevendo o pequeno *shrine* que havia bem no pico da montanha, ao lado do olho-d'água:

"Só pode ser a nascente do Sarayu mencionada na mitologia, quando Parvathi se joga no fogo; o relevo de um dos pilares do santuário ilustra a deusa pulando para dentro do fogo e a água brotando", *et cetera* e tal.

Às vezes alguém com pendor acadêmico mencionava minúcias, tais como o fato de que o domo do santuário provavelmente fora construído no terceiro século antes de Cristo, ou que o estilo dos ornamentos sugeriam o período do século terceiro da era cristã. O que para mim dava no mesmo. A idade que eu conferia a cada monumento específico dependia do meu humor do momento e do tipo de pessoa que estava ciceroneando. Se fosse do tipo erudito, eu evitava fazer menção a fatos ou datas e limitava-me a uma descrição genérica, deixando que fosse o próprio visitante a discursar. Pode ter certeza de que nunca perdia a oportunidade. E vice-versa: se estivesse acompanhando alguém despreparado e ingênuo, eu dava asas à minha imaginação. O que quer que eu mostrasse, era o maior, o mais alto e o único no mundo. Inventava estatísticas. Uma relíquia poderia ser do décimo terceiro século antes de Cristo, como igualmente do décimo terceiro depois de

Cristo; tudo dependia da minha disposição do momento. Se a pessoa a quem eu prestasse meus serviços estivesse me cansando ou aborrecendo, então, às vezes, eu jogava um balde de água fria, dizendo:

"Isto aqui não tem nem vinte anos que foi construído. Parece uma ruína por pura falta de manutenção. Existem vários similares só aqui nesta zona."

Mas precisei de muitos anos de prática até alcançar esse nível de segurança e desenvoltura.

O filho do carregador passou a tomar conta da loja ao longo de todo o dia. Eu passava rapidamente no final do expediente para conferir o dinheiro em caixa e o estoque. Não havia uma combinação definida de quanto ele deveria receber pelo serviço. De vez em quando eu dava a ele um dinheirinho. Minha mãe era a única a reclamar:

"Por que você põe o garoto para trabalhar no seu lugar, Raju? Ou empregue-o apropriadamente ou faça você o serviço, em vez de ficar zanzando pelo interior. Afinal de contas, o que você ganha com isso?"

"Você não entende, mamãe", disse eu, jantando tarde. "Minha nova ocupação é muito melhor que a anterior. Estou conhecendo um monte de lugares e ainda ganho dinheiro com isso. Sabe quão famoso fiquei? Sou procurado por gente de Bombaim, de Madras e de várias outras cidades, distantes centenas de milhas. Fui apelidado Raju da Ferrovia e já me disseram que até em Lucknow tem gente que já ouviu falar de mim. Você não acha que ficar famoso desse jeito é bem diferente de passar a vida vendendo fósforos e tabaco?"

"Ora, seu pai não se realizou assim?"
"Não discuto isso. Vou me dedicar à loja também." Com isso a velhinha ficou contente. Vez por outra, antes de apagar a última luz, mencionava a filha do irmão dela, que morava no povoado. Não perdia as esperanças de que um dia eu aceitasse me casar com a garota, embora jamais tenha dito isso de modo explícito.
"Sabia que a Lalitha ganhou uma medalha na escola? Recebi hoje uma carta do meu irmão sobre isso."

Eu era capaz de farejar minha clientela enquanto a locomotiva ainda apitava fora da estação. Meu instinto era profético. Quando percebia a pista de um bom negócio, colocava-me estrategicamente no local de desembarque; tinha o dom de posicionar-me exatamente onde o turista em potencial despontaria à minha procura; não eram apenas a máquina fotográfica ou o par de binóculo a tiracolo que me indicavam a presença de um cliente; mesmo sem esses apetrechos eu era capaz de detectá-lo. Quando eu era visto afastando-me da barreira, com o trem ainda em movimento aproximando-se da plataforma, pode ter certeza de que era porque não havia nenhum cliente para mim naquele trem. Em poucos meses tornei-me um guia tarimbado. Anteriormente, julgava-me um guia amador e um lojista profissional; porém, de forma gradual, passei a me considerar comerciante em regime de meio expediente e guia turístico em tempo integral. Mesmo quando não surgia turista em busca de guia, eu não regressava à loja, mas ia encontrar-me com Gaffur, sentado no seu ponto ao parapeito, para ouvi-lo discorrer sobre automóveis abandonados.

Classificara meus benfeitores. Eram muito variados, posso garantir. Alguns eram apaixonados pela fotografia: não olhavam para nada senão através da lente objetiva. Assim que punham o pé na plataforma, antes mesmo de pegar a bagagem, já perguntavam:

"Aqui tem algum lugar onde revelam filmes?"

"Claro. No Malgudi Photo Bureau. É um dos maiores..."

"E se eu precisar de mais rolos? Trouxe um bom estoque, claro, mas se acabar... Você acha que consigo achar aqui o super-panchro-três-cores-não-sei-o-que-lá?!"

"Claro! É a linha com a qual mais trabalham."

"E fornecem amostra enquanto aguardo a revelação?"

"Com certeza. Antes mesmo que você conte até dez! São mágicos."

"Ótimo. Então, aonde você pensa me levar primeiro?"

Essas eram as perguntas típicas de um sujeito típico. E eu tinha todas as respostas adequadas. Geralmente enrolava um pouco para responder à última pergunta: sobre aonde o levaria primeiro. Dependia. Aguardava receber certas informações antes de arriscar a resposta. Informações acerca de quanto tempo e dinheiro o sujeito dispunha. Malgudi e arredores eram a minha especialidade. Eu era capaz de dosar se consentiria ao cliente uma pequena amostra ou um panorama completo. Máxima flexibilidade. Podia lhe oferecer um vislumbre de poucas horas ou imergi-lo a semana inteira num cenário arqueológico ou campestre – entre o rio e a montanha. Não era possível fazer a programação antes de descobrir quanto dinheiro o freguês trazia consigo ou, se usasse um talão de cheques, de estar seguro de que teriam fundos. Esta era outra questão delicada. Muitas vezes o viajante propunha pagar fulano ou cicrano com cheque; e é claro que nem o nosso querido Gaffur nem o pessoal do laboratório fotográfico, muito menos o zelador do bangalô no topo de Mempi Hills, estavam dispostos a aceitar o cheque de um desconhecido. Eu me via obrigado a justificar a recusa com o máximo tato, dizendo:

"Ah, infelizmente o sistema bancário da nossa cidade é o pior que se possa imaginar... Às vezes leva vinte dias para compensar um cheque. E esses pobres coitados não têm condição de esperar."

Era uma difamação exagerada, mas não me importava em manchar a reputação das instituições financeiras da nossa cidade.

Assim que o turista chegava, eu observava como ele lidava com a bagagem: se contratava um carregador ou se preferia fazer malabarismo para carregar suas malas. Tinha que reparar nisso tudo numa fração de segundo. E, uma vez do lado de fora da estação, notar se ia andando, se chamava um táxi ou ainda se pechinchava com o condutor da *jutka* com um cavalo só, para levá-lo até o hotel. Claro que já o auxiliava em todas essas etapas, porém mantendo a devida distância. Disponibilizava-me graças ao fato de que a primeira coisa que o sujeito fizera ao pôr o pé na plataforma fora indagar por "Raju da Ferrovia" e sabia assim que possuía boas referências, quer ele viesse do Norte ou do Sul, de perto ou de longe. Chegados ao hotel, era minha função providenciar que obtivesse a melhor ou a pior acomodação, conforme sua preferência. Os que escolhiam os aposentos mais baratos sempre diziam:

"Afinal, é só para dormir, pretendo passar o dia todo fora. Para que gastar dinheiro com um cômodo que passará o dia inteiro trancado sem ninguém, você não acha?"

"Concordo plenamente", assentia, ainda sem ter oferecido resposta à pergunta "Aonde você pensa me levar primeiro?".

Antes de fazer isso, pode-se dizer que eu mantinha a pessoa numa fase de teste, durante a qual eu realizava uma análise cuidadosa. Nesse período, ainda não fazia sugestões. Não se deve esperar que uma pessoa recém-chegada de uma viagem de trem possa estar com as ideias claras. Necessita primeiro tomar um banho, trocar de roupa, revigorar-se com *idli* e café e, só então, é possível supor que alguém no Sul da Índia esteja em condições de deliberar sobre algum assunto deste mundo ou do próximo. Quando o turista me convidava a acompanhá-lo no lanche, eu deduzia que era do tipo relativamente liberal, porém eu só viria a aceitar mais à frente, quando já tivéssemos estabelecido um certo nível de camaradagem. No momento apropriado eu perguntava, indo direto ao ponto:

"Quanto tempo pretende passar na cidade?"

"No máximo três dias. Dá pra ver tudo nesse período?"

"Certamente, embora dependa do que mais deseja ver."

A partir disso, eu o colocava no "confessionário", como força de expressão. Procurava deduzir seus interesses. Malgudi, dizia eu, tinha muito a oferecer do ponto de vista histórico, de belezas naturais, de desenvolvimento moderno e outras coisas mais; já se alguém chegasse apresentando-se como um peregrino, eu propunha conduzi-lo a uma dúzia de templos, espalhados por todo o distrito num raio de cinquenta milhas; eu era capaz de apontar águas sagradas para suas imersões ao longo de todo o curso do Sarayu, começando, é claro, pela nascente, no topo de Mempi Peaks.

Aprendi uma coisa na minha carreira de guia turístico: não existem dois indivíduos que possuam interesses idênticos. Os paladares – como para a comida – diferem também no que toca à visitação turística. Há quem goste de uma cascata e quem prefira ruínas (Ah! Entram em êxtase diante de reboco rachado, estátuas quebradas e tijolos esfarelados!); alguns desejam um deus para adorar, outros querem visitar a usina hidrelétrica. Outros ainda buscam apenas um cantinho aconchegante, como um bangalô no cume de Mempi, de preferência todo envidraçado, para que possam desfrutar da vista panorâmica – que chega a alcançar um raio de 100 milhas – e dos animais selvagens que rondam a área. Este último tipo subdivide-se ulteriormente em dois: o poeta, que se satisfaz em admirar a natureza e repousar no hotel e outro subtipo, que, além de curtir a natureza, faz questão de embebedar-se em meio a ela. Não compreendo a lógica disso: um lugar lindo como Mempi Peak House estimula em certas índoles as reações mais estapafúrdias. Sei de alguns que levaram mulheres para lá; um local silencioso, em meio ao bosque, debruçado sobre o vale, dir-se-ia ideal para a contemplação e a inspiração poética; para eles, no entanto, funcionava apenas como afrodisíaco. Mas, enfim, não era da minha alçada fazer comentários. Minha tarefa consistia tão somente em acompanhá-los até lá e certificar-me que Gaffur voltasse para buscá-los, conforme o combinado.

Os tipos que agiam como se estivessem me submetendo a um exame, providos com uma lista completa de todos os pontos a serem visitados e que ainda por cima enfatizavam desejar fazer bom uso do dinheiro gasto, me intimidavam. "Qual é a população desta cidade?"; "Qual a área ocupada?"; "Não blefe! Conheço perfeitamente a data da construção: não foi no segundo século, mas no *décimo* segundo..." Ou ainda corrigiam a minha pronúncia de certos vocábulos: "I-ti-ne-rá-rio, não é..." Diante deles, tornava-me submisso e humilde, aceitava suas correções com gratidão e eles terminavam sempre por dizer: "De que adianta se passar por 'guia turístico' se você não tem conhecimento...?" *Et cetera, et cetera, et cetera.*

Talvez você queira saber quanto eu ganhava encarando tudo isso. Bem, a quantia não era fixa. Dependia das circunstâncias e do tipo de pessoa que eu ciceroneava. Geralmente estipulava dez rupias como valor mínimo, pelo simples prazer da minha companhia; e um pouco mais se necessitasse deslocar-me para algum ponto mais distante. Além disso, Gaffur, o pessoal do laboratório fotográfico, o gerente do hotel e a quem mais eu apresentasse um cliente deveriam expressar gratidão, com base numa tabela pré-fixada. Eu aprendia ao ensinar e recebia dinheiro para aprender; corria tudo às mil maravilhas.

Havia ocasiões especiais, como a captura de uma manada de elefantes. Durante os meses invernais o pessoal do Departamento Florestal montava um esquema complexo de armadilhas com esse fim. Ficavam de tocaia, cercavam os animais e conduziam a manada inteira para dentro de um espaço isolado. Acorria uma massa de gente para assistir à operação. No dia marcado para o evento, pululavam pessoas oriundas dos quatro cantos do país e me procuravam para garantir um lugar próximo ao cercado em meio ao vastíssimo bambuzal de Mempi. Eu exercia uma influência privilegiada junto aos homens responsáveis pela operação. Uma prerrogativa conquistada mediante várias viagens prévias ao acampamento na floresta, durante as quais eu prestava inúmeros pequenos favores aos funcionários, tais como levar para eles o que quer que necessitassem da cidade. Quando chegava o momento de organizar a disposição da plateia para assistir ao espetáculo da caça dos elefantes, somente aqueles por mim acompanhados tinham permissão para ultrapassar o portão de entrada para as áreas especiais, mais próximas ao espaço reservado aos animais. O evento mantinha todos nós alegres, ocupados e bem pagos. Eu ciceroneava enxames de visitantes e ficava rouco de tanto repetir "Saibam que a manada de elefantes selvagens é observada ao longo de meses..." e várias outras informações do gênero. Não que eu nutrisse particular interesse pela vida dos elefantes. Mas tudo aquilo que interessava meus clientes passava a ser de minha competência. Meus interesses pessoais eram relegados a segundo plano. Se alguém desejasse ver um tigre ou atirar nele, eu sabia como conseguir isso. Arrumava a ovelha que serviria de isca e mandava construir plataformas altas para que o corajoso caçador não tivesse dificuldade ao mirar na pobre criatura que se candidatasse a comer a ovelhinha, embora eu sempre evitasse assistir à morte tanto de uma como da outra. Se alguém desejasse ver uma cobra naja-rei com sua imensa concha do pescoço retesada, eu conhecia o sujeito que poderia oferecer o espetáculo.

Certa vez uma garota vinda de Madras, assim que pôs o pé em Malgudi, perguntou:

"Você poderia me mostrar uma naja-rei? Tem que ser legítima! Uma que saiba dançar ao som da flauta."

"Por quê?", perguntei.

"Porque eu adoraria vê-la; só por isso", disse ela.

O marido dela disse:

"Temos mais que fazer, Rosie. A sua cobra pode esperar."

"Mas não estou pedindo que este senhor providencie uma exibição imediatamente. Não estou exigindo nada. Apenas mencionei um desejo, só isso..."

"Caso isso realmente lhe interesse, vá sozinha. Não espere que eu a acompanhe. Não suporto cobras; seus desejos são mórbidos."

Não fui com a cara do sujeito. Insultara uma criatura realmente divina. Já a garota conquistou mais que a minha simpatia – era linda e muito elegante. Depois da sua chegada, abandonei minha jaqueta-safári cáqui e o *dhoti* que vinha usando, dando-me ao trabalho de me tornar mais apresentável. Passei a vestir uma *jibba* de seda com um *dhoti* sofisticado, caprichei no penteado e fiquei tão bem arrumado que minha mãe reparou e comentou quando eu estava saindo de casa:

"Nossa! Está parecendo o noivo indo para o altar!"

Gaffur piscou o olho e fez várias insinuações quando fomos encontrá-los no hotel.

A chegada da jovem foi uma espécie de surpresa para mim. O homem chegara primeiro, sozinho. Hospedara-o no Anand Bhavan Hotel. Passara um dia fazendo turismo conduzido por mim e, numa bela tarde, disse-me, de forma repentina:

"Preciso ir à estação, aguardar o trem que vem de Madras. Nele chega outra pessoa."

Nem sequer me perguntara o horário de chegada do trem. Ele parecia saber tudo de antemão. Era um homem muito estranho, pois nem sempre se dava ao trabalho de explicar seus atos. Se tivesse me avisado que iríamos apanhar uma criatura daquela elegância, eu certamente teria me arrumado melhor. Mas deu-se que estava vestido com a minha jaqueta-safári cáqui e um *dhoti* banal – como de costume. Uma combinação horrível e definitivamente pouco atraente em qualquer circunstância, porém prática e adequada a meu tipo de trabalho. No instante em que ela desceu do trem, lamentei que eu não tivesse me escondido em algum canto. Ela não era particularmente vistosa, se é que é isso que você está imaginando, mas tinha um porte delicado e esguio, muito bem proporcionado, além de olhos radiosos. Sua tez não era branca, mas parda, o que a tornava apenas parcialmente visível – como se você a enxergasse através de uma película composta por tenra polpa do coco. Perdoe-me se julgar que eu esteja querendo passar por poeta. Despachei-os para o hotel e, inventando uma desculpa, corri até casa para dar um jeito na minha aparência.

Fiz uma breve pesquisa com a ajuda de Gaffur. Ele levou-me até um homem de Ellaman Street, cujo primo – que trabalhava na prefeitura – conhecia um encantador de naja-rei. Levei adiante a investigação enquanto deixara o visitante decifrando histórias do Ramayana esculpidas na parede de pedra do Iswara Temple em North Extension: havia centenas de relevos minúsculos esculpidos ao longo de toda a parede. Isso manteria o sujeito ocupado por um bom tempo, visto que era do tipo que detinha-se a analisar cada pedacinho. Eu conhecia aquela sequência de cor e salteado, mas ele poupou-me o trabalho da narrativa, já que sabia tudo de antemão.

Quando regressei da minha breve pesquisa, deparei com a garota, afastada num canto, com uma tremenda cara de tédio. Sugeri a ela:

"Se puder se ausentar por uma hora, eu lhe mostro uma naja-rei."

Ela ficou encantada. Bateu no ombro do sujeito, que se inclinava para observar um friso, e perguntou:

"Quanto tempo você pretende ficar aqui ainda?"

"No mínimo mais duas horas", respondeu ele, sem se virar.

"Vou dar uma volta", disse ela.

"Como quiser", disse ele. E, dirigindo-se a mim: "Leve-a direto para o hotel depois. Sei voltar sozinho."

Pegamos nosso guia na sede da prefeitura. O carro seguiu pela areia, atravessou o vau na altura do Nallapa Grove e subiu a margem oposta, seguindo o traçado das rodas das carroças de madeira. Gaffur lançava olhares ferinos ao homem sentado a seu lado:

"Você está achando que o meu automóvel é um carro de boi pra arrastar a gente até esse tipo de lugar? Aonde estamos indo? Não vejo nada além de crematórios por aqui!", disse, apontando para a fumaça que subia de uma área murada e completamente desolada, na outra margem do rio.

Não gostei dessas palavras de mau agouro pronunciadas diante do anjo sentado no banco de trás. Apressei-me a mudar de assunto, dizendo outra coisa qualquer.

Alcançamos um agrupamento de casebres no outro lado do rio. Assim que nosso carro parou, inúmeras cabeças despontaram das cabanas e o carro foi cercado por um punhado de crianças nuas, embasbacadas diante de seus ocupantes. Nosso guia desceu e dirigiu-se num trote rápido até a extremidade mais afastada da única rua do povoado. Retornou acompanhado de um homem que portava um turbante vermelho, sendo um par de ceroulas a única outra peça de vestuário que trajava.

"Este sujeito possui uma naja-rei?", disse eu, olhando-o de cima a baixo. "Só vendo."

Ao que a criançada exclamou:

"Tem, sim! Uma enorme! Fica lá na casa dele!"

Então perguntei à dama:

"Acha que devemos ir até lá para vê-la?"

Fomos. Gaffur, porém, disse:

"Fico por aqui, senão esses macacos vão acabar com o meu carro."

Deixei que os outros dois se adiantassem e cochichei a Gaffur:

"Por que você está tão mal-humorado hoje, Gaffur? Você já pegou estradas muito piores e nunca reclamou!"

"É porque acabei de trocar os amortecedores e as molas de suspensão; você tem uma ideia de quanto custa isso?!"

"Ah! Mas você vai recuperar o que gastou logo, logo. Acho melhor mudar essa cara!"

"Certos passageiros merecem ser transportados num trator, não num automóvel! Que gente!"

Estava realmente fulo da vida. Sua raiva voltava-se somente contra nosso guia, porque disse ainda:

"Acho que não seria má ideia fazê-lo voltar a pé pra cidade. Por que fazer alguém vir até um fim de mundo desses só pra ver um réptil?"

Desisti; era inútil tentar melhorar seu humor. Talvez tivesse brigado com a mulher antes de sair de casa.

A garota abrigava-se à sombra de uma árvore enquanto o homem incitava a serpente a que saísse da cesta. Era muito grande e sibilava com a imensa concha de seu pescoço retesada, formando uma espécie de capuz; as crianças faziam uma grande algazarra, fugindo e voltando logo a seguir, até que o homem berrou com elas:

"Desse jeito, vão atiçá-la e ela irá atrás de vocês!"

Eu disse à criançada que ficasse quieta e perguntei ao homem:

"Tem certeza de que não a deixa escapar?"

A moça sugeriu:

"Você tem que tocar flauta: ela erguerá a cabeça e dançará."

O homem pegou sua flauta de cabaça e começou a soá-la de modo estridente. A serpente ergueu-se, atirou-se de um lado para outro e logo deu início a um movimento sinuoso e ritmado. A coisa me repugnava, mas parecia fascinar a garota. Ela observava, em êxtase, o balanço da naja-rei. Esticou seu braço e com um gesto gracioso imitou o gingado da cobra; depois fez todo o seu corpo ondular, acompanhando o ritmo – foram poucos segundos, mas suficientes para me revelar de quem se tratava: a maior bailarina do século!

Eram quase sete horas da noite quando voltamos ao hotel. Assim que saiu do carro, ela se deteve e murmurou "obrigada", sem se dirigir a nenhum de nós em particular, e logo subiu as escadas. O marido, que nos aguardava na varanda do quarto, falou:

"Por hoje é só. Imagino que poderemos acertar a conta no final. Amanhã precisarei do carro às dez da manhã."

Depois virou-se e entrou no quarto.

Isso me irritara por completo. Por quem me tomara? Onde já se viu? "Quero o carro a tal hora..." Por acaso ele achava que eu era uma agência ambulante? Fiquei furioso. Porém, eu era, de fato, um agenciador em tempo integral, não tendo nada melhor a fazer que passar o dia todo entre Gaffur, um encantador de serpentes e turistas, desdobrando-me para arranjar todo e qualquer serviço. O homem nem sequer prestou-se a me dizer quem ele era, nem aonde queria ir na manhã seguinte... Que sujeito extravagante!

Um ser odioso. Nunca odiara tanto um cliente. Comentei com Gaffur ao longo do caminho de volta:

"Amanhã de manhã! Pede o carro como se fosse propriedade do avô dele! Você faz ideia de aonde ele quer ir?"

"E que diferença faz? Se ele precisa do carro, poderá dispor dele, desde que pague por isso. Simples assim. Não me importo com quem está me pagando, basta que pague..."

E continuou resmungando acerca de sua filosofia de vida, pessoalíssima, que não me dei ao trabalho de ouvir.

Minha mãe me aguardava, como sempre. Ao me servir o jantar, perguntou:

"O que você fez hoje? Por onde andou?"

Contei-lhe acerca da visita ao encantador de serpentes. Ela disse então:

"Provavelmente são birmaneses, povo adorador de serpentes." E acrescentou: "Tenho um primo que morou na Birmânia e me contou que lá existem mulheres-serpentes."

"Não diga bobagem, mamãe. Ela é uma ótima moça e não tem nada de 'adoradora de serpentes'. É bailarina, acho..."

"Uma bailarina! Pode até ser; mas não se meta com esse tipo de mulher. São todas da mesma laia."

Terminei de comer em silêncio, procurando evocar a presença perfumada da garota.

No dia seguinte, às dez, cheguei ao hotel. O carro do Gaffur já estava a postos, na frente da varanda. Assim que me viu, ele gritou:

"Ei-lo! Hum... Gostei do polimento! Cada dia mais incrementado..."

Sua linguagem era invariável, como se estivesse falando sempre de um automóvel. Ele piscou o olho para mim.

Ignorei sua atitude e perguntei, num tom profissional:

"Estão no hotel?"

"Acho que sim. Ainda não saíram; é só o que sei", respondeu Gaffur.

Vinte palavras, quando teria bastado uma só. Ele andava estranho. Estava virando uma matraca trica. Senti uma pontinha de ciúmes ao pensar que talvez ele também estivesse afetado pela presença da donzela e querendo se exibir. Fiquei enciumado e descontente. Disse a mim mesmo: "Se Gaffur continuar a se comportar desse jeito, eu me livro dele. Encontro outro parceiro e pronto." Um taxista prolixo e impertinente não me servia.

Subi até o segundo andar do hotel e bati à porta do apartamento 28, resoluto:

"Já vai!", disse a voz provinda do interior do quarto.

Era masculina, não feminina, como eu desejava. Esperei, impaciente, durante alguns minutos. Consultei meu relógio. Dez em ponto. E o sujeito dizia: "Já vai!"

Ainda estaria na cama com ela? Parecia-me a ocasião oportuna para arrombar a porta e entrar. A porta abriu-se e ele saiu, pronto e bem-vestido. Fechou a porta atrás de si. Fiquei horrorizado. Estava por inquirir: "E ela?!", mas me controlei. Acompanhei-o ao térreo, como um cordeirinho.

Lançou-me um olhar de aprovação, como se eu estivesse bem-arrumado para agradar a *ele*! Antes de entrar no carro, disse:

"Hoje quero voltar a estudar um pouco aqueles frisos."

"Tudo bem, tudo bem", pensei. "Vá estudar seus frisos ou o que bem entender; mas por que requisita os meus serviços para isso?"

Como se tivesse lido meus pensamentos, ele falou:

"Depois disso..."

Retirou do bolso uma folha de papel e leu o que estava escrito.

Esse homem vai passar a vida contemplando parede e deixá-la mofando num quarto de hotel? Sujeito estranho! Por que não a trouxera com ele? Talvez fosse do tipo distraído. Perguntei:

"Irá desacompanhado?"

"Sim", respondeu, seco, como se adivinhasse o que motivara minha pergunta. Olhou para o papel que tinha nas mãos e perguntou: "Sabe da existência de pinturas rupestres nesta região?"

Dei uma risada e respondi:

"Claro, mas nem todos apreciam a visitação desses lugares, embora já tenha tido alguns clientes diferenciados, verdadeiros entendidos, que solicitaram a ida ao lugar. Porém... leva o dia todo para chegar lá e talvez seja necessário pernoitar."

O GUIA

Ele regressou ao seu aposento e voltou em seguida, com uma fisionomia abatida. Durante sua breve ausência Gaffur e eu calculamos os custos implicados na viagem. Sabíamos que o caminho passava pelo bangalô de Peak House, na floresta. O ideal seria dormir ali e depois prosseguir por algumas poucas milhas a pé. Tinha uma noção de onde ficavam as cavernas, mas seria a primeira vez que as veria. Parecia que Malgudi revelava uma nova atração turística a cada oportunidade.

O homem sentou-se no banco traseiro e disse:

"Por acaso você tem alguma ideia de como lidar com mulheres?"

Agradava-me que estivesse tendo uma atitude mais humana.

"Não tenho a mínima!", respondi, rindo, na esperança de que isso o divertisse. Em seguida, tomei a liberdade de indagar: "Qual é o problema?"

Minhas novas indumentária e conduta encorajavam-me a fazê-lo. Vestido com a minha jaqueta-safári cáqui jamais teria ousado sentar a seu lado e conversar com ele daquela forma.

Olhou-me com o que parecia ser um sorriso amigável. Aproximou-se e disse:

"Se um homem deseja manter-se sereno mentalmente, é melhor esquecer-se do sexo frágil."

Era a primeira vez, após uma convivência de três dias, que ele se abria comigo desse jeito. Até então sempre fora seco e de poucas palavras. Imaginei que a situação fosse bastante grave para ele ter soltado a língua tanto assim.

Gaffur permanecia sentado no seu lugar de costume, com o queixo apoiado na mão. Não olhava na nossa direção, mas era como se todo o seu gestual dissesse: "É lamentável desperdiçar a manhã desse jeito, com duas pessoas como vocês, que só sabem perder tempo..." Na minha cabeça começou a insinuar-se uma ideia audaz. Se desse certo, seria um triunfo; mas se acaso fracassasse, o sujeito poderia despedir-me com um pé no traseiro ou até mesmo chamar a polícia. Eu disse então:

"Quer que eu tente para você?"

"Você faria isso?", indagou ele, iluminando-se. "Por favor! Se estiver disposto a enfrentar..."

Não quis ouvir mais nada. Saltei do carro e subi as escadas galgando quatro degraus por vez. Parei diante do número 28 para recuperar o fôlego e bati à porta.

"Não me perturbe! Já disse que não quero ir com você. Deixe-me em paz!", soou a voz da moça de dentro do quarto.

Hesitei, refletindo em como falar. Seria a minha primeiríssima fala a sós com aquela criatura divina. Poderia fazer um papel ridículo ou alcançar o paraíso. Como deveria me identificar? Será que ela conhecia a minha famosa alcunha? Disse apenas:

"Não é ele. Sou eu."

"O quê?", disse a doce voz, confusa e irritada.

Repeti:

"Não é ele. Sou eu. Não reconhece a minha voz? Eu a levei até o encantador de serpentes, ontem. Passei a noite toda em claro", acrescentei, baixando a voz e sussurrando através de uma rachadura na porta: "Seu modo de dançar, seu corpo e todo o seu ser me atormentaram a noite inteira."

Mal terminara a frase, a porta entreabriu-se e ela disse, olhando para mim:

"Ah! É você!"

Seus olhos iluminaram-se com o esclarecimento.

"Meu nome é Raju", falei.

Olhou-me dos pés à cabeça e disse:

"Claro, conheço você."

Sorri amavelmente – meu melhor sorriso –, como se posasse para um fotógrafo. Então ela disse:

"Cadê ele?"

"Esperando por você no carro. Por que não se apronta e vem também?"

Ela estava desalinhada: vestia um sari de algodão desbotado e tinha os olhos avermelhados por um pranto recente; estava sem maquiagem e sem perfume, mas eu estava pronto a aceitá-la tal e qual. Então falei:

"Você pode vir assim mesmo, ninguém repara." E acrescentei: "Não se adorna o arco-íris."

Ela disse:

"Esta bajulação é para tentar me agradar? Acha que vai me convencer a mudar de ideia?"

"Sim", disse eu. "Por que não?"

"Por que você quer que eu saia com ele? Deixe-me em paz!", disse ela, arregalando bem os olhos e dando-me oportunidade de sussurrar próximo ao rosto dela:

"Porque sem a sua presença tudo perde a graça."

Ela podia ter empurrado a minha face e gritado: "Como você se atreve a falar comigo desse jeito?!" e ainda ter batido a porta na minha cara. Mas não fez isso. Disse apenas:

"Nunca pensei que você fosse um tipo tão molesto! Aguarde um minuto, então."

E entrou no quarto.

Eu queria ter gritado, espancando a porta: "Deixe-me entrar também!" Mas tive o bom senso de me conter. Ouvi passos e avistei o marido que viera averiguar o resultado obtido.

"E então? Ela vem ou não? Não estou disposto a ficar..."

"Silêncio!", disse eu. "Ela já está saindo; volte para o carro, por favor."

"Ela vem?!", exclamou ele, pasmo. "Você é um mago!"

Sem fazer barulho, deu meia-volta e desceu para aguardar no veículo.

Logo a dama reapareceu, como uma visão, e disse:

"Se não fosse por sua causa, eu lhes teria pregado uma boa peça!"

"Qual?"

"Teria pegado o primeiro trem de volta pra casa."

"Nós vamos agora a um local maravilhoso. Por favor, volte a ser o docinho de sempre. Faça isso por mim!"

"Está bem", disse ela, descendo as escadas enquanto eu a seguia. Ela abriu a porta do carro e tomou seu assento enquanto o marido se deslocava para dar-lhe espaço. Dei a volta, abri a porta do outro lado e sentei-me ao lado dele. Não estava disposto a sentar-me ao lado de Gaffur, a essa altura.

Gaffur então virou a cabeça para perguntar se podíamos partir.

"Se formos até Peak House, não dará para voltar ainda hoje."

"Vamos tentar", rogou o homem.

"Sim, vamos tentar, mas é melhor que estejam preparados para pernoitar, se necessário. Levem uma muda de roupa. É sempre melhor. Pedirei a Gaffur que dê uma parada na minha casa."

A jovem disse:

"Um minuto só, então, por favor."

Voltou a subir correndo e logo regressou com uma maleta, dizendo ao marido:

"Peguei uma muda para você também."

O homem disse "ótimo" e sorriu. Ela retribuiu o sorriso e a tensão daquela manhã dissipou-se parcialmente. Um certo desconforto, porém, ainda pairava no ar.

Pedi a Gaffur que estacionasse na estação ferroviária, com a ré do carro voltada para a minha casa. Não queria que a vissem.

"Aguardem só um instante, por gentileza."

Saltei do carro e, assim que o menino encarregado da loja me avistou, abriu a boca para falar alguma coisa que ignorei totalmente, pois saí correndo a caminho de casa. Preparei minha sacola e, sempre apressado, avisei a minha mãe que estava na cozinha:

"Esta noite talvez eu não volte pra casa! Não espere por mim!"

Alcançamos Peak House por volta das quatro da tarde. O zelador demonstrou alegria ao nos receber. Eu o gratificava com frequência e generosidade com o dinheiro da minha clientela. Sempre fiz questão de aconselhar enfaticamente aos clientes no início de suas estadias: "Deem uma boa gorjeta ao zelador: isso manterá o bom humor e a disposição dele para atendê-los até no que for impossível!" Repeti a fórmula e o marido – que de agora em diante chamaremos "Marco" – disse:

"Faça isso, por favor. Conto com a sua assistência para ter o máximo conforto. Você já conhece meu único princípio na vida:

não quero ser incomodado com esse tipo de detalhe. Não me importo com a despesa."

Pedi a Joseph, o zelador, que buscasse víveres em geral e nossas refeições no seu povoado, a duas milhas de distância. Perguntei a Marco:

"Pode deixar algum dinheiro comigo? No final, eu lhe prestarei contas de tudo. Assim não preciso incomodá-lo a todo momento com os pequenos gastos."

Ele reagia de maneira totalmente imprevisível no que tocava à questão financeira. Era um sujeito instável: ora alardeava sua indiferença ao dinheiro, ora dava sinais da mais arraigada avareza, assumindo o comportamento de um auditor. Mas, em última instância, não se recusava a pagar, desde que, como logo vim a descobrir, lhe fosse entregue um recibo. Sem isso ele não estava disposto a gastar um *anna* sequer, mas se recebesse um pedaço de papel em troca, seria provavelmente capaz de despender toda a sua fortuna.

Aprendi o truque. Quando eu percebia que ele começava a gaguejar em busca de alguma desculpa, me antecipava, dizendo:

"Pode deixar; providenciarei os devidos recibos para cada gasto." Isso o tranquilizava e ele então abria a carteira, satisfeito.

Tive que liberar o táxi. Gaffur retornaria na tarde seguinte. Fiz com que Gaffur assinasse um recibo e em seguida dei dinheiro a Joseph e pedi que fosse até o vilarejo para comprar nossas refeições na pensão local. Absorvido pelas questões logísticas, não pude me dedicar o bastante a contemplar o rosto da minha amada, mas volta em meia lançava olhares significativos a ela.

"As grutas ficam a uma milha daqui, descendo por aquele lado", disse Joseph. "Não podemos ir lá agora. Só amanhã cedo. Se saírem logo após o café da manhã, estarão de volta para o almoço."

A Peak House ficava encarapitada no penhasco mais elevado de Mempi Hills – a estrada terminava, de fato, diante da casa; a varanda para o norte era toda envidraçada e dela se podia admirar o panorama até 100 milhas de distância. Abaixo de nós a floresta estendia-se até o vale e nos dias límpidos avistava-se também o Sarayu, cintilando ao sol e seguindo, bem ao longe, seu curso. Era o verdadeiro paraíso para aqueles que apreciam paisagens e animais selvagens, muitos dos quais rondavam do lado de fora da vidraça, à noite. A garota estava em êxtase. Nossa casa era circundada por uma vegetação exuberante. Ela corria de uma planta a outra, como uma criança, soltando gritinhos de alegria, enquanto o homem observava o ambiente com indiferença. Tudo o que interessava a ela parecia irritá-lo.

Ela estacou, de súbito, fitando a planície banhada de sol milhares de pés abaixo. Temi que ao cair da noite ela ficasse assustada. Ouvíamos os uivos dos chacais e todo tipo de rugido e rosnado. Joseph nos havia trazido uma cesta com comida e a deixara sobre a mesa. Trouxera também leite, café e açúcar, e mostrou-nos onde ficava o fogareiro a carvão.

A moça sentenciou:

"Que ninguém se levante amanhã até eu chamar! Prepararei o café da manhã para todos nós."

Joseph avisou:

"Por favor, tranquem as portas por dentro", e disse ainda: "Se desejarem, poderão ver, sentados na varanda, tigres e outros animais que se aproximam em busca de presas. Mas não devem fazer o mínimo rumor; este é o segredo da coisa."

Observamos Joseph munir-se de uma lanterna e descer as escadas; e ainda pudemos acompanhar a fraca luz que iluminava a folhagem pelo caminho, até sumir.

"Coitado do Joseph! Que coragem ir embora, assim, sozinho!", disse a moça.

Ao que o marido retrucou, despreocupado:

"Nada de mais. Provavelmente nasceu e cresceu aqui. Você já o conhecia?", perguntou, virando-se para mim.

"Sim; ele nasceu no povoado vizinho e é zelador deste lugar desde garoto. Agora já estará na casa dos sessenta anos."

"E como se tornou cristão?"

"Havia uma missão por esta zona. Sabe como são os missionários: estabelecem-se nos cantos mais remotos", disse eu.

Joseph havia nos dado dois lampiões de latão, abastecidos com querosene. Deixei um na mesa da cozinha e entreguei o segundo ao homem para que o levasse para o quarto deles; o restante da casa ficava na escuridão. Através do vidro, enxergávamos as estrelas no céu. Sentamo-nos à mesa. Sabia onde os pratos ficavam guardados. Pus a mesa e servi a comida – ou melhor, tentei servir a comida. Eram cerca de sete e meia da noite. Havíamos acabado de desfrutar de um pôr do sol maravilhoso. Admiramos o jogo de tons de púrpura no céu nortista crepuscular que se seguiu e vimos os topos das árvores acesos por raios vermelhos isolados, quando o sol já sumira no horizonte; encontramos no ensejo um idioma comum para expressar nossa admiração.

O homem apenas assentia. Fiquei tão lírico que ele chegou a dizer, de repente:

"Ei, Raju! Quer dizer que você também é poeta?!"

Acatei o elogio com a devida modéstia.

Durante o jantar, peguei um prato na intenção de servi-los, mas ela disse:

"Não, não! Deixe que eu sirva vocês dois primeiro e a mim por último, como uma perfeita dona de casa."

"Ha, ha! Boa ideia", disse o homem num tom brincalhão. Ela estendeu a mão para mim para que lhe passasse o prato. Porém insisti em que era eu que devia servi-los. Ela aproximou-se de supetão e arrancou o prato da minha mão. Ah! Aquele toque me fez ficar zonzo por um instante! Minha visão se ofuscou. O mundo mergulhou numa doce bruma escura, como sob o efeito de clorofórmio! Minha mente demorou-se naquele toque ao longo de todo o jantar. Não prestava atenção no que comíamos ou sobre o que se conversava. Permaneci sentado fitando somente meu prato. Temia rever o rosto dela, ou, pior, que cruzássemos o olhar. Não consigo me lembrar do momento em que terminamos o jantar e ela recolheu os pratos. Eu percebia apenas a suavidade de seus gestos. Meus pensamentos agarravam-se àquele toque encantado. Minha consciência, em parte, repetia: "Isso não está certo. Lembre-se de que Marco é o marido dela. Tire essa ideia da cabeça!" Mas era impossível retroceder. "Ele pode matá-lo", ponderava o que restava de razão em mim. "Será que ele tem um revólver?», argumentava outra fração do meu ser.

Depois do jantar, ela disse:

"Vamos para a varanda. Gostaria de ver os animais. Acha que se aproximarão a esta hora?"

"Sim; se tivermos paciência e sorte", respondi, "Mas você não ficará com medo? É preciso esperar no escuro."

Ela riu do meu receio e chamou Marco para acompanhá-la. Porém ele disse que preferia ficar sozinho. Aproximou uma cadeira do lampião, abriu uma pasta e logo estava absorto em meio a seus papéis. Ela então pediu:

"Cubra o lampião; não quero que os animais se espantem."

Caminhou com passos leves até a varanda, puxou uma cadeira e sentou-se. No caminho, me dissera:

"Você também tem documentos a estudar?"

"Não, não", respondi, hesitante, a meio caminho entre o quarto dela e o meu.

"Então venha. Você não vai querer me deixar à mercê das feras, vai?"

Olhei para o homem à espera do que teria a dizer a respeito disso, mas ele estava inteiramente tomado por seus papéis. Perguntei a ele:

"Precisa de alguma coisa?"

"Não."

"Estarei na varanda."

"Está bem", retrucou ele, sem erguer os olhos da papelada.

Ela sentou-se perto do painel de vidro, olhando atentamente para fora. Com delicadeza pus uma cadeira a seu lado e sentei. Um momento depois ela disse:

"Não há vivalma. Será que os bichos realmente aparecem ou isso não passa de lenda?"

"Não, muita gente já viu..."

"Que animais?"

"Leões..."

"Leões por aqui?", disse ela e desatou a rir. "Pelo que li, só na África há leões. Realmente essa é..."

"Não, desculpe." Tinha dado um passo em falso. "Quis dizer tigres, e panteras, e ursos, às vezes elefantes também podem ser vistos cruzando o vale ou vindo beber água no lago."

"Estou disposta a passar a noite inteira aqui", disse ela. "Ele, claro, ficará contente por poder ficar sozinho. Pelo menos aqui dispomos de silêncio e escuridão, coisas muito bem-vindas, e alguma expectativa em torno de todo este breu."

Não consegui pensar em nada para dizer. Estava completamente embevecido pelo perfume dela. Para além da vidraça, as estrelas brilhavam no céu lá fora.

"Será que um elefante consegue arrombar esse vidro?", perguntou ela, bocejando.

"Não; há um fosso do outro lado. Isso os impede de se aproximarem."

Um par de olhos acesos luziu em meio à folhagem. Ela puxou a manga da minha camisa e sussurrou, excitada:

"Há algo ali! O que pode ser?"

"Provavelmente uma pantera", respondi para manter a conversa.

Ah! Os sussurros, as estrelas e o escuro... Comecei a ofegar, excitado.

"Pegou um resfriado?", perguntou ela.

"Não", respondi.

"Então por que sua respiração está assim tão rumorosa?"

Queria ter aproximado meu rosto dela e sussurrado: "Você dança magnificamente. Você é muito talentosa. Volte a dançar para mim, qualquer hora. Que Deus a abençoe. Quer ser o meu amor?" Mas, felizmente, me contive. Ao me virar, vi que Marco se aproximava, pé ante pé:

"E aí?", perguntou em voz baixa.

"Apareceu um bicho, mas foi embora. Não quer se sentar?", perguntei, oferecendo-lhe a cadeira. Ele tomou o assento e perscrutou através do vidro.

Na manhã seguinte deparei novamente com um clima tenso e sombrio – toda a vivacidade da noite anterior se esvaecera. Somente ele saiu quando a porta do quarto deles se abriu, já completamente vestido e pronto. Eu preparara o café no fogareiro a carvão. Ele aproximou-se e estendeu a mão de modo mecânico, como se eu fosse um atendente num balcão de cafeteria. Servi-lhe uma xícara de café.

"Joseph trouxe *tiffin*. Não quer provar?"

"Não, vamos indo. Estou ansioso para ver as cavernas."

"E sua esposa?", perguntei.

"Deixe-a pra lá", disse ele, insolente. "Não posso ficar à toa, perdendo meu tempo com ela."

Era a repetição do dia anterior! Davam a impressão de iniciar o dia sempre com esse espírito. Com que cordialidade comportara-se na noite anterior ao vir sentar-se ao lado dela na varanda! Do mesmo modo amigável que haviam chegado ao hotel na noite anterior! O que será que acontecia durante a noite que os fazia amanhecer coléricos? Passavam a noite acordados, brigando, ou ela o admoestava com suas recriminações? Queria gritar: "Seu monstro! Que mal você faz a ela para que acorde assim amuada? Você possui um tesouro em suas mãos, mas não lhe dá o devido valor... Parece um macaco lidando com uma guirlanda de rosas!"

Em seguida um pensamento eletrizante me ocorreu: talvez ela estivesse simulando mau humor para que eu pudesse intervir.

Ele largou a xícara e disse:

"Vamos logo!"

Receei voltar a perguntar sobre sua mulher. Ele balançava uma pequena vara, impaciente. Será que a usara contra ela durante a noite?

Apesar do meu estado passional, não cometi o erro de voltar a perguntar "Devo chamá-la?", já que isso poderia agravar ainda mais a situação. Apenas sondei:

"Ela sabe que o café está pronto?"

"Sabe, sabe", resmungou ele. "É só deixar onde está que ela virá se servir. Tem juízo suficiente para cuidar de si mesma."

Fez um aceno com a vara e partimos. Voltei-me e olhei para trás somente uma vez, na esperança de que ela surgisse à janela e nos chamasse de volta. "Vim até aqui para ficar na companhia desse monstro?", perguntava a mim mesmo, enquanto o seguia descendo a encosta. Quem dera ele tropeçasse e fosse rolando morro abaixo! Maus pensamentos, maus pensamentos! Ele caminhava à minha frente. Parecíamos uma dupla de caçadores africanos – com efeito, o traje dele, com o capacete e a jaqueta pesada, que já mencionei, era apropriado a um selvagem *shikari* africano.

A trilha que percorríamos em meio a capim e arbustos conduzia ao vale. As cavernas localizavam-se na metade do trajeto. A rapidez com que ele andava, como se já conhecesse o caminho, irritou-me súbito; ele balançava a vara e abraçava sua pasta. Se demonstrasse metade daquele vigor num outro abraço! Perguntei de supetão:

"Conhece o caminho?"

"Ah! Não", disse ele.

"Mas é você que está me guiando!", disse eu, com a máxima ironia de que fora capaz.

"Ah!", exclamou ele confuso, porém abrindo passagem. "Pois então, guie-nos", disse, acrescentando ainda de modo impertinente: "Luz prestimosa!"

A entrada da caverna ficava atrás de um arbusto de *lantana*: uma porta enorme com suas dobradiças enferrujadas encontrava-se aberta. E, é claro, não faltavam reboco e blocos esfarelados pelo lugar. Uma única laje de pedra compunha o teto; o motivo que levara alguém a construir algo do gênero num sítio tão isolado escapava à minha capacidade de compreensão.

Ele permaneceu do lado de fora, examinando:

"Veja bem: esta entrada foi improvisada mais tarde. A gruta em si é do primeiro século depois de Cristo. O ingresso e a porta são bem posteriores. Este vestíbulo com pé-direito alto e porta em relevo popularizaram-se entre os séculos VII e VIII, quando os regentes do Sul da Índia passaram a apreciar..."

E prosseguiu falando. As coisas mortas e em decomposição pareciam soltar sua língua e incendiar sua imaginação, muito mais que coisas vivas, que moviam e ondulavam o corpo. Eu não tinha nenhuma função como guia. Ele sabia muito mais que eu sobre tudo!

Quando entrou, esqueceu o mundo exterior e seus habitantes. O teto era baixo, porém cada polegada das paredes estava tomada por imagens pintadas. Usou a lanterna para iluminá-las. Retirou do bolso um espelho e posicionou-o fora da caverna para que refletisse a luz solar nos afrescos. Morcegos esvoaçavam ali dentro. O piso era cheio de rachaduras e buracos. Mas ele não se importava com nada. Ocupou-se em medir, anotar, fotografar e comentar o tempo todo, sem se importar se eu estava ou não prestando atenção.

As suas atividades como estudioso de ruínas me entediavam. Os afrescos representavam soberanos, homens, mulheres e animais, numa perspectiva e com proporções bastante peculiares, em episódios épicos e da mitologia, numa variedade de temas e estilos tradicionais, tão antigos como aquelas rochas. Já vira centenas de pinturas semelhantes e não via por que ver mais outras. Não me apeteciam, assim como a ele não apeteciam outras coisas.

"Tome cuidado!", alertei, "Pode haver répteis escondidos entre as frestas."

"Ah, não...", retrucou ele, displicente: "Os répteis não frequentam locais tão interessantes; além do mais, estou munido disto." E sacudiu a vara. "Eu me viro. Não tenho medo."

Falei de improviso:

"Acho que escutei o motor de um carro. Pode ser o Gaffur. Talvez seja melhor eu dar um pulo no bangalô, se você não se incomodar. Já volto."

Marco respondeu apenas:

"Diga a ele que espere. Não permita que vá embora."

"Se quiser voltar, faça o mesmo caminho, para não correr o risco de se perder."

Ele não respondeu; já havia retomado seus estudos.

Regressei à casa correndo e descansei um pouco no quintal dos fundos para recobrar o fôlego. Entrei, penteando o cabelo para trás com as pontas dos dedos e me recompondo. Assim que entrei, escutei a voz dela:

"Está me procurando?"

Estava sentada sobre uma pedra grande à sombra de uma árvore. "Ela deve ter me visto enquanto eu subia", pensei.

"Avistei-o desde meia milha de distância... Mas você não poderia ter me visto", disse ela, como alguém que colhera um flagrante.

"Você estava no pico e eu no vale", falei. Aproximei-me, escalando a pedra, e indaguei, com gentileza, acerca de seu café da manhã. Ela parecia ao mesmo tempo triste e reflexiva. Sentei-me na pedra ao lado dela.

"Você voltou sozinho. Imagino que ele esteja contemplando paredes", disse ela.

"Sim", respondi monossilabicamente.

"É só o que sabe fazer, em tudo que é lugar."

"Bem, isso quer dizer que essa atividade o interessa, só isso."

"E eu? E os meus interesses?"

"Quais são os seus interesses?"

"Tudo menos paredes de pedra, decrépitas e frias", disse ela.

Consultei meu relógio. Passara-se quase uma hora desde que o deixara. Estava perdendo tempo. Tempo precioso me escorria por entre os dedos. Tinha que aproveitar a ocasião se não quisesse ficar a ver navios.

"Vocês passam as noites em claro, brigando?", perguntei à queima-roupa.

"Quando ficamos a sós e começamos a conversar, acabamos discutindo e brigando a respeito de tudo. Não concordamos na maioria dos assuntos; aí ele acaba me deixando sozinha e quando volta paramos de criar caso; é assim."

"Até a noite seguinte", disse eu.

"É."

"Acho impensável que alguém possa discutir ou brigar na sua companhia... Já estar a seu lado é a felicidade suprema!"

Ela disse, brusca:

"O que quer dizer com isso?"

Expliquei-me sem rodeios. Poderia colocar tudo a perder naquele momento, mas quis lhe dizer o que sentia. Se quisesse me dar um chute, pelo menos o faria depois de me ouvir. Abri meu coração. Elogiei sua dança. Externei meu amor com habilidade, em meio às apreciações de sua arte: louvava o talento dela e emendava com a paixão que despertava em mim. Algo como: "Que maravilha a dança da serpente! Não consegui parar de pensar em você a noite toda! Você é a maior bailarina do mundo! Não percebe como me consumo por você a cada instante?"

Funcionou. Ela disse:

"Você é como um irmão para mim." ("Oh! Não!", queria ter berrado...) "Vou lhe contar o que acontece."

Fez-me um relato das brigas diárias do casal.

"Mas por que você se casou?", perguntei, imprudente.

Ela permaneceu taciturna por um instante, mas depois respondeu:

"Não sei. Aconteceu."

"Casou-se com ele pelo dinheiro. Além disso, esse fora o conselho dado pelo seu tio e o resto da família", disse eu.

"Sabe...", começou ela, puxando a manga da minha camisa: "Consegue adivinhar a casta à qual pertenço?"

Olhei-a de cima a baixo e palpitei:

"A melhor, qualquer que seja ela. Mas não acredito em castas ou classes. Você honra a sua casta, seja lá qual for."

"Pertenço a uma linhagem em que as mulheres se consagram, tradicionalmente, aos templos como dançarinas. Assim foi com minha mãe, minha avó e, antes ainda, com a mãe da minha avó. Já menina eu dançava no templo de nosso vilarejo. E sabe como nossa casta é vista?"

"É a casta mais nobre sobre a face da Terra!", disse eu.

"Somos consideradas prostitutas", disse ela de modo claro; o som daquela palavra me causou arrepios. "Não somos dignas de respeito, não somos consideradas cidadãs."

"Esse preconceito podia valer antigamente, mas hoje em dia é diferente. As coisas mudaram. Já não vige o sistema de castas ou de classes."

"Minha mãe planejou para mim uma vida diversa. Desde cedo me matriculou na escola; tive uma boa formação. Graduei-me em Economia. Porém, depois da faculdade veio o dilema: exercer ou não a profissão de bailarina. Vi num jornal um anúncio, desses típicos, que talvez você já tenha reparado, que dizia: 'Procura-se moça com boa aparência e excelente educação para se casar com acadêmico rico e solteiro. Não há restrição de casta; bom aspecto e curso superior são indispensáveis.' Então fiz a mim mesma a pergunta: será que tenho boa aparência?"

"Ah! Quem poria isso em dúvida?"

"Tirei uma fotografia empunhando o diploma universitário e a enviei ao anunciante. Depois marcamos um encontro, ele examinou a mim e o diploma, nos dirigimos a um cartório e nos casamos."

"Você gostou dele assim que o viu?"

"Esse tipo de questionamento não vem ao caso", censurou-me ela. "Em família, discutimos muito o assunto antes de tomar a decisão final. A pergunta era se seria aconselhável me casar com alguém de classe e meios tão superiores. Todas as minhas parentes do sexo feminino ficaram entusiasmadas com a ideia de que um homem do gabarito dele fosse se casar com alguém do nosso meio e, portanto, decidiram que caso fosse necessário que eu abdicasse de nossa arte tradicional, valeria a pena o sacrifício. Ele possuía uma casa ampla e confortável e um automóvel, ou seja, era um homem de elevada posição social. Sua residência ficava nos arredores de Madras, onde morava sozinho, cercado apenas de livros e papéis."

"Então você não tem sogra!", exclamei.

"Teria preferido qualquer sogra, se ela implicasse um marido real, vivo", disse ela.

Fitei-a de modo a compreender toda a extensão daquilo que dizia, porém ela abaixou os olhos. Pude apenas intuir. Ela disse ainda:

"Ele se interessa por pinturas e arte antiga, coisas do gênero."

"Mas não por alguém que se mova tão graciosamente, imagino", disse eu.

Suspirei fundo, tomado pela tristeza de sua vida. Pus minha mão no ombro dela e apertei-o levemente.

"Fico realmente muito triste com tudo isso: uma joia desperdiçada desse jeito. No lugar dele, eu a transformaria na rainha do Universo."

Ela não repeliu minha mão. Deixei-a passear: senti a maciez da sua orelha e movi os dedos entre seus cabelos.

O carro de Gaffur não apareceu. Um motorista de caminhão de passagem trouxe o recado de que ele sofrera uma avaria mecânica e viria no dia seguinte. Ninguém se importou, na verdade. Joseph cuidou bem de nós. Marco disse que isso daria a ele mais tempo para estudar as paredes. Eu não me importei nem um pouco. Isso me permitia apreciar os animais além da cortina de vidro, à noite, segurando a mão dela, enquanto Marco ocupava-se de suas anotações, no quarto.

Quando finalmente Gaffur chegou com o carro, Marco disse:

"Quero ficar mais aqui; este estudo requer mais tempo do que eu supunha. Você poderia ir buscar um baú preto que deixei no hotel? Há papéis dentro dele que desejo consultar. Se possível, gostaria que você também retornasse e permanecesse aqui conosco."

Dando a impressão de hesitar, olhei para a garota por um segundo. Havia um apelo mudo em seus olhos. Eu disse que sim.

"Considere como parte de seus serviços profissionais", disse ele. "A não ser que você julgue que poderá prejudicar seus outros negócios."

"Talvez", respondi, com hesitação. "Porém, prefiro atendê-lo de modo apropriado. Quando aceito um cliente, julgo que até o momento de ir embora, são e salvo, seu bem-estar é de minha responsabilidade."

Quando eu estava entrando no carro, ela disse ao marido:

"Também regressarei à cidade; necessito de algumas coisas que ficaram na mala."

Acrescentei:

"Talvez não seja possível retornar ainda hoje."

Ele perguntou à esposa:

"Você se vira?"

"Sim", disse ela.

Ao descer a serra, flagrei Gaffur observando-nos pelo retrovisor várias vezes, mas nos movemos de modo a sair do seu campo visual. Chegamos ao hotel ao anoitecer. Acompanhei-a até o quarto dela.

"Vamos tentar regressar esta noite?", perguntei.

"Por quê?", retrucou ela. "E se o carro de Gaffur enguiçar no caminho? Melhor não correr esse risco naquela estrada. Passarei a noite aqui."

Fui para casa trocar de roupa. Ao me ver, minha mãe veio cheia de novidades e mais cheia ainda de perguntas. Ignorei-a por completo. Tomei banho, arrumei-me apressadamente e peguei uma nova muda dentre as minhas melhores roupas. Entreguei a trouxa de roupa suja que trazia à minha mãe:

"Será que você poderia pedir ao menino da loja que as leve à *dhobi* para que sejam lavadas e passadas com capricho? Talvez eu precise delas amanhã."

"Tá virando um dândi?", disse ela, me examinando. "Por que você agora só anda correndo?" Dei uma desculpa qualquer e voltei a sair.

Contratei Gaffur para me servir naquele dia. Comportei-me como um verdadeiro guia. Nunca antes mostrara a cidade com tanto empenho. Levei Rosie a tudo que é lugar: até à torre da sede da prefeitura e ao Sarayu, onde nos sentamos na areia e comemos um pacote enorme de amendoim salgado. Ela comportou-se como uma menina: excitada, entusiasmada, tudo a agradava. Levei-a até Suburban Stores e disse a ela que comprasse algo que desejasse. Provavelmente era a primeira vez que estava vendo o mundo. Ficou extasiada. Gaffur advertiu-me, num momento em que ficamos a sós, fora da loja:

"Lembre-se de que é uma mulher casada!"

"E daí?", repliquei. "Por que está me dizendo isso?"

"Não me leve a mal, senhor", disse ele. "Mas vá devagar; é só o que posso lhe dizer."

"Você tem uma mente doentia, Gaffur. Ela é como uma irmã para mim", falei, tentando fazer com que se calasse. Ele disse apenas:

"Você tem razão: o que eu tenho a ver com isso? Afinal de contas, o sujeito, que é o marido, ficou por lá... E a mim já basta a minha própria mulher com que me preocupar..."

Deixei-o e voltei para o interior da loja. Ela escolhera um broche de prata, pintado, em forma de pavão. Paguei-o e o apliquei no seu sari. Jantamos no terraço do Taj, de onde se avista o Sarayu River serpenteando ao longe. Quando a fiz notar a vista, ela disse: "É linda! Vi vales, árvores e riachos o suficiente para a vida toda!" Rimos. Estávamos entrando numa fase de risos constantes.

Ela gostou de zanzar pelo mercado, comer em restaurantes lotados, passear, ir ao cinema – os prazeres mais comuns pareciam ter estado fora do seu alcance até então. Dispensei o carro no cinema. Não queria que Gaffur ficasse a par dos meus movimentos. Voltamos para o hotel a pé, depois da sessão. Mal assistimos ao filme. Ocupamos um camarote. Ela vestia um sari de crepe amarelo-claro que a deixava tão atraente a ponto de capturar todos os olhares ao redor.

Seus olhos brilhavam com vivacidade e gratidão. Intuí que ela se sentia em débito para comigo.

Era quase meia-noite. O recepcionista do hotel mal percebeu nossa chegada. Quem exerce essa função aprende a não ser reparador. Diante do quarto número 28, hesitei. Ela abriu a porta, entrou e hesitou também, deixando a porta entreaberta. Ficou parada me olhando por um instante, como no primeiro dia.

"Devo ir embora?", perguntei num sussurro.

"Sim, boa-noite", disse ela debilmente.

"Não posso entrar?", indaguei, com a atitude mais desconsolada possível.

"Não, não. Vá embora", disse ela.

Mas, impulsivamente, empurrei a porta com delicadeza. Entrei e tranquei a porta para o mundo.

CAPÍTULO SEIS

Raju perdera a conta do tempo assim passado, pois todo dia era igual aos demais e sempre lotado de gente. Vários meses (talvez anos) transcorreram. Reconhecia as estações pelos eventos característicos que chegavam a seu conhecimento, como a colheita em janeiro, quando seus discípulos lhe traziam cana-de-açúcar e rapadura cozida com arroz; quando lhe traziam doces e frutas sabia que era o Ano-Novo Tâmil; e quando era *Dasara* eles vinham carregados com uma quantidade maior de lâmpadas a óleo e as acendiam – as mulheres ficavam atarefadas durante todos os nove dias, decorando os pilares do templo com papéis coloridos e outros enfeites vistosos; para *Deepavali* traziam-lhe roupas novas e fogos de artifício e ele convidava as crianças para uma sessão especial de modo a soltarem os fogos. Ele mantinha assim uma vaga noção do tempo, do início ao fim do ano, através dos períodos de sol, de chuvas e de nevoeiros. Contou três ciclos completos, mas depois perdeu a conta. Descobriu que acompanhar o calendário não lhe era de nenhuma utilidade.

Sua barba agora lhe acariciava o peito, seus cabelos desciam até as costas e ao redor do pescoço usava um colar de contas para as orações. Seus olhos irradiavam suavidade e compaixão, a luz da sabedoria emanava de seu ser. Os aldeões traziam-lhe continuamente tantas prendas, que não havia sentido acumulá-las. Ao final do dia, distribuía entre os presentes tudo o que recebera. Traziam também enormes guirlandas feitas com crisântemos e cestas repletas de flores de jasmim e pétalas de rosa. Ele as entregava às crianças e às mulheres.

Um dia protestou com Velan:

"Eu sou um homem pobre e você também é. Por que me presenteia tanto assim? Não deve mais fazer isso."

Mas foi impossível interromper aquela prática. Eles adoravam presenteá-lo. Sua congregação passou a chamá-lo de *Swami* e sua moradia era o Templo. Tornara-se linguagem corrente entre os moradores do povoado: "O *Swami* disse isso"; "O *Swami* disse aquilo". Ou: "Estou indo para o Templo." Os aldeões gostavam tanto do lugar, que caiaram as paredes, decorando-as com faixas vermelhas.

A primeira metade do ano assistia a chuvas vespertinas que, ao som de fortes trovoadas, caíam copiosamente por poucas horas; já na segunda metade a chuva era fina e suave, porém duradoura. Não havia chuva que afetasse a congregação. As pessoas protegiam-se com esteiras de bambu, coberturas de palha ou guarda-chuvas. A lotação no saguão aumentava durante a estação de maior pluviosidade porque as pessoas não podiam se espalhar pelos pátios externos. Isso tornava os encontros íntimos, estimulantes e cheios de encanto. O sibilar do vento nas árvores, o barulho da chuva e do rio se enchendo (que os obrigava a carregar as crianças nos ombros e a vadear o rio somente em determinados pontos mais rasos) conferiam um charme todo especial aos rituais. Raju adorava essa estação pela qualidade do verde espalhado por toda parte e pela variedade de formatos das nuvens no céu, que observava através da colunata do templo.

No fim do ano Raju percebeu que as nuvens não escureciam o céu, como de costume. O verão parecia não ter fim. Ele perguntou:

"O que foi feito das chuvas?"

"As primeiras chuvas passaram totalmente ao largo, *Swamiji*", respondeu Velan, consternado; "já deveríamos ter colhido o milho, mas as espigas estão queimadas. A situação é muito grave."

"Mil mudas de bananeiras estão mortas", disse outro. "Se continuar desse jeito... não sei, não." Pareciam angustiados.

Raju, sempre profetizando, procurou consolá-los:

"São fenômenos naturais; vocês não devem se preocupar tanto assim. Sejamos otimistas."

"Mas, *Swamiji*, nosso gado sai para pastar e só o que consegue é remexer na terra e no lixo, sem encontrar nada para comer", argumentaram.

Raju dispensou uma palavra de alento para cada lamúria. Eles voltaram para casa menos aflitos.

"O senhor entende melhor que a gente, Mestre", disseram antes de ir embora.

Raju notara que, para banhar-se naquele período, precisava baixar três degraus a mais que de hábito, até alcançar a água. Ele os desceu e permaneceu de pé mirando o curso do rio. Vagou o olhar à esquerda, ao longe, onde o curso parecia serpear de volta à Serra de Mempi, na direção da nascente que tantas vezes ele visitara, acompanhando turistas. Era uma bacia diminuta, nem mesmo cem pés quadrados, adornada por aquele pequeno *shrine* – o que pode ter acontecido por lá, para causar tamanho encolhimento do leito do rio? Notou que as margens eram amplas, com um maior número de pedras expostas, e que o declive da beira oposta parecia mais alto.

Havia outros sinais. No Festival da Colheita faltou a alegria habitual. Desculparam-se:

"As canas estavam secas; só conseguimos trazer este punhado. Por favor, aceite-as."

"Ofereçam-nas às crianças", disse Raju.

As oferendas que traziam minguavam em quantidade e viço.

"O astrólogo disse que deveremos ter chuvas antecipadas no próximo ano", comentou alguém.

Todas as conversas giravam em torno de pluviosidade. Ouviam os discursos filosóficos com interesse esmaecido. Sentados em círculos, expressavam seus medos e anseios:

"É verdade, *Swami*, que o movimento dos aviões abala as nuvens, impedindo que chova? Há aviões demais no céu..."

"É verdade, *Swami*, que as bombas atômicas secaram as nuvens?"

Ciência, mitologia, boletins meteorológicos, o bem e o mal – todas as hipóteses eram associadas à chuva. Raju esclarecia cada suposição da melhor forma que lhe era possível, mas percebia que suas explicações não ajudavam a atenuar a preocupação de todos.

"Vocês não podem ficar pensando só nisso", decretou. "Às vezes o deus das chuvas prega peças nas pessoas que ficam obcecadas por ele. Como se sentiriam se alguém ficasse repetindo o nome de vocês a todas as horas do dia e da noite, por dias e dias, sem parar?"

Apreciaram a graça da analogia e seguiram seus rumos. Porém, chegara-se a uma situação para a qual não havia palavra nem disciplina mental que pudesse servir de conforto. Alguma coisa estava acontecendo num plano diverso sobre o qual não se tinha controle nem escolha, e uma postura filosófica não fazia qualquer diferença. O gado estava sem condições de produzir leite. Os homens não tinham energia para arrastar o arado pelos sulcos da terra; os rebanhos de ovelhas enfraqueciam, expunham sua pontiaguda ossatura pélvica e começavam a perder lã.

Os poços dos vilarejos secavam. Grupos numerosos de mulheres carregando suas ânforas aproximavam-se do rio que estreitava rapidamente. Chegavam como ondas para apanhar água, desde cedo pela manhã até a noite. Raju observava suas chegadas e partidas enquanto passavam enfileiradas pela alta vertente do outro lado; compunham uma cena pitoresca à qual, porém, faltava a tranquilidade inerente a um quadro. Disputavam a prioridade do acesso à água e havia medo, desespero e lamúria em suas vozes.

A terra secava depressa. Um búfalo morto foi encontrado numa trilha. A notícia chegou a *Swami* cedo numa certa manhã, trazida por Velan. Ainda dormia quando Velan estacou diante dele e disse:

"*Swami*, preciso que o senhor me acompanhe."

"Por quê?"

"O gado começou a morrer", retrucou Velan com pacata resignação.

E o que posso fazer?, esteve prestes a perguntar Raju, sentando-se na cama. Mas não podia dizer algo assim. Disse de modo brando:

"Ah, não! Não pode ser!"

"Encontraram um búfalo morto na trilha da floresta que conduz a nosso povoado."

"Você chegou a vê-lo?"

"Sim, *Swami*, estou vindo de lá."

"A seca não deve estar assim tão grave, Velan. Ele deve ter morrido por alguma doença."

"Por favor, venha vê-lo. Se o senhor puder nos explicar a causa da morte daquele animal, nos trará um grande alívio. Um sábio como o senhor poderá avaliar."

Estavam perdendo a cabeça. Tinha início um pesadelo. O *Swami* não entendia nada de gado, tanto fazia se vivo ou morto, portanto não fazia sentido algum, do ponto de vista prático, que ele fosse ver o búfalo morto; mas, visto que era isso que desejavam, solicitou a Velan que o aguardasse por um instante e em seguida o acompanhou ao local.

O vilarejo parecia deserto. Crianças brincavam nas ruas empoeiradas, dado que o Professor fora até a cidade com uma petição de socorro endereçada às autoridades competentes e, assim, a escola estava fechada naquele dia. Mulheres transitavam com jarras d'água na cabeça. Ao passar, comentavam:

"Não consegui encher nem a metade hoje"; "Desse jeito, aonde o mundo vai parar?"; "O senhor precisa nos orientar, *Swami!*".

Raju limitou-se a erguer a mão e acenar, como se dissesse: "Tranquilizem-se. Tudo se ajeitará. Restabelecerei a harmonia com os deuses."

Um pequeno cortejo seguiu-os até a trilha na floresta, repetindo a mesma ladainha sem parar. Alguém relatou acontecimentos ainda mais graves ocorridos no vilarejo vizinho e foi censurado pelos demais por ser alarmista: havia um surto de cólera e milhares de pessoas estavam morrendo e outras coisas mais. Raju não prestava atenção ao falatório ao seu redor.

Lá estava ele, num ponto já afastado do vilarejo, em meio à estreita e acidentada vereda que conduzia à floresta: um búfalo com os ossos bem à mostra. Corvos e abutres que já pairavam sobre a carcaça esvoaçaram com a chegada dos homens. Havia um cheiro nauseabundo no ar e, a partir de então, Raju passou a associá-lo com aquele período. Não podia ser abrandado com palavras. Aproximou a veste das narinas e fixou a carcaça por alguns instantes.

"A quem pertencia?", perguntou.

Entreolharam-se.

"Não era nosso", disse alguém. "Pertencia ao povoado mais próximo."

Essa afirmação trouxe certo alívio. Sendo de outra comunidade, isso afastava o problema. Qualquer explicação ou desculpa poderia consolar aquela gente.

"Não pertencia a ninguém", disse outra pessoa. "Mais parece um búfalo selvagem."

Melhor ainda. Raju sentiu-se menos oprimido diante da possibilidade de encontrar uma explicação diversa e, assim, uma solução. Disse após dar outra olhada no bicho:

"Deve ter sido picado por algum inseto venenoso."

Essa era uma tese consoladora. Raju fez o caminho de volta sem permitir que seu olhar se detivesse nos galhos ressequidos das árvores ou no solo coberto de lama esbranquiçada, sem nenhum sinal de verde.

A interpretação dada pelo *Swami* satisfez os aldeões. Proporcionou-lhes um conforto indizível. A tensão que se respirava afrouxou-se. Ao cair da noite, reagruparam e cercaram o gado, sem ansiedade.

"Ainda há alimento suficiente para nossos animais", comentaram. "O *Swami* disse que o búfalo morreu por uma picada venenosa. Ele sabe o que diz."

E para dar mais solidez à tese, fizeram diversos relatos acerca de morte por picadas de animais peçonhentos.

"Há serpentes cujos dentes penetram até o casco."

"Existem vários tipos de formigas cuja picada é fatal."

Mais animais foram encontrados mortos aqui e acolá. Esfregando o solo, obtinha-se tão somente uma nuvem de poeira fina. Na maioria das habitações a provisão do ano anterior não havia sido reposta e o abastecimento só minguava. O dono do armazém da vila insistia em manter os preços elevados. Pedia quatorze *annas* por uma medida de arroz. O comprador perdeu o controle e o esbofeteou. O comerciante pegou um facão e atacou seu cliente. Os simpatizantes do comprador aglomeraram-se diante da venda e terminaram por invadi-la e saqueá-la. Parentes do dono do armazém e outros que lhe davam razão saíram à noite com barras e facas para atacar o grupo rival.

Velan e seus companheiros também pegaram machados e facões para participar da batalha. Ouviam-se apenas urros, gritos e imprecações. Incendiaram o pouco de forragem restante e a noite escura inflamou-se. Raju ouviu o alarido que lhe foi trazido pelo ar noturno e então avistou as chamas iluminando a paisagem atrás dos montes. Apenas poucas horas antes a situação fora serenada e o povoado estava pacato. Balançou a cabeça, comentando consigo mesmo: "Essa gente não consegue manter o controle. Estão cada vez mais agitados. Se as coisas não se acalmarem, terei de me mudar para outro lugar." E voltou a dormir, incapaz de se interessar de fato pelo que ocorria no vilarejo.

Porém mais notícias lhe chegaram, cedo pela manhã. O irmão de Velan viera quando ele ainda dormia para lhe contar que Velan não estava bem – sofrera ferimentos no crânio e queimaduras – e forneceu ainda uma lista completa de todas as mulheres e crianças feridas durante a briga da noite anterior. Organizavam-se para contra-atacar o outro grupo à noite.

Raju ficou chocado com a evolução dos fatos. Não tinha ideia do que deveria fazer diante da situação: se deveria abençoar o motim ou contê-lo. Pessoalmente preferia que estourassem os miolos uns aos outros. Assim ninguém mais se incomodaria com a estiagem. Apiedou-se do estado de Velan e perguntou:

"Os ferimentos são graves?"

"Não, não. Só uns cortes, um aqui e outro ali", respondeu o irmão de Velan, como se não fossem numerosos o bastante.

Raju ponderou se deveria visitar Velan, mas não tinha a mínima vontade de se deslocar. Velan estava machucado, é verdade, mas logo iria sarar e pronto. E a descrição dos ferimentos feita pelo irmão dele, verossímil ou não, adequava-se à sua inclinação: não havia nenhuma urgência em ir vê-lo. Temia que, caso suas visitas se tornassem corriqueiras, não tivesse mais sossego: os aldeões encontrariam sempre um motivo para chamá-lo. Indagou ao irmão de Velan:

"E como foi que você conseguiu permanecer ileso?"

"Ah! Eu estava lá, mas ninguém tocou em mim. Se tivessem me agredido, eu acabaria com a raça de uns dez de uma vez. Mas meu irmão foi imprudente."

Magrela feito um caniço e se dá ares de gigante, pensou Raju e aconselhou:

"Diga ao seu irmão que aplique cúrcuma nas feridas."

O tom de indiferença com o qual aquele homem fizera o relato levou Raju a cogitar se não poderia ter sido ele mesmo quem atacara o irmão pelas costas; tudo era possível naquele povoado. Os irmãos de praticamente todas as famílias estavam envolvidos em disputas por heranças e litígios; além disso, a atual conjuntura estapafúrdia fazia com que todos fossem capazes de tudo.

O irmão de Velan levantou-se para ir embora; então Raju lhe disse ainda:

"Diga a Velan que guarde repouso absoluto."

"Ah, Mestre, não... Como poderá ficar em repouso se já está se preparando para unir-se aos demais no ataque de hoje à noite? Ele não vai descansar enquanto não atiçar fogo às casas daquela gente."

"Isso não está certo", disse Raju, irritado com tanta belicosidade.

O irmão de Velan era uma das pessoas menos dotadas de inteligência de todo o vilarejo. Tinha cerca de 21 anos, parecia meio retardado e era mantido pela família; um fardo a mais na vida de Velan. A única ocupação do rapaz era levar o gado do vilarejo até as montanhas para pastorear: ele coletava os animais nas diversas habitações pela manhã, conduzia-os até os montes, cuidava para que não se desgarrassem e os trazia de volta à noitinha. Passava o dia refestelado à sombra de uma árvore e quando o sol estava a pino comia um punhado de milho cozido, para depois aguardar que o sol baixasse a Oeste: hora de conduzir o rebanho de volta para casa. Não tinha ninguém com quem conversar o dia inteiro a não ser os animais e dirigia-se a eles de igual para igual: xingava-os e ofendia as suas linhagens parentais, sem reservas. Todas as tardes, quem penetrasse no silêncio da floresta escutaria os montes ecoando os palavrões e insultos variados, que ele esbravejava contra seus bichos enquanto os enxotava com um bastão. Era considerado apto somente para esta tarefa, pela qual recebia quatro *annas* por mês de cada proprietário. Não confiavam em seu desempenho em nenhuma outra função que envolvesse maior responsabilidade. Era um daqueles raros habitantes do vilarejo que nunca visitava o *Swamiji*, preferindo ficar em casa dormindo, terminado o serviço. Porém, dessa feita lá estava ele, quase pela primeira vez; os demais estavam ocupados preparando-se para o confronto noturno. Além do mais, sua atividade estava prejudicada com a estiagem: ninguém achava que havia sentido enviar o próprio gado para farejar pó e ainda ter que pagar quatro *annas* a um idiota para que fizesse isso.

E ninguém pedira que ele fosse até lá naquela manhã para dar algum recado ao *Swamiji*; ele aparecera simplesmente porque, não tendo nada para fazer, ocorreu-lhe visitar o templo e aproveitar a ocasião para receber a benção do *Swami*. O conflito em ação era a última coisa que os aldeões desejavam que o *Swami* viesse a saber, embora, uma vez terminado, seria provável que relatassem a ele uma versão abrandada. Porém, aquele rapaz trouxera a notícia por iniciativa própria e ainda apoiava o feito.

"Mas por que cortaram o rosto do meu irmão, *Swami*?", perguntou ele, acrescentando: "Devem permanecer impunes?"

Raju argumentou, com paciência:

"Foram vocês que agrediram o dono do armazém primeiro, não foram?"

O rapaz interpretou a pergunta literalmente e se defendeu:

"Não fui eu quem o esbofeteou! Quem bateu nele foi..."

E relatou nomes familiares.

Raju não teve ânimo de esclarecê-lo e melhorar seu nível de compreensão. Disse apenas:

"Isso não está certo. Ninguém deve brigar."

Avaliou que seria impossível discorrer para ele acerca da ética da paz, portanto limitou-se a repetir:

"Ninguém deve brigar."

"Mas são eles que brigam!", argumentou o jovem. "Eles vêm logo agredindo a gente!"

Fez uma pausa para refletir bem sobre o que iria falar e disse:

"Vão acabar nos matando, dentro de pouco tempo."

Raju ficou perturbado. Não lhe agradava a ideia de tanto tumulto. Aquilo poderia afetar a tranquilidade do lugar e acabar atraindo a polícia até lá. Não desejava que forasteiro algum fosse até aquele vilarejo. Subitamente assumiu uma atitude ativa com relação ao assunto. Segurou o rapaz pelo braço e disse:

"Vá e diga a Velan e aos outros que não quero que eles briguem desse jeito. Direi a eles o que devem fazer mais tarde."

O rapaz já se preparava para repetir as mesmas objeções, mas Raju, impaciente, não permitiu.

"Fique calado e escute o que estou lhe dizendo."

"Sim, Mestre", disse o jovem, intimidado por aquela veemência repentina.

"Diga a seu irmão, onde quer que você o encontre, que se ele não se comportar como deve, nunca mais vou comer."

"Comer o quê?", perguntou o rapaz, intrigado.

"Diga que não vou comer. Não importa o quê. Não voltarei a comer até eles se comportarem feito gente."

"Comportarem? Onde?"

O discurso estava além da capacidade de compreensão do rapaz, que queria voltar a perguntar "Mas comer o quê?", porém conteve-se, receoso. Seus olhos estavam arregalados. Não tinha a mínima ideia do que a briga tinha a ver com a comida daquele homem. Desejava apenas se liberar daquele tremendo aperto em cima do seu cotovelo esquerdo. Avaliou que cometera um equívoco ao visitar aquele sujeito desacompanhado – a cara barbuda, quase encostando nele, metia medo. Poderia devorá-lo vivo. Desesperado, não via a hora de sumir dali. Disse então:

"Pode deixar, senhor. Farei o que o senhor está pedindo."

E, assim que Raju soltou o braço dele, escapou. Em segundos já havia cruzado o areal e desaparecido.

Estava ofegante quando se juntou à reunião dos mais velhos. Envoltos numa atmosfera solene, encontravam-se todos sentados numa plataforma no centro do vilarejo, discutindo acerca das chuvas. Uma plataforma de tijolos fora construída em torno da antiga árvore de *peepul*, em cujas raízes haviam sido fixadas muitas imagens em pedra, que eram constantemente veneradas e ungidas com óleo. O local funcionava como uma espécie de assembleia municipal de Mangala. Era amplo e fresco, sob a sombra generosa da figueira. De um lado havia sempre um grupo de homens discutindo os problemas locais; do outro, mulheres descansavam as cestas carregadas que levavam na cabeça; crianças brincavam de pique e cachorros cochilavam.

Lá estavam os anciãos e vários adultos do povoado falando sobre a chuva e sobre o enfrentamento programado para o anoitecer, com todas as estratégias implicadas no embate. Nutriam diversos temores. O que o *Swami* pensaria sobre a questão era algo a ser levado em conta posteriormente. Poderia não estar de acordo. Era melhor não contatá-lo enquanto não tivessem esclarecido entre si o que pretendiam fazer. Que a facção contrária merecia uma punição era indiscutível. Dentre os que faziam uso da palavra a maioria estava machucada e contundida. Porém temiam a polícia; recordavam uma ocasião em que ocorrera uma briga entre facções e o governo enviou uma força policial que se estabeleceu no vilarejo em caráter duradouro e obrigou-os a alimentar os agentes e pagar pela sua manutenção.

Em meio a esse conselho de guerra irrompeu o irmão de Velan. A atmosfera ficou tensa.

"O que aconteceu, meu irmão?", perguntou Velan.

O rapaz permaneceu parado sem dizer nada, procurando recuperar o fôlego. Sacudiram-no pelos ombros, o que o deixou ainda mais confuso e desorientado; mas finalmente desembuchou:

"O *Swami*... o *Swami*... não quer mais comida. Não levem comida pra ele."

"Mas por quê? Por quê?"

"Porque... porque... não chove", disse ele e depois recordou-se também do conflito e acrescentou: "E nada de brigas, ele falou."

"Quem mandou você ir lá?", interrogou o irmão em tom autoritário.

"Eu... eu não... mas quando eu... estava lá, ele me perguntou, então eu contei pra ele."

"Contou pra ele o quê?"

O jovem tornou-se subitamente mais cauteloso. Sabia que levaria uma surra se contasse que falara sobre a briga. Não lhe agradava ser agarrado pelos ombros – na realidade, não gostava de ser agarrado em parte alguma e lá o *Swami* apertara seu cotovelo e roçara a barba na sua cara, e agora torciam-lhe os ombros. Arrependia-se de ter se envolvido naquilo. Era melhor não se meter com eles. Iam acabar provocando uma luxação nos ombros dele se soubessem que ele mencionara a briga ao Mestre. Então resolveu ocultar o ocorrido da melhor forma possível. Piscou. Voltaram a lhe perguntar:

"O que você contou pra ele?"

"Que não chove", respondeu, mencionando o primeiro assunto que lhe veio à mente.

Deram uns tapinhas na cabeça dele e disseram com desdém:

"Que profeta! Vejam só que grande notícia anunciou! Aposto que ele ainda não sabia!"

Todos riram. O rapaz também deu um riso sem graça, procurando se recompor.

Em seguida lembrou-se da mensagem de que fora incumbido e julgou que seria mais seguro mencioná-la, senão o guru poderia ficar sabendo e amaldiçoá-lo. Então afirmou, voltando à estaca zero:

"Ele não quer comida até que fique tudo em paz."

Pronunciou essa frase de um modo tão enfático e solene, que os demais perguntaram:

"O que foi que ele disse? Conte com precisão."

O jovem refletiu um instante e voltou a falar.

"Diga ao seu irmão que não me traga mais comida. Não me alimentarei. Se eu não comer, tudo se ajeitará e ficará bem de novo."

Fitaram-no, intrigados. Ele sorriu contente com a atenção recebida. Os outros permaneceram pensativos um momento. Então, um deles disse:

"Mangala é realmente um lugarejo abençoado por ter alguém como *Swami* em seu meio. Nada de mal nos acontecerá enquanto formos protegidos por ele. O *Swami* é como o Mahatma. Quando Mahatma Gandhi fez greve de fome, quanta coisa aconteceu na Índia! Esse homem é igual. Se jejuar, choverá. Aceita a provação pelo amor que tem por nós. O seu feito atrairá a chuva e nos fará bem. Uma vez um homem jejuou por vinte e um dias e provocou um dilúvio. Somente as grandes almas tomam para si feitos assim..."

O clima ficou eletrizado. Esqueceram-se da briga, dos problemas e das rixas.

O povoado alvoroçou-se. Tudo o mais parecia irrelevante a partir de então. Alguém chegou informando que um jacaré fora encontrado morto na areia, rio acima, torrado pelo sol, privado do abrigo da água. Outro contou que no leito de um lago quase seco, no povoado vizinho, despontara um antigo templo, submerso um século atrás, quando o lago se formara. A imagem de Deus ainda estava intacta no *shrine* mais interno, apesar de ter ficado tanto tempo banhada pela água; os quatro coqueiros ao redor do templo ainda estavam lá... Notícias do gênero chegavam ininterruptamente e novos detalhes eram acrescentados a toda hora. Centenas de pessoas estavam indo visitar o templo no leito do lago e algumas, menos cautelosas, perderam a vida, sendo tragadas pela areia movediça do fundo. Tudo isso despertava grande interesse público, mas nenhum medo. Tornaram-se capazes, até mesmo, de demonstrar maior indulgência para com o dono do armazém que havia agredido seu cliente fisicamente:

"Afinal de contas, o fulano de tal não devia tê-lo chamado de filho da puta; não é uma linguagem decente."

"Parentes e amigos são pra essas horas; senão de que servem?"

Velan remoía sobre o corte na testa e vários outros recordaram seus próprios ferimentos. Não lhes era claro até que ponto poderiam perdoar. Consolava-lhes a ideia de que muitos dentre os do outro grupo também deveriam estar cuidando de suas feridas agora; essa era uma imagem deveras gratificante. De maneira inesperada, deliberaram apelar para a interseção de terceiros, que deveriam arbitrar sobre a querela, desde que a facção rival os ressarcisse pela forragem queimada e honrasse os líderes do grupo com comes e bebes. Passaram um bom tempo discutindo as condições do acordo de paz, depois levantaram todos juntos e alardearam:

"Vamos render homenagem ao *Swami*, nosso salvador."

Raju aguardava pela comida e as oferendas de costume. É verdade que ainda dispunha de fruta e outros víveres na sua cesta, mas desejava esperançoso que lhes trouxessem algo mais substancioso. Havia sugerido que eles tentassem obter farinha de trigo, farinha de arroz e especiarias. Queria experimentar algumas novas receitas, para variar. Desenvolvera uma técnica astuta para poder insinuar seus pedidos especiais. Geralmente chamava Velan em particular e dizia:

"Sabe, se pudesse dispor de um tantinho assim de farinha de arroz, *chili* em pó e mais uns poucos ingredientes, eu poderia preparar uma receita nova. Nas quartas-feiras..."

E enunciava um preceito específico do bem-viver, segundo o qual em determinadas quartas-feiras dever-se-ia preparar uma iguaria à base de farinha de arroz e mais outros temperos que ele listava com tal seriedade que induzia seus ouvintes a considerarem o pedido como uma necessidade espiritual, algo relacionado à disciplina do âmago do homem, uma regra destinada a manter sua alma em forma e o seu entendimento com o sobrenatural em perfeita harmonia. Desejava ardentemente *bonda*, que ele costumava comer no quiosque da estação ferroviária, quando aparecia por lá um sujeito que passava com seus quitutes num tabuleiro de madeira, para vendê-los aos viajantes. Levava farinha, batata, uma fatia de cebola, coentro fresco e *chili* verde. Ah! Era uma delícia! – ainda que provavelmente fosse frito em sabe-se lá que espécie de óleo; o sujeito parecia ser do tipo capaz de usar até querosene para fritar seus acepipes desde que com isso economizasse alguns *annas*. Apesar disso, tudo o que preparava era muito saboroso e quando Raju pedia a receita ao vendedor ambulante, ele sempre começava dizendo "Basta um pedacinho de gengibre..." e prosseguia acrescentando mil e um ingredientes.

Uma tarde dessas, ao discorrer sobre o *Bhagavad-Gita* para seu público, Raju sentiu um súbito desejo de experimentar uma receita por sua conta – agora estava equipado com um fogareiro a carvão e uma frigideira; e o que poderia ser mais musical que uma massa bem sovada mergulhando no óleo fervente? Havia revelado suas aspirações a Velan da forma mais gentil possível.

Quando escutou vozes provindas de trás do monte, sentiu-se aliviado. Recompôs-se para o desempenho de suas funções profissionais, alisou bem a barba e o cabelo, sentou-se numa postura adequada, com um livro nas mãos. À medida que as vozes se aproximavam, ergueu o olhar e notou que um grupo bem mais numeroso que o habitual estava cruzando o areal. Isso o intrigou um pouco, mas logo cogitou que deviam estar todos jubilosos pelo fato de que ele evitara uma briga desastrosa. Sentiu-se feliz por, afinal de contas, ter feito algo benéfico e salvado assim o povoado. Aquele idiota do irmão do Velan não era tão abobado como parecia. Desejava ansiosamente que estivessem trazendo farinha numa daquelas bolsas. Seria indelicado indagar sobre isso de imediato; costumavam deixar os produtos na cozinha.

Desaceleraram o passo e baixaram o tom de voz assim que se aproximaram do saguão com pilastras. Até mesmo as crianças falavam baixinho diante da augusta presença.

Sentaram-se formando um semicírculo, cada um no seu lugar habitual, em silêncio. As mulheres logo deram início a seus trabalhos, varrendo o saguão e alimentando com óleo as lamparinas de argila. Ao longo de dez minutos Raju não dirigiu o olhar para o grupo nem pronunciou uma palavra sequer; apenas virou as páginas do livro, a intervalos regulares. Estava curioso para ver o estado físico de Velan. Olhou de relance e percebeu cicatrizes na testa, depois deu uma rápida espiada ao redor e avaliou que o estrago fora bem menor do que imaginara. Retomou seu estudo e somente depois de passados dez minutos de leitura silenciosa levantou o olhar e, como de hábito, inspecionou a assembleia. Dirigindo-se ao seu rebanho, com o olhar voltado para Velan particularmente, disse:

"*Lord Krishna* afirma nesta passagem..."

Posicionou a página para que recebesse luz suficiente e então leu o trecho em voz alta.

"Sabem o que isso significa?"

Adentrou num discurso semifilosófico, saltando de um assunto a outro, iniciando pela importância de uma alimentação saudável para concluir acerca do valor da plena confiança na bondade de Deus.

Ouviram-no sem interrompê-lo e somente quando ele fez uma pausa para tomar fôlego, depois de uma hora inteirinha falando, Velan disse:

"Suas preces serão atendidas e salvarão nosso povo, não temos dúvidas disso. Cada um de nós no vilarejo reza, dia e noite, pelo senhor, para que possa cumprir sua missão em segurança."

Raju ficou intrigado com o que ouvira, mas supôs que votos pomposos e assim bombásticos faziam parte do modo de se expressarem, que estavam tão somente agradecendo-lhe por tê-los chamado à razão e feito com que desistissem da briga. A assembleia tornou-se muito loquaz e choveram louvores a sua pessoa, vindos de todas as partes. Uma mulher se levantou, aproximou-se e tocou os pés dele. Outra seguiu o exemplo da primeira. Então ele gritou:

"Já não disse que não permito uma coisa dessas? Nenhum ser humano deve prostrar-se diante de seu semelhante."

Dois ou três homens também se aproximaram e um deles sentenciou:

"O senhor não é nosso semelhante. O senhor é um Mahatma. Consideramo-nos privilegiados por poder tocar apenas a poeira que entra em contato com seus pés."

"Ah, não! Não diga isso...", exclamou Raju tentando retrair os pés.

Porém foi cercado pela multidão. Procurou ocultar os pés, mas não encontrava onde nem como. Sentiu-se ridículo nesse joguinho de esconde-esconde. Eles o puxavam de todos os lados e pareciam dispostos a atacá-lo com cosquinhas, desde que lhes oferecesse seus pés. Percebeu que não teria escapatória e então seria melhor permitir que fizessem o que desejavam. Praticamente todos os presentes tocaram os pés dele e depois se posicionaram ligeiramente mais afastados, mas não muito. Cercavam-no e não davam sinal de se retirarem. Fitavam seu rosto e o examinavam de maneira inédita; a atmosfera era de grande solenidade, como jamais ele vira antes.

"A sua penitência é como a do Mahatma Gandhi", disse Velan. "O senhor, seu discípulo e seguidor, é um legado do Mahatma para nos salvar."

No seu linguajar arcaico, com as melhores palavras que fora capaz de arregimentar, Velan procurava agradecer-lhe. Às vezes falavam todos ao mesmo tempo, provocando uma barulheira indistinta. Outras iniciavam uma frase, incapazes de concluí-la. Compreendeu que discursavam comovidos. Desejavam exprimir gratidão, embora a fala deles soasse extravagante. O conteúdo não era claro. Mas a devoção era inquestionável. Havia tanta emoção na atitude deles que Raju começou a achar natural que lhe tocassem os pés; na verdade, considerou se também ele não deveria curvar-se, tocar a poeira dos próprios pés e esfregá-la nos olhos. Começou a sentir uma glória emanada do seu ser... A multidão não partiu no horário de costume, e foi-se deixando ficar.

Velan supôs que Raju já tivesse começado a jejuar e, assim, deixara de trazer comida pela primeira vez ao longo dos últimos meses. Paciência. Visto que sua abstinência alimentar era de tamanha importância Raju não podia, é claro, simplesmente perguntar: "Onde estão os ingredientes para o meu *bonda*?" Seria inoportuno. Dava para esperar. Cismaram que ele estaria jejuando a fim de impedir a briga, portanto não vinha ao caso revelar-lhes que já havia feito duas refeições naquele dia. Deixaria que se iludissem e poderia até demonstrar certo abatimento exibindo languidez no olhar; cairia bem. Mas agora que a sessão terminara, por que não iam embora? Fez a Velan sinal para que se aproximasse.

"Você não acha que as mulheres e as crianças já deveriam voltar para casa? Não está ficando muito tarde?"

Quando a multidão partiu já era quase meia-noite, mas Velan permaneceu sentado no mesmo lugar onde transcorrera toda a sessão, recostado numa coluna.

"Você não está com sono?", perguntou Raju.

"Não, senhor. Permanecer acordado não é nenhum sacrifício, se comparado ao que o senhor está fazendo por nós."

"Não dê tanta importância assim. Faço apenas o meu dever, só isso; não estou fazendo mais do que a minha obrigação. Pode voltar para casa, se quiser."

"Não, senhor. Irei para casa amanhã de manhã, quando o líder da comunidade vier me render. Ele virá às cinco e ficará até o entardecer. Nesse intervalo poderei ir para casa, cuidar dos meus afazeres, e voltarei depois do trabalho."

"Ah! Mas não é absolutamente necessário que fique sempre alguém aqui. Posso muito bem me virar sozinho."

"Tenha a bondade de deixar isso por nossa conta, senhor. Estamos apenas fazendo a nossa parte, cumprindo o nosso dever. O senhor está se submetendo a um sacrifício enorme e o mínimo que podemos fazer é ampará-lo, ficar a seu lado. Só em contemplar o seu semblante já adquirimos mérito, senhor."

Raju comoveu-se profundamente com a atitude de Velan, mas achou que chegara o momento de pôr fim àquilo. Então disse:

"Você tem toda a razão. 'Quem assiste o autor de um sacrifício adquire mérito de igual valor', afirmam nossas Escrituras, portanto você não está enganado. Agradeço a Deus por ter acolhido meu esforço, concedendo-lhe um bom êxito, e por vocês terem feito as pazes e estarem em harmonia uns com os outros; esta é a minha maior preocupação. Portanto, agora que tudo terminou bem, o assunto está encerrado. Você já pode regressar a seu lar. Amanhã retomarei meu regime alimentar e recobrarei minhas energias. Lembre-se, gentilmente, de me trazer farinha de arroz, *chili* verde, e..."

Velan era demasiado respeitoso para externar sua surpresa em voz alta. Porém não conseguiu se conter e indagou:

"Espera chuva amanhã, senhor?"

"Bem..."

Raju refletiu por um instante: por que ele agora misturava alhos com bugalhos?

"Quem sabe? Será conforme a vontade de Deus. Pode ser..."
Foi então que Velan se aproximou e fez um relato pormenorizado acerca do que o irmão tinha dito a eles e o efeito suscitado na comunidade. Velan deixou bem claro aquilo que todos esperavam que o salvador fizesse: entrar na água até a altura dos joelhos e, com o olhar voltado aos Céus, pronunciar as orações todos os dias, ao longo de duas semanas, durante as quais manteria o mais completo jejum. Pronto – as chuvas viriam, desde que o homem que realizasse tal sacrifício possuísse uma alma pura e fosse um espírito eleito. Toda a região estava em esperançosa excitação, porque uma alma sublime prontificara-se a se submeter à provação.

O ardor da descrição levou Raju às lágrimas. Recordava-se quando, num passado ainda recente, descrevera a penitência a seus ouvintes, explicando-lhes a técnica e o valor moral. A explanação fora em parte inventada e em parte baseada na lembrança de relatos tradicionais que ouvira da mãe. Ocupara todo o programa de uma sessão de encontros, ajudando-o a desviar a atenção do público do tormento da seca. Dissera a eles:

"Virá o momento em que tudo se ajustará: até o homem capaz de trazer a chuva surgirá de repente, em meio a vós."

Eles interpretaram suas palavras e as estavam aplicando à circunstância atual. Raju deu-se conta de que o feitiço virara contra o feiticeiro: colocara-se numa situação da qual não tinha escapatória. Não podia deixar entrever sua surpresa e seu despreparo. Julgou que, tudo somado, chegara o momento de ser fiel às próprias palavras. Necessitava de tempo e solidão para refletir a fundo sobre aquilo tudo. Desceu do seu pedestal – primeira coisa a ser feita. Aquele assento havia adquirido um fascínio; se permanecesse sentado ali, ninguém lhe daria ouvidos como um mortal entre os mortais. Deparou com a enormidade da sua criação. Seu ser insignificante produzira a miragem de um gigante e transformara uma simples laje num trono soberano. Levantou-se de súbito, como se picado por uma vespa, e aproximou-se de Velan. Sua voz transmitia humildade e temor autênticos, seus gestos, austeridade. Velan permaneceu sentado, imóvel, qual sentinela petrificada.

"Ouça-me, Velan. É fundamental que eu passe esta noite sozinho. É igualmente crucial que amanhã eu permaneça o dia todo em reclusão solitária. Retorne somente amanhã ao entardecer. Falarei com você amanhã depois do pôr do sol. Até então, nem você nem ninguém deve manter contato comigo."

Essas frases soaram tão misteriosas e solenes que Velan levantou-se sem pronunciar uma só palavra.

"Retorno amanhã à noite, senhor. Sozinho?"

"Sim, sim. Completamente sozinho."

"Perfeito, Mestre. Deve saber o que faz. Não nos cabe questionar como e por quê. Está prevista a chegada de uma grande multidão. Posicionarei alguns homens no rio para impedir que venham até aqui. Não será fácil, mas, visto que se trata de uma instrução sua bem específica, terá que ser respeitada."

Velan retirou-se após um gesto de profunda reverência. Raju permaneceu parado, observando-o partir. Entrou no aposento interno, que usava como quarto de dormir, e se deitou. Seu corpo estava dolorido em virtude do tempo que permanecera sentado na postura meditativa; sentia-se exaurido pela visitação numerosa. No aposento escuro, em meio ao calar do rumor distante do vilarejo e o zunir do voo dos morcegos, baixou um profundo silêncio. Sua mente estava atormentada por tantos problemas. Tentou dormir. Passou três horas de intensa angústia, oprimido por pensamentos obsessivos entrecortados por pesadelos.

Então esperavam que ele passasse fome por quinze dias, e ficasse de pé parado, com água até os joelhos, durante oito horas por dia? Sentou-se. Quanto se arrependia de ter-lhes dado aquela imagem! Parecera cativante então. Porém, se soubesse que poderia ser aplicada a ele, teria modificado a fórmula: todos os vilarejos da região deveriam reunir esforços de modo a permitir que ele se alimentasse exclusivamente de *bonda* por quinze dias consecutivos. Seria tarefa de todos manterem o suprimento. E o santo homem passaria, no máximo, dois minutos do dia na água do rio, para que a chuva chegasse, mais cedo ou mais tarde. "Se houver um só homem bom no lugar, choverá por causa dele, beneficiando assim toda a humanidade." Citando um poema tâmil, a mãe dele costumava dizer. Ocorreu-lhe que o melhor a fazer seria fugir daquilo tudo. Poderia ir à outra margem pegar uma condução para a cidade, onde ninguém lhe daria importância – seria apenas mais um *sadhu* barbudo em meio a vários, só isso. Velan e seus companheiros voltariam para vê-lo e, diante do seu sumiço, concluiriam que rumara para a Cordilheira do Himalaia. Mas como fazer isso? Quão longe conseguiria chegar? Em menos de meia hora poderia deparar com qualquer deles. Não era uma solução viável. Poderiam obrigá-lo a voltar para ali, onde estava, e puni-lo por tê-los enganado. Mas seu medo não era bem esse; estaria até disposto a correr o risco, se achasse que tinha a mínima chance de escapar... Porém a lembrança das mulheres e crianças tocando seus pés o comovia. A gratidão expressa por todos o emocionava. Acendeu o fogo, cozinhou sua comida, banhou-se nas águas do rio (num ponto onde, depois de escavar a areia, era obrigado a esperar cinco minutos até conseguir encher sua vasilha) e engoliu a refeição antes que alguém pudesse aparecer, ainda que incidentalmente. Guardou uma parte da comida, bem escondida no interior do *sanctum santorum*, para comer mais tarde, ao longo da noite. Pensou que se ao menos o deixassem sozinho durante as noites, poderia dar um jeito de, talvez, sobreviver à provação. Bastaria passar o dia de pé no rio, com água até os joelhos (se conseguisse encontrar água suficiente), murmurando a litania por oito horas a fio. (Ele poderia, na prática, fazer alguns ajustes convenientes quanto a isso.) Talvez sentisse câimbras, mas deveria tentar suportá-las por alguns dias, pois, mais cedo ou mais tarde, terminaria mesmo por chover por causas naturais. Também não gostaria de enganá-los inteiramente a respeito do jejum.

Quando Velan chegou à noite, Raju lhe confidenciou:

"Velan, você tem sido um amigo para mim. Agora você precisa me ouvir. O que o leva a crer que eu possa fazer chover?"

"Foi o rapaz que nos contou. O senhor não disse isso a ele?"

Raju ficou hesitante, sem replicar nada de objetivo. Talvez ainda fosse possível retificar a história com uma declaração honesta. Raju continuou sem firmeza. Pela força do hábito, mesmo a essa altura, a natureza dele continuava evitando encarar a verdade nua e crua. Respondeu, evasivo:

"Não é isso que estou perguntando. Quero saber o que o levou a pensar isso de mim."

Velan piscou, desorientado. Não compreendia muito bem onde o sábio queria chegar. Achou que deveria ser, com toda a certeza, algo muito nobre, porém era incapaz de responder à questão. Disse apenas:

"Que alternativa nós temos?"

"Aproxime-se. Sente-se e me ouça. Você pode até passar a noite aqui. Estou disposto a jejuar pelo bem da sua gente e fazer tudo o que for necessário para ajudar a região; mas só um santo pode fazer isso. E eu não sou um santo."

Velan balbuciou sons variados em protesto. Raju entristeceu-se por estar abalando a fé dele; porém era o único modo de escapar a toda aquela provação. A noite estava fria. Raju pediu a Velan que o acompanhasse até os degraus que conduziam ao rio e ali sentou-se. Velan sentou-se num degrau abaixo. Raju mudou-se para se sentar ao lado dele.

"Você precisa me ouvir. Portanto, não se afaste, Velan. Devo sussurrar bem dentro do seu ouvido. Você tem que prestar a máxima atenção no que vou lhe dizer. Eu não sou um santo, Velan. Não passo de um ser humano comum, como qualquer outro. Escute a minha história. Você tirará suas próprias conclusões."

O rio, reduzido a um fiapo d'água, corria sem rumorejar. Apenas as folhas secas na árvore de *peepul* farfalhavam. Ouviu-se o uivo de um chacal, vindo não se sabe donde. A voz de Raju tomou a noite. Velan o ouvia, com a humildade de sempre, sem pronunciar palavra, nem sequer uma interjeição de surpresa. Apenas demonstrava maior gravidade que de costume e rugas de preocupação delineavam-se no rosto dele.

CAPÍTULO SETE

O GUIA

Marco acolhera-me como um membro da família. De guia turístico eu passara a ser uma espécie de guia particular, a serviço exclusivo de uma só família. Marco não possuía o menor senso prático; era um imprestável para questões do gênero. Sua única habilidade era reproduzir antiguidades e escrever a respeito delas. Sua mente era completamente absorvida por isso. Todos os aspectos práticos da vida pareciam impossíveis para ele: tarefas simples como decidir onde comer, pernoitar ou comprar passagens de trem eram para ele operações titânicas. É provável que tenha optado pelo casamento a fim de ter alguém que pudesse se encarregar de todas essas questões funcionais; mas, para seu infortúnio, fizera uma escolha equivocada: se existe alguém que vive no mundo da lua, esse alguém é aquela moça! Ela, por sua vez, teria se beneficiado muitíssimo se tivesse encontrado um marido que agenciasse a carreira dela. Numa tal conjuntura, um sujeito hábil e descolado como eu revelava-se de valor inestimável. Praticamente abandonei minhas atividades corriqueiras e passei a secretariá-los em regime de tempo integral.

Ele passara mais de um mês em Peak House e fui eu quem cuidou de suas finanças. Não impunha limite algum às despesas, contanto que lhe fosse entregue um recibo. Mantiveram o quarto no hotel e o carro de Gaffur à disposição deles, como se o carro fosse de sua propriedade e o motorista, particular. O carro fazia no mínimo uma viagem por dia de Peak House à cidade. Joseph encarregava-se de todas as necessidades de Marco de um modo mais que eficiente. O acordo era que eu deveria prestar inúmeros serviços ao casal, porém sem prejuízo de nenhuma outra atividade que tivesse. Para tanto ele pagava-me uma diária e eu dispunha do restante do meu tempo para os "serviços ordinários". Os assim chamados serviços ordinários, antes variados, agora se reduziam a fazer companhia a Rosie e entretê-la. A cada dois dias ela visitava o marido. Mostrava-se especialmente solícita para com ele ao longo daqueles dias. Chegava a exagerar, mimando-o e fazendo todas as suas vontades. Ele não dava a mínima bola para ela. A escrivaninha dele estava sempre abarrotada de papéis com datações e notas variadas, e ele advertia:

"Não chegue nem perto, Rosie; não quero correr o risco de que você venha a bagunçar o que já arrumei! Estou quase ordenando a coisa toda..."

Nunca me interessei em saber qual era o tema exato do trabalho dele. Não era da minha conta. A própria mulher parecia não se importar nem um pouco. Limitava-se a perguntar ao esposo:

"Que tal a comida?"

Mudara sua tática com ele, depois que eu e ela passamos a manter um relacionamento íntimo. Ela arrumava o quarto para ele e orientava Joseph acerca dos cuidados para com seu marido, especialmente quanto à comida.

Às vezes ela chegava a dizer:

"Vou ficar por aqui, para lhe fazer companhia."

Marco assentia, displicente:

"Tudo bem, se você quiser..." E então perguntava: "E você, Raju? Fica também ou volta para a cidade?"

Sentia-me obrigado a resistir à vontade de ficar, porque já desfrutava da companhia dela o tempo todo quando descíamos a serra. Era mais cortês de minha parte deixá-la a sós com ele. Portanto, eu respondia, sem fitá-lo nos olhos:

"Preciso voltar. Hoje chegam alguns clientes que devo receber. Espero que você não se importe."

"De jeito nenhum. Você é um empresário e não posso prejudicar seus negócios, monopolizando-o tanto assim."

"A que horas você precisará do carro amanhã?"

Ele olhou para a esposa, e ela respondeu:

"O mais cedo possível."

Ele geralmente acrescentava:

"Você poderia, por favor, me trazer algumas folhas de papel-carbono?"

Enquanto descíamos a serra, Gaffur lançava-me olhares pelo espelho retrovisor. Passei a manter com ele um comportamento mais reservado. Queria evitar que o motorista fofocasse sobre o quer que fosse. Eu temia certo fuxico. Era muito suscetível a alguns assuntos e sempre ficava nervoso quando me via a sós com Gaffur, portanto era um alívio quando a conversa se limitava a carros. Mas fugia aos princípios dele ater-se à discrição: iniciava tratando de automóveis e terminava mexericando acerca de outros temas:

"Amanhã preciso de uma hora livre para regular os freios. Você sabe, são mecânicos, pois ainda acho os freios mecânicos bem melhores que os hidráulicos, da mesma forma que uma velha esposa sem estudo é melhor que esse novo tipo de garota. Ah! Essas meninas de hoje são muito atrevidas! Eu jamais deixaria minha mulher num quarto de hotel sozinha, se tivesse que ficar de plantão no alto da serra!"

O comentário me constrangia, então eu habilmente mudava de assunto:

"Você acha que os projetistas de automóveis sabem menos que você?"

"Você está insinuando que os engenheiros têm mais experiência que eu? Pois pode estar certo que de alguém como eu, obrigado a ter que empurrar e até chutar o próprio carro para que pegue..."

Pronto. Estava salvo; desviara a atenção dele de Rosie. Eu vivia sob constante tensão, meu estado de espírito estava completamente alterado. Nem isso escapava à atenção de Gaffur; à medida que descíamos a serra, ele resmungava:

"Você anda muito fechado ultimamente, Raju. Não é mais aquele companheirão de antigamente..."

De fato eu perdera quase por completo a serenidade. Rosie não me saía da cabeça. Deleitava-me relembrando as horas que havíamos passado juntos e antecipando as que estavam por vir. Inúmeros problemas me acossavam. O marido era o menor dentre eles. Ele era um bom sujeito, cujo intelecto era completamente tomado pelos temas de seu interesse, e demonstrava plena confiança – quase patológica. Isso não impedia que eu me tornasse tenso, melindroso e tomado pelas mais variadas formas de ansiedade. E se... E se... E se... E se o quê?! Nem mesmo sabia o que eu temia! O pavor tomara conta de mim sem que eu fosse capaz de identificar meus medos. Sentia-me confuso. O pânico me assaltava; às vezes era tomado pelo receio de não ser bonito o suficiente para ela. Ficava obcecado com a impressão de que não me barbeara de modo perfeito e que, ao acariciar-me o queixo, ela poderia me rejeitar. Acontecia-me de me sentir um trapo. A *jibba* de seda e o *dhoti* adornado na bainha já estavam gastos e antiquados. Estaria para me dar o fora, por eu não ser moderno o bastante para ela. Este receio me fez correr até o alfaiate para encomendar camisas elegantes com bolsos e calças de veludo cotelê. Investi em produtos para os cabelos, loções pós-barba e perfumes de todo tipo. Minhas despesas aumentaram consideravelmente. A loja era minha principal fonte de renda, junto com as diárias pagas por Marco. Tinha consciência de que deveria estar dedicando maior atenção no controle da contabilidade da loja. Estava sendo desleixado ao permitir que o garoto ficasse encarregado da sua administração. Sempre que minha mãe tinha oportunidade de falar comigo, me alertava:

"Você tem que ficar de olho naquele menino. Vejo gente demais orbitando pelo local. Tem ideia do que acontece por lá e do dinheiro que passa pelo caixa diariamente?"

Eu geralmente retrucava:

"Sei lidar com isso. Não pense que sou tão descuidado."

Ela então me deixava em paz. Em seguida eu ia até a loja e conferia a receita com modos agressivos. O garoto exibia algumas contas, algum dinheiro em caixa, relatava o estoque e medidas a serem tomadas ligadas à administração da loja, assim como seus problemas pessoais. Eu não tinha paciência para escutar os problemas dele. Já tinha com que me preocupar. Então dizia a ele que não fosse tão detalhista, dando-lhe a impressão (nada além de uma impressão) de ser um ás em matéria de contabilidade.

Informava-me, com frequência:

"Dois passageiros perguntaram pelo senhor."

Que chateação... Quero lá saber de passageiros... Mas perguntava, com pouco interesse:

"O que eles queriam?"

"Três dias de passeios turísticos, senhor. Foram embora decepcionados."

Apareciam sempre. Minha reputação sobrevivera à minha falta de dedicação ao trabalho. Raju da Ferrovia era um nome consagrado; viajantes e peregrinos continuavam a procurar seus serviços. O menino insistiu:

"Eles queriam saber onde poderiam encontrar o senhor."

Isso me deixou com a pulga atrás da orelha. Não queria que aquele pamonha mandasse algum cliente bater à porta do quarto 28 do hotel. Felizmente ele não tinha essa informação. Caso contrário teria sido bem capaz de fazê-lo.

"O que devo dizer a eles, seu Raju?"

Ele só me chamava de "seu Raju", forma que escolhera de manter o respeito com informalidade.

Eu simplesmente retrucava:

"Diga a eles que estou ocupado e basta. Estou sem tempo. Ando muito ocupado."

"Posso servir de guia pra eles, seu Raju?", sondou o garoto, ganancioso. O cara estava querendo ser meu sucessor em cada atividade que eu exercia; uma por uma. Só faltava agora pedir permissão para fazer companhia à moça! Perguntei, irritado com o pedido:

"E quem vai tomar conta da loja?"

"Tenho um primo. Ele pode cuidar da loja por uma ou duas horas quando eu me ausentar."

Não sabia o que responder e não conseguia me decidir. A coisa toda era muito enervante. Era como se a minha velha vida – pela qual eu perdera o interesse por completo – me perseguisse. Minha mãe procurava-me com todo tipo de problema: contas por pagar, telhas da cozinha que precisavam de reparos, a loja, contabilidade doméstica, cartas de parentes distantes, minha saúde e mais isso e mais aquilo outro. Tornara-se para mim uma personagem onírica, que vagava murmurando sons indistinguíveis. E também aquele garoto me encurralava e me colocava contra a parede, do jeito dele. A isso se somava Gaffur com seus comentários e olhares dissimulados, sempre beirando a fofoca... Ah! Como eu estava cansado daquilo! Não tinha ânimo para nada. Minha cabeça estava em outro lugar. Até minhas finanças pareciam-me algo surreal, embora, se eu me dignasse a checar meu saldo, nem que fosse num relance, saltasse aos olhos quão rapidamente o montante das minhas economias se reduzia. Porém não desejava deter-me na questão enquanto o sujeito do caixa se dispunha a me passar a soma em espécie por mim solicitada. Graças aos hábitos parcimoniosos de meu pai, eu possuía uma conta bancária. A única realidade na minha vida e na minha consciência era Rosie. Toda a minha capacidade intelectual dedicava-se a pensar em como mantê-la perto de mim e em como fazê-la sempre sorrir, sendo que nenhuma dessas duas tarefas era minimamente fácil. Eu adoraria passar o tempo todo ao lado dela como uma espécie de parasita; mas no hotel isso não era nada simples. A ideia de que o empregado da recepção e os outros funcionários do hotel estivessem de olho em mim e fizessem comentários maldosos às minhas costas me torturava.

Não queria ser visto dirigindo-me ao quarto 28. Sentia-me extremamente constrangido. Adoraria alterar a planta do edifício de modo a poder ter acesso ao segundo andar sem ter que passar pela portaria do hotel. Eu tinha plena convicção de que o recepcionista anotava a hora em que eu entrava no hotel acompanhando Rosie e quando eu ia embora, sozinho. A mente pervertida e esquadrinhadora que ele – estou certo – possuía deveria imaginar em detalhes tudo o que eu fazia atrás da porta trancada do quarto número 28. Não me aprazia o jeito com que me olhava quando eu passava por ele. Desagradava-me muitíssimo a curvatura dos seus lábios – sabia que estava rindo por dentro de uma piadinha que bolava às minhas custas. Adoraria ignorá-lo, porém mantivemos uma parceria de longa data e via-me assim obrigado a trocar com ele duas palavras. Ao passar diante dele, eu procurava manter a expressão mais natural possível, dava uma paradinha e dizia:

"Viu que Nehru está indo para Londres?"

Ou ainda:

"Os novos impostos vão acabar com qualquer iniciativa!"

Ele concordava comigo, acrescentava alguma coisa e ficava tudo por isso mesmo. Outra variante era debatermos os planos do governo da Índia na área de turismo ou hotelaria – então eu tinha que permitir que ele falasse à vontade e o pobre coitado nunca suspeitou quanto, naquele momento, eu estava me lixando para qualquer política turística, fiscal ou que raios fosse. Por vezes passava-me pela mente mudar de hotel, mas não era fácil. Tanto Rosie como o marido demonstravam particular predileção por aquele hotel. Ele se mostrava relutante à troca, embora jamais descesse a serra; já a moça afeiçoara-se àquele quarto com vista para um coqueiral; da sua janela ela podia observar as pessoas que iam pegar água do poço para regar as plantas do lugar. Isso exercia sobre ela um fascínio um tanto ou quanto inexplicável.

Vários outros aspectos daquela moça também eram para mim difíceis de entender. À medida que o tempo passava, percebi que ela ia gradualmente perdendo a leveza e a espontaneidade dos primeiros dias. Fazia de bom grado amor comigo – claro –, mas passara a demonstrar uma excessiva consideração para com o marido na montanha. Enquanto eu lhe fazia carícias, ela era capaz de se desvencilhar de mim de modo brusco e repentino e exclamar:

"Diga a Gaffur que traga o carro. Quero ir vê-lo."

Eu ainda não chegara ao ponto de perder a cabeça e falar duro com ela. Portanto dizia, com calma:

"Gaffur só virá amanhã, a essa hora. Você subiu ontem. Por que já quer voltar? Ele espera que vá só amanhã."

"Sim", respondia, pensativa.

Não gostava de vê-la daquele jeito: sentava-se na cama e abraçava os joelhos, completamente despenteada e com a roupa amarrotada.

"O que a preocupa?", perguntava eu então. "Não quer me contar? Estou aqui para ajudá-la."

Ela balançava a cabeça e dizia:

"Afinal de contas, ele é meu marido e é minha obrigação respeitá-lo. Não posso abandoná-lo lá desse jeito."

Dado que meu conhecimento sobre mulheres era escasso – reduzia-se a um exemplar somente –, não sabia bem como interpretar uma declaração desse tipo. Não estava claro para mim se ela era uma sonsa, se aquela atitude era puro fingimento ou se, ao contrário, fora falsa quando se queixara para mim a respeito do marido, como artimanha para me seduzir. A coisa era complexa e obscura. Eu explicava:

"Rosie, você sabe muito bem que, mesmo que o Gaffur pudesse vir agora, é inviável subir a serra a uma hora dessas."

"Sim, sim, eu sei...", retrucava ela, e logo voltava a mergulhar num silêncio misterioso e profundo.

"O que a preocupa?"

Ela desatava a chorar e dizia entre soluços:

"Afinal... afinal... Está correto o que estou fazendo?! Afinal, ele sempre foi bondoso comigo, ofereceu-me conforto e liberdade. Qual marido neste mundo que deixaria a esposa vivendo sozinha num quarto de hotel, a cem milhas de distância?"

"Não são cem milhas. Apenas cinquenta e oito", corrigia eu. "Quer que eu peça café ou alguma outra coisa?"

"Não", respondia ela, apática, presa na corrente dos próprios pensamentos. "Ele pode até não se importar, porque é uma boa pessoa, mas não é dever de toda esposa que se preze cuidar de seu marido e ajudá-lo, não importa como ele a trate?"

A última frase visava abortar qualquer menção que eu pudesse fazer com relação à indiferença dele para com ela.

Era uma situação confusa. Naturalmente eu não devia me intrometer naquele assunto: não havia nada que eu pudesse argumentar com relação ao que ela dizia. A distância parecia edulcorar a visão dela então. Sabia que bastariam poucas horas junto ao marido para que ela voltasse a descer a serra, enfurecida, rogando as piores pragas contra ele. Havia momentos em que eu chegava a desejar com toda a sinceridade que o sujeito descesse de suas alturas e a levasse embora consigo. Assim, pelo menos acabaria de uma vez por todas aquela incerteza e eu teria um incentivo para retomar minhas obrigações na plataforma. Poderia tentar fazer isso, mesmo com a presença dela. O que me impedia de deixá-la sozinha? Quanto mais tempo Marco levasse no seu trabalho, mais se prolongaria minha agonia. Ele, porém, parecia desfrutar sua solidão; provavelmente era tudo com o que sempre sonhara na vida. Mas por que não tomava nenhuma atitude com relação à esposa? Sujeito cego. Às vezes eu ficava furioso só de pensar nele. Colocara-me numa situação desesperadora. Via-me obrigado a confrontá-la:

"Por que você não fica lá com ele de uma vez por todas?"

Ela simplesmente respondia:

"Ele passa a noite toda escrevendo e..."

"Se ele passa a noite escrevendo, você pode conversar com ele de dia", contestava eu, com ar inocente.

"Mas ele passa o dia inteiro na caverna!"

"E o que a impede de acompanhá-lo? Deveria interessar-se."

"Enquanto ele copia, ninguém pode falar com ele."

"Então não fale com ele, mas observe e estude também. A esposa exemplar aprecia tudo aquilo que agrada a seu marido."

"É verdade...", dizia ela, suspirosa.

Essa tática, fruto da minha inexperiência, mostrava-se equivocada e não nos levava a parte alguma; só o que eu conseguia era deixá-la ainda mais aperreada.

Seus olhos brilharam com esperança renovada quando mencionei a dança. Afinal de contas, fora essa arte e o seu talento o que primeiro admirei nela; naquela última fase, em que nos esforçávamos para nos adaptar à vida de amantes, essa questão fundamental fora deixada de lado. A alegria da descoberta das compras, idas ao cinema e carícias fizera com que ela esquecesse sua obsessão. Mas não por muito tempo. Uma tarde, do nada, ela me perguntou:

"Você também é como ele?"

"Em que sentido?"

"Você também detesta me ver dançar?"

"De jeito nenhum. De onde você tirou isso?"

"No início, você falava como alguém que ama a arte; mas agora você nem sequer toca no assunto."

Era verdade. Desculpei-me e, apertando a mão dela entre as minhas, jurei solenemente:

"Farei qualquer coisa por você. Se preciso for, darei a vida para vê-la dançar. Diga-me o que devo fazer e eu o farei por você."

Ela se iluminou. Seus olhos brilharam com nova luz quando afirmei amar sua dança. Permanecemos acordados até tarde: eu dava ouvidos às divagações dela, que sonhava de olhos abertos. Descobrira a chave do seu coração e explorei isso ao máximo. O marido e a dança não coabitavam na vida dela: um expulsava o outro.

Encheu-se de planos. Às cinco da manhã começaria seus exercícios e praticaria por três horas seguidas. Para desenvolver seus passos disporia de uma sala longa e larga o suficiente, que deveria ser forrada com um tapete nem muito macio nem muito áspero e que não saísse do lugar, para não atrapalhar seus movimentos. Num dos cantos da sala poria uma estátua em bronze de Nataraja, o deus dos dançarinos, cuja dança primordial criou as vibrações que puseram em ação os mundos. Haveria também um porta-incenso bastante longo, com bastões de incenso sempre queimando. Depois dos exercícios matinais, chamaria o motorista.

"Você terá um carro?", perguntei.

"Obviamente, senão como me locomoverei? Quando tiver assumido vários compromissos, como poderei atendê-los sem dispor de um carro? Será indispensável, não acha?"

"Com certeza. Levarei isso em conta."

Então ela transcorreria o final da manhã estudando, por uma ou duas horas, obras antigas sobre a sua arte, o *Natya Shastra* de Bharat Muni, um clássico com mais de mil anos, e vários outros livros, porque sem um estudo adequado dos métodos antigos é impossível manter a pureza dos gestos clássicos. Seu tio dispunha de todas essas obras na casa dele e ela escreveria a ele pedindo o envio, à medida que necessitasse. Ela também desejava dispor de um *pundit* que a ajudasse a interpretar os textos, escritos em um estilo arcaico e denso.

"Você poderá me conseguir um *pundit* de sânscrito?", perguntou-me.

"Claro. *Pundit* é o que não falta."

"Ele também deverá ler e comentar episódios do *Ramayana* e do *Mahabarata*, porque são tesouros inesgotáveis, sempre prontos a inspirar novas composições."

Um breve descanso depois do almoço e às três da tarde ela sairia para fazer compras, daria uma volta de carro e retornaria para casa ao anoitecer, ou então iria ao cinema, a não ser – claro – que ela tivesse de se apresentar à noite. Caso fosse um dia de espetáculo, descansaria até as três horas, mas só chegaria ao local do *show* meia hora antes de se exibir; dizia ela:

"Será suficiente, porque já terei me maquiado e me vestido em casa, antes de sair."

Planejava cada detalhe e sonhava com isso noite e dia. A primeira coisa a fazer seria contratar instrumentistas – tambor e flauta – para acompanhá-la durante os exercícios matinais. Informaria quando estivesse preparada para exibir-se em público, para que eu então tomasse todas as outras providências cabíveis. Sentia-me desnorteado com o entusiasmo dela. Gostaria, pelo menos, de conseguir entender os termos que usava. Achei que deveria aprender e dominar o jargão da dança quanto antes. Comportava-me como um tolo ao ouvi-la e vê-la, mudo e incapaz de comentar ou dizer uma só palavra. Havia – claro – duas atitudes a tomar: fazer de conta que estava entendendo e blefar, confiando na sorte, ou abrir o jogo e confessar minha ignorância. Ouvia-a discorrer por dois dias, mas finalmente desabafei:

"Sou leigo e não conheço muito os detalhes técnicos da dança; gostaria que você me ensinasse alguma coisa."

Não queria que ela interpretasse minha ignorância como desprezo pela sua arte. Isso poderia conduzi-la de volta aos braços do marido, portanto enfatizei minha paixão pelo tema. O compartilhamento desse interesse nos aproximou, dando novo fôlego à nossa intimidade. Onde quer que nos encontrássemos, ela discorria sobre as sutilezas da dança e seus detalhes técnicos, explicando-me os termos como se eu fosse uma criança. Parecia não se dar conta do mundo ao redor. Mesmo andando de carro, na presença de Gaffur, ela dizia:

"Você sabe o que é *pallavi*? O esquema rítmico é fundamental. Nem sempre segue a cadência básica 'um-dois', 'um-dois'. Há variações irregulares com uma marcação temporal atípica." Ela então silabava, cantarolando: "Ta-ka-ta-ki-ta, ta-ka."

Isso me divertia.

"Sabe, executar os passos perfeitamente encaixados nessas cinco ou sete batidas requer muita experiência, e quando o ritmo muda..."

Esse era um gênero de conversa que não implicava problema algum caso fosse ouvida por Gaffur enquanto subíamos a serra, saíamos de uma loja ou nos dirigíamos ao cinema. Assistindo ao filme, às vezes, ela exclamava de repente:

"Meu tio possui uma folha de palmeira na qual está escrita uma canção muito antiga. Ninguém conhece. Minha mãe era a única pessoa no país inteiro que conhecia essa canção e também sabia dançá-la. Pedirei a composição ao meu tio e vou lhe mostrar como é. Mas vamos voltar para o quarto? Não quero ver o resto desse filme. É muito sem graça."

Regressávamos imediatamente ao quarto número 28; assim que entrávamos, ela pedia que eu me acomodasse, sumia no vestíbulo e voltava com a roupa ajustada (prendia e dobrava a barra do sari) e dizia:

"Vou lhe mostrar como é. Claro que não estou dançando nas condições ideais. Deveria haver pelo menos um tocador de tambor, para dar o ritmo... Afaste aquela cadeira e sente-se na cama; preciso de mais espaço."

Ficava de pé na extremidade oposta do vestíbulo e cantava com leveza a canção, num tom suave e baixo: tratava-se de uma antiga composição em sânscrito de um jovem e sua amada, às margens do Jamuna. Iniciava com imensa vivacidade: ela erguia e abaixava os pés um pouquinho, tinindo as tornozeleiras – o que me deixava eletrizado. Embora inculto, eu me emocionava com seus movimentos, a batida e o ritmo, apesar de não entender direito o significado das palavras. Volta e meia ela interrompia para me explicar, ofegante:

"*Nari* quer dizer garota, e *mani*, joia. O verso completo é: 'Me é impossível suportar o fardo deste amor com o qual você me enfeitiçou.'"

Havia gotículas de suor acima do lábio superior e na testa dela. Voltava a executar alguns passos, fazia nova pausa e tornava a explicar:

"A palavra 'amante' sempre se refere a Deus."

Ela então se esforçava para tornar a complexidade do ritmo inteligível para mim.

O chão retumbava com a batida de seus pés. Eu temia que os ocupantes do andar de baixo reclamassem e pedissem que parasse com aquilo, mas ela nem ligava, nunca se preocupava com coisa alguma. Consegui captar – graças ao empenho dela – o esplendor da composição e o simbolismo nela contido. Narrava a trajetória de uma divindade da tenra infância à plenitude alcançada no casamento; sua passagem do vigor à decrepitude, embora mantivesse no coração o frescor de uma flor de lótus no lago. Quando ela representava a flor de lótus com os dedos, quase se ouvia o reverberar das águas ao redor. O espetáculo teve cerca de uma hora de duração e proporcionou-me o maior prazer deste mundo. Podia com toda a sinceridade afirmar que enquanto apreciava sua dança sentia-me livre, pela primeira vez, de qualquer desejo carnal; olhava para ela como algo abstrato. Fazia-me esquecer tudo aquilo em torno de mim. Eu permanecia sentado boquiaberto e maravilhado, admirando-a. De súbito ela parava, se jogava em cima de mim com todo o seu peso e dizia:

"Você é um amor. Dá novo sentido à minha vida!"

Nossa estratégia fora armada para a visita seguinte que fizemos à colina. Eu a deixaria lá, sozinha, e regressaria à cidade. Ela ficaria por dois dias, enfrentaria o isolamento e a irritação e falaria com o marido. Era imperativo que, antes de darmos qualquer passo adiante, esclarecêssemos a questão com seu marido. Ela conversaria com ele por dois dias. Depois eu subiria para me encontrar com eles e só então planejaríamos as próximas etapas de trabalho, visando à carreira dela. De súbito tornara-se otimista com relação ao marido e, ao longo da viagem, aproximava-se com frequência para sussurrar-me ao pé do ouvido, de modo que Gaffur não pudesse ouvir:

"Acho que ele vai concordar com a nossa proposta."

Acalentava-se com pensamentos auspiciosos:

"Ele não é má pessoa. Faz só pose e finge indiferença. Mas você não deve dizer nada. Permita que seja eu a cuidar disso, pois sei como tratar com ele. Deixe comigo."

Prosseguiu assim ao longo de todo o percurso, por vezes exclamando: "Olha só aqueles passarinhos! Que cores! Sabe, há um breve número em que um papagaio repousa no braço de uma donzela. Vou dançá-lo para você uma hora dessas..."

Marco estava de ótimo humor. Recebeu a esposa com ternura nunca antes demonstrada e, já na varanda, cumprimentou-nos, dizendo:

"Descobri uma terceira caverna! Há uma passagem arqueada que conduz até ela. Raspei o limo e surgiu um afresco inteiramente coberto com notação musical em figuras simbólicas. O estilo é do século quinto. Tamanho lapso de tempo intriga-me muitíssimo!"

Havia trazido uma cadeira e contemplava o vale, com papéis apoiados no colo. Ergueu e balançou ao vento sua mais recente descoberta. Sua esposa fitou a papelada com o devido êxtase e exclamou:

"Notações musicais! Que maravilha! Prometa que vai me levar para vê-las!"

"Claro. Se você me acompanhar amanhã de manhã, poderei lhe explicar."

"Ah, que ótimo!" E acrescentou num tom agudo, bastante afetado: "Tentarei cantá-las para você."

"Duvido que consiga. É mais difícil do que você imagina."

Parecia agitada e ansiosa por lhe comprazer. Isso não era um bom sinal. O paparico de ambos não me agradava nem um pouco. Ele virou-se para mim e perguntou:

"E você, Raju? Gostaria de ver minha descoberta?"

"Adoraria, mas preciso regressar à cidade quanto antes. Vim apenas para trazer sua senhora, que não via a hora de regressar. E também para saber se necessita de algo e se está tudo a seu contento."

"Ah, sim, perfeito! Perfeito!", exclamou ele. "Joseph é um homem extraordinário. Não o vejo, não o escuto, mas faz todo o necessário para mim e na hora certa. Você sabe: do jeito que eu gosto. Ele não caminha, flutua... Só pode ser."

Exatamente o que eu pensara de Rosie quando se exibira para mim no quarto do hotel: todos os movimentos dela pareciam não derivar de elementos sólidos, tais como músculos, ossos, paredes e chão.

Marco continuou seu louvor a Joseph:

"Jamais poderei lhe agradecer o bastante por ter-me trazido a um lugar como este e encontrado alguém como Joseph. Ele é realmente uma maravilha. É uma pena desperdiçar seu talento aqui, neste cocuruto!"

"O senhor é muito gentil", falei. "Estou certo de que Joseph se sentirá lisonjeado ao ouvir sua opinião."

"Ah... Eu já disse isso tudo a ele, sem meias palavras. Perguntei-lhe inclusive se não gostaria de me prestar seus serviços, caso opte por viver na planície."

Estava excepcionalmente falante e cordial. Solidão e afrescos líticos eram benéficos ao ânimo dele. Que homem feliz seria – pensei – se fosse casado com Joseph! Enquanto ele falava, eu fazia reflexões como esta. Já Rosie, dando continuidade a seu desempenho de esposa perfeita, disse:

"Espero que haja comida e esteja tudo em ordem. Se houver leite, vocês aceitariam um café com leite?"

Ela correu para dentro da casa e voltou dizendo:

"Temos leite, sim. Trarei café com leite para todos; não leva mais que cinco minutos."

Algo fazia com que não me sentisse nada tranquilo naquele dia. Tensão e ansiedade tomavam conta de mim. Receava o modo como ele reagiria a Rosie e apavorava-me a ideia de que pudesse agredi-la. Ao mesmo tempo temia que se ele fosse bondoso demais, isso pudesse levá-la a me abandonar. Queria que ele não a destratasse, ouvisse o que ela tinha a dizer e aceitasse deixá-la a meus cuidados! Uma combinação de circunstâncias mais fantasiosa era impossível!

Enquanto Rosie cuidava do café ele trouxe outra cadeira para que eu me sentasse.

"Trabalho sempre aqui", disse.

Dava a entender que era o vale que deveria sentir-se honrado por tamanha condescendência. Retirou um maço de folhas e algumas fotos de uma pasta. Havia extensas anotações sobre todas as pinturas da caverna. Folhas e mais folhas com descrições, transcrições e sei lá mais o quê. Absolutamente incompreensíveis; ainda assim, dei-me à leitura, fingindo interesse. Gostaria de ter indagado acerca do seu valor histórico e artístico e o que significavam, porém, mais uma vez, perdi a língua, já que não dispunha do linguajar apropriado. Quem dera eu tivesse frequentado uma escola especializada em adestramento em jargões variados: poderia assim conversar em pé de igualdade com qualquer pessoa. Ninguém, à exceção de Rosie, dar-se-ia ao trabalho de me ensinar, se eu alegasse ignorância. Ouvia-o com atenção. Ele disparava datas, evidências, generalizações e descrições de uma variedade de pinturas e baixos-relevos. Eu não ousava indagar acerca da utilidade de tudo aquilo a que se dedicava. Quando chegou o café, servido por Rosie numa bandeja, (que se aproximara pé ante pé, como que para demonstrar que podia competir com Joseph – cheguei até a me assustar quando a xícara surgiu bem debaixo do meu nariz), ele me disse:

"Quando isso for publicado, revolucionarei os conceitos atuais sobre a história das civilizações. Naturalmente não deixarei de mencionar minha dívida para com você por ter me feito descobrir este lugar."

Regressei dois dias depois. Cheguei por volta do meio-dia; sabia que nesse horário Marco estaria nas cavernas, de modo que poderia me encontrar a sós com Rosie por um momento. Mas não havia ninguém no bangalô além de Joseph, que preparava o almoço para eles na parte dos fundos. Ele disse:

"Desceram, mas ainda não voltaram."

Perscrutei o rosto de Joseph em busca de algum indício acerca da evolução dos fatos. Ele, porém, mostrava-se bastante evasivo. Perguntei, em sinal de camaradagem:

"Então, Joseph? Como vão as coisas?"

"Tudo ótimo, senhor."

"O visitante teceu muitos elogios sobre você!", disse eu a fim de adulá-lo.

Ele não se deixou seduzir.

"É mesmo? Não faço mais que a minha obrigação. Realizo um tipo de trabalho que suscita insultos ou bajulações; mas não me abalo com nenhum dos dois. Mês passado houve um grupo que ameaçou me linchar porque me recusei a arranjar mulheres para eles; e você acha que me deixei intimidar? Mandei que fossem embora na manhã seguinte. Este refúgio deve ser hospitaleiro. Proporciono o máximo conforto de bom grado. O custo da água é de oito *annas* por galão; tenho que enviar latas e recipientes com todos os veículos que descem a serra: ônibus, caminhões... e aguardar o retorno. Os hóspedes nem sequer desconfiam de toda essa dificuldade. Mas isso realmente não é da conta deles. Cabe a mim tomar as providências necessárias, assim como cabe a eles pagar a conta. Que isso fique bem claro. Faço o meu dever e os outros que façam o deles! Mas quando me tomam por cafetão, fico furioso!"

"Você tem toda a razão; nenhuma pessoa decente aceitaria uma coisa dessas", disse eu, procurando encerrar seu monólogo. "Espero que esse sujeito não lhe esteja causando problema algum."

"Ah, não... Ele é um doce. Realmente, uma boa pessoa; e fica ainda mais tranquilo sem a esposa por perto. Estava felicíssimo ao longo desses dias que passou sozinho. Por que você a trouxe de volta? Ela parece ser uma chata, sempre do contra..."

"Está bem, eu a levarei de volta à cidade, para que deixe o marido em paz", retruquei, já me dirigindo às cavernas.

O mato ao longo da trilha tornara-se batido e perdera o viço, em razão das pisadas de Marco. Já ultrapassara os arbustos e cruzava a faixa de areia quando dei com ele vindo na direção oposta. Vestia as roupas pesadas de costume, e a pasta ondulava debaixo do braço. Logo atrás seguia-o Rosie. Fui incapaz de ler alguma coisa no rosto deles.

"Olá!", exclamei alegremente, olhando para ele. Ele ergueu os olhos, fez uma pausa, fitou-me, fez menção de falar alguma coisa, mas terminou por engolir as palavras; fez um pequeno desvio de rota a fim de me evitar e seguiu caminho. Rosie continuou a segui-lo, como uma sonâmbula. Nem sequer virou-se para olhar para mim. Deixei-a passar e dei meia-volta, para ir atrás dela; adentramos o portão do bangalô como uma espécie de caravana. Julguei que o melhor seria seguir o exemplo deles: manter o silêncio, exibir idêntico mau humor e uma tremenda cara fechada. Compúnhamos assim um grupo e tanto!

Do alto da varanda Marco dirigiu-se a nós:

"Não precisam nem entrar; nenhum dos dois."

Foi direto para seu quarto e fechou a porta.

Joseph surgiu enxugando um prato na soleira da cozinha e disse apenas:

"Aguardo instruções para o jantar."

Sem pronunciar uma só palavra, Rosie subiu os degraus, cruzou a varanda, abriu a porta do quarto deles e voltou a fechá-la atrás de si. Todo esse silêncio começava a me irritar. Era algo completamente inesperado e eu não sabia como lidar com aquilo. Imaginei que ele pudesse brigar ou discutir conosco; mas aquele comportamento me desconcertava.

Gaffur apareceu, mordiscando um talo, e perguntou:

"A que horas vamos descer?"

Eu sabia perfeitamente que não era o horário que o interessava, mas sim o drama em ato. Ele devia ter fofocado com Joseph para matar o tempo e trocado informações sobre a moça. Respondi:

"Que pressa é essa, Gaffur?" E acrescentei, não sem uma ponta de amargura: "Não está gostando do *show*?"

Ele aproximou-se de mim e disse:

"Raju, isso não me cheira bem. Vamos embora. Deixe-os em paz. Afinal, entre marido e mulher, ninguém mete a colher. Eles vão acabar se entendendo... Mas nós devemos ir embora. Vamos!

É melhor você retomar seu trabalho normal. Você estava indo tão bem... Feliz e sem aporrinhação."

Eu não sabia o que dizer a ele. Seu conselho era bastante sensato. Até aquele instante, tudo poderia ter tido um rumo diverso se Deus me tivesse proporcionado o tino de dar ouvidos a Gaffur. Teríamos partido sem alarde, deixando que Rosie resolvesse seus problemas com o marido. Isso teria evitado muitas reviravoltas e encrencas no curso da minha vida. Respondi a Gaffur, num calmo tom de voz:

"Aguarde-me próximo ao carro, que já lhe chamo."

Gaffur afastou-se resmungando censuras. Em seguida soou a buzina – imitava os motoristas de ônibus enfurecidos quando seus passageiros atrasam o reembarque ao tomar chá num quiosque de beira de estrada. Optei por ignorá-lo. Vi a porta abrir-se do outro lado. Marco surgiu na varanda e disse:

"Motorista, está pronto para partir?"

"Sim, senhor", respondeu Gaffur.

Ele apanhou suas coisas e caminhou em direção ao carro. Podia vê-la através do vidro da janela da sala. Fiquei intrigado. Tentei atravessar a sala e sair, mas a porta estava trancada. Rapidamente dei a volta, desci as escadas correndo e fui até o carro. Marco já havia tomado seu assento, mas Gaffur ainda não dera partida no motor. Receava indagar sobre os outros passageiros e ganhava tempo atrapalhando-se com a chave de ignição. Deve ter ficado surpreso com o efeito de sua buzinada. Sabe-se lá por que fizera tal coisa; talvez a estivesse testando, brincando para se distrair, ou simplesmente quisesse dar um alerta de que o tempo estava passando.

"Aonde você vai?", perguntei a Marco, criando coragem e enfiando a cabeça dentro do carro.

"Vou ao hotel fechar a conta."

"Como assim?", perguntei.

Esquadrinhou-me de cima a baixo com ferocidade e disse:

"Não lhe devo explicação alguma. Hospedei-me num hotel e agora vou lá acertar minhas contas; só isso. Motorista, pode apresentar sua conta a mim, diretamente. E tenha um recibo em mãos quando desejar seu pagamento."

"Não vem mais ninguém?", arriscou Gaffur, olhando na direção do bangalô.

O homem disse simplesmente:

"Não", e acrescentou: "Se vier mais alguém, eu saio."

"Motorista", falei, tomado de um súbito tom autoritário – Gaffur espantou-se ao ser chamado de "motorista" por mim. "Conduza este senhor aonde quer que ele queira ir e retorne com o carro amanhã. Acerte suas contas com ele, diretamente. Abra uma conta separada para minhas viagens pessoais."

Eu poderia ter sido ainda mais arrogante e alegado que o carro estava ali a meu serviço; mas não me pareceu oportuno. A visão de Marco ali, diante de mim, provocou-me um impulso irracional e incontrolável: abri a porta do carro e puxei-o para fora.

Apesar do capacete e dos óculos robustos, ele era franzino – o excesso de visitação a grutas e contemplação de afrescos o debilitara.

"O quê? Como ousa colocar as mãos em mim?", gritou.

"Preciso falar com você. E quero que você converse comigo. Você não pode ir embora assim desse jeito."

Notei que eu arfava. Acalmei-me e disse ainda, suavizando o tom:

"Vamos entrar, almoçar e discutir as coisas com calma. Depois você decide o que fazer. Não se abandona uma esposa num local como este e vai-se simplesmente embora."

Olhei para Gaffur e indaguei:

"Você não está com pressa, está?"

"Não, não. Façam suas refeições e depois seguiremos viagem; dá tempo de sobra."

"Pedirei a Joseph que lhe traga sua comida", acrescentei, lamentando não ter tomado as rédeas da situação antes.

"Quem é você?", perguntou Marco, de repente. "O que tem a ver comigo?"

"Muito. Ajudei-o. Dediquei grande parte do meu tempo aos seus interesses. Assumi muitas responsabilidades por sua causa, ao longo das últimas semanas."

"Pois está dispensado dos seus serviços a partir deste instante", exclamou. "Diga-me quanto lhe devo, passe-me o recibo e assunto encerrado."

Mesmo naquele estado completamente alterado e agitado, ele não dispensava o recibo.

"Não seria melhor vermos isso com calma, sentarmos e fazermos os cálculos?", ponderei. "Ainda sobrou algum dinheiro comigo, da quantia antecipada."

"Muito bem", resmungou. "Tratemos logo desse assunto e depois suma da minha frente."

"Sem problemas", retruquei. "Mas lembre-se de que este bangalô dispõe de duas suítes e assim posso pernoitar numa delas."

Joseph surgira nas escadas e perguntou:

"Desejarão jantar esta noite?"

"Não", disse ele.

"Sim, eu, provavelmente, sim", falei. "Mas, se estiver com pressa, pode ir embora, Joseph. Se for necessário, eu o chamarei. Abra a outra suíte; esta nova conta será em meu nome."

"Sim, senhor." Ele destrancou outra porta e eu adentrei o quarto a passos largos, com ares de proprietário. Deixei a porta aberta. O quarto era meu; tinha todo o direito de deixar a porta entreaberta, se assim desejasse.

Olhei pela janela. Os raios de sol ocidentais banhavam de ouro as copas das árvores. Era uma vista de tirar o fôlego. Desejava contemplá-la junto a Rosie, porém ela estava lá dentro. Eu perdera o direito de ir até o quarto deles. Sentei-me numa cadeira de madeira, disponível na minha suíte, para refletir sobre o que fazer. Por que eu havia feito uma coisa dessas? E como proceder a partir de agora? Não dispunha de um plano claro. Que eu o tirara do carro era um fato. Mas para quê? Ele simplesmente trancou-se no quarto dele e lá estava eu no meu. Se o tivesse deixado partir, talvez pudesse pelo menos convencer Rosie a abrir-se comigo. No modo que agi, só fiz besteira. E se eu pedisse a Gaffur que voltasse a buzinar, para fazer com que Marco desentocasse do quarto?

Transcorreu meia hora desse jeito. Nem sinal de palavra ou movimento algum. Saí do quarto na ponta dos pés e fui até a cozinha; Joseph já havia ido embora. Levantei as tampas das panelas. A comida estava intacta. Jejuando daquele jeito, deveriam estar famintos. Fui tomado de uma súbita piedade pelo homem. Rosie poderia até já ter desmaiado! Não conseguia passar mais de duas horas sem se alimentar. Pedia constantemente que solicitasse alguma coisa ao serviço de cozinha do hotel e quando estávamos na rua, eram frequentes as paradas para comprar fruta ou refresco. Agora aquela pobre criatura deveria estar exaurida – some-se a isso a ida e a volta até a caverna. De repente fiquei furioso com ela. Em vez de se comportar como uma surda-muda, podia muito bem comer e contar-me claramente o que estava acontecendo. Será que aquele monstro comera a língua dela? Comecei a ser tomado pelo pânico. Servi a comida, dispus os pratos numa bandeja e dirigi-me ao quarto deles. Hesitei por um segundo – mas só por um segundo; se tivesse hesitado mais um pouco, teria intuído que jamais deveria ter entrado. Rosie estava na cama, de olhos fechados. (Desmaiada? Foi o que temi por um segundo...) Nunca antes eu a vira em estado tão lastimável. Ele estava sentado na cadeira, com os cotovelos sobre a escrivaninha e o queixo apoiado nas mãos. Jamais o vira tão alheio. Me deu pena. Senti-me culpado. Por que me envolvera numa situação dessas? Depus a bandeja diante dele.

"Parece que vocês se esqueceram de comer hoje. Estarem aflitos não lhes dá motivo para não se alimentarem."

Rosie abriu os olhos. Estavam inchados. Antes grandes e vivos, seus olhos pareciam agora ter dobrado de tamanho; estavam arregalados, sem brilho e avermelhados, realmente medonhos. Ela era a tristeza personificada. Sentou-se e disse com uma voz escabrosa, densa e estridente ao mesmo tempo:

"Não perca mais tempo conosco. Vá embora. É tudo o que tenho a dizer." Ao falar, a voz dela tremia. "Estou falando sério. Vá embora."

O que dera nela? Estava em conluio com o marido? Rosie tinha todo o direito de me mandar embora. Provavelmente estava arrependida por sua insensatez em ter me dado esperanças. Pude apenas dizer:

"Primeiro você precisa comer. Por que está jejuando?"

Ela repetiu simplesmente:

"Quero que você vá embora."

Dirigi-me a Marco:

"Você não vai descer a serra?"

Comportava-se como um surdo-mudo. Não dava sinal algum de ter nos escutado.

Ela repetiu ainda:

"Estou pedindo que você vá embora. Está ouvindo?"

Seu tom acuava-me e perdi minha determinação. Balbuciei:

"Quero dizer... você está... Ou talvez ele queira descer, então..."

Ela estalou a língua, desgostosa.

"Será que não entende? Queremos que você suma!"

Fiquei com raiva. Havia menos de quarenta e oito horas aquela mulher estivera em meus braços e agora era essa a sua atitude?! Engoli acusações e insultos. Percebi o perigo de persistir ali e, apesar do estresse, tive o bom senso de dar meia-volta e me retirar. Fui direto para o carro.

"Gaffur, vamos embora."

"Nenhum outro passageiro?"

"Não." Sentei e bati a porta.

"E eles?"

"Não tenho ideia. Depois você se acerta com eles."

"Se tiver que voltar aqui para falar com eles, quem paga a tarifa da viagem?"

Dando-me um tapinha na testa, apressei-o:

"Anda, homem! Você acerta isso depois."

Gaffur sentou-se ao volante com ar de filósofo e deu a partida. Ao me virar, esperava vê-la à janela. Mas a sorte não me sorriu. O carro ganhava velocidade na descida. Gaffur disse:

"Está na hora da sua família lhe arranjar uma noiva."

Permaneci calado.

"Raju, sou mais velho que você. Acho que foi a melhor coisa que podia fazer. Você vai ver: se sentirá bem melhor e feliz daqui para a frente."

A profecia de Gaffur não se concretizou nos dias que se seguiram. Não me lembro de um período mais infeliz em minha vida. Naturalmente, apresentava todos os sintomas característicos: sem apetite, sem sono, sem paradeiro (não conseguia ficar quieto em canto algum), sem paz de espírito, sem calma, sem poder falar... – sem, sem, sem... tudo! Retomei minhas atividades com o máximo empenho de que era capaz. Mas a vida me parecia irreal. Dispensei o garoto da loja e passei a dedicar-me ao comércio: ficava o dia todo ali sentado, servia os fregueses e recebia seus pagamentos, mas sempre com o sentimento de que aquilo não passava de uma tola ocupação. Quando o trem chegava, eu andava de um lado para outro ao longo da plataforma. E como dois e dois são quatro, havia sempre alguém procurando por mim.

"É você o Raju da ferrovia?"

"Sou", respondia, vendo-me obrigado a enfrentar aquele barrigudo pai de família, sua mulher e dois filhos.

"A gente é de tal lugar, sabe... E fulano ou cicrano nos recomendou muito você... Disse que com certeza nos ajudaria... Porque minha esposa deseja banhar-se nas águas sagradas da nascente do Sarayu, mas eu quero ir até a reserva dos elefantes. E se houver alguma outra coisa que você possa nos sugerir, será ótimo. Dispomos de apenas três dias. Não consegui nem uma horinha a mais de licença... Tenho que estar de volta ao escritório às..."

Eu mal dava ouvidos ao que diziam. Conhecia a lenga-lenga de cor e salteado. Prestava atenção somente no tempo disponível e em quanto estavam dispostos a gastar. Mas nem mesmo este último fator me interessa de verdade. Permanecera apenas um condicionamento. Chamava Gaffur, sentava-me no carro a seu lado e levava a cambada para passear. Ao passar por New Extension, apontava sem sequer virar a cabeça:

"Sir Frederick Lawley."

Antecipava a resposta, evitando assim a fatídica pergunta 'De quem é esta estátua?', exatamente quando passávamos diante do busto. Era capaz de antecipar também o próximo e inevitável questionamento e, portanto, já tinha a resposta na ponta da língua:

"A pessoa encarregada por Robert Clive de administrar o distrito. Foi ele que construiu todos os reservatórios e represas; é o responsável pelo desenvolvimento deste distrito. Foi um grande homem, por isso a estátua."

Em Vinayak Street, em visita ao templo de Iswara, datado do século X, eu recitava a descrição do friso na parede:

"Se olharem de perto, poderão apreciar a descrição do Ramayana; todas as passagens do épico estão esculpidas na parede." E assim por diante.

Levei-os à nascente do rio Sarayu, nos cumes recobertos de neblina de Mempi Peak; assisti à imersão da mulher e, após ostentar indiferença, o marido seguiu o exemplo da esposa. Depois disso, acompanhei-os na visita ao santuário interno e mostrei a eles, num dos pilares, uma imagem muito antiga de Shiva que absorve o rio Ganges com seus cabelos emaranhados...

Recebia meu pagamento, assim como a comissão que me deviam Gaffur e os demais, e, por fim, despachava os visitantes no dia seguinte. Fazia tudo de modo automático, sem gosto algum. Não parava – obviamente – de pensar em Rosie o tempo inteiro. "Aquele sujeito a terá matado de fome, levado à loucura ou deixado ao relento para ser devorada por tigres", dizia a mim mesmo. Demonstrava desconsolo e apatia e minha mãe tentava descobrir o motivo. Ela me perguntava:

"O que há de errado com você, Raju?"

"Nada", retrucava eu.

Ela estava tão desabituada a me ver pela casa, que ficava surpresa e inquieta. Porém não me perturbava. Eu comia, dormia, zanzava pela plataforma da estação, ciceroneava os turistas, mas não estava nunca em paz comigo mesmo. Minha mente estava sempre atormentada. Era uma verdadeira obsessão. Eu nem sequer sabia o que acontecera, qual era o significado de todo aquele silêncio e daquela calma anormais. Um desfecho absolutamente inesperado. Eu esperara – sonhando acordado – que ele me presenteasse com a própria esposa, e que dissesse: "Fico muito contente por saber que você tomará conta dela e da arte que cultiva. Assim poderei me dedicar, com toda a tranquilidade, a meus estudos na caverna; é muita gentileza da sua parte fazer isso por nós." Ou então minha hipótese alternativa era que ele arregaçasse as mangas e me jogasse para fora dali. Uma coisa ou a outra. Jamais cogitei naquela reação inexplicável. E, o que fora ainda mais imprevisível: que a moça desse irrestrito apoio ao marido. Fiquei horrorizado diante do duplo caráter que ela demonstrou possuir. Martirizava-me sem trégua: juntava e rejuntava os pedaços e elaborava interpretações, tentando dar sentido ao ocorrido. Deliberadamente evitava tocar no assunto com Gaffur. Ele mostrou-se respeitoso e nunca fez menção ao fato, embora no íntimo eu ansiasse, de modo desesperado, por alguma referência aos dois. Nos dias em que eu precisava de seus serviços mas ele não estava disponível, sabia que se dirigira a Peak House. Eu evitava passar perto do Anand Bhavan. Hospedava agora meus clientes no Taj. Assim, eu não tinha motivo para temê-los. Marco afirmara que fecharia a conta pessoalmente – eu podia estar seguro de que o fizera. Só faria sentido eu passar por lá para retirar minha comissão, assim como a comissão de Gaffur. Porém estava disposto a renunciar à quantia. O dinheiro não me atraía. Na tristeza em que caíra não havia espaço para finanças. Provavelmente dispúnhamos de saldo suficiente, pois minha mãe conseguia manter a casa em ordem, como sempre, e a loja continuava existindo. Também sabia que Gaffur recebera o que lhe era devido, embora ele jamais tenha dito uma palavra. Melhor assim. Não queria ser lembrado de águas passadas.

Achava a rotina enfadonha e extremamente tediosa, uma vez que tanto me acostumara com uma existência glamorosa e romântica. Aos poucos, escoltar turistas passou a ser uma grande chateação. Comecei a evitar a estação ferroviária. Deixava que fosse o filho do carregador a recepcionar os turistas. Ele já havia inclusive tentado infiltrar-se no ramo. É possível que os turistas de início sentissem falta de minha lábia e minhas descrições, mas, visto que eu andava embotado nos últimos tempos, pelo menos o menino mostrava tanto entusiasmo e curiosidade quanto eles ao conhecer os lugares. Talvez estivesse até começando a responder pelo nome de Raju da Ferrovia!

Quantos dias se passaram assim? Apenas trinta, embora para mim tenham parecido séculos. Uma tarde, dormia eu no chão de casa – semiacordado, uma vez que notara a partida do comboio postal para Madras às quatro e meia. Quando o chacoalhar do trem cessou, tentei voltar a dormir. Minha mãe apareceu e disse:

"Há uma pessoa procurando por você."

Regressou à cozinha, sem aguardar que eu perguntasse coisa alguma.

Levantei e fui até a porta. Lá estava Rosie, com um baú a seus pés e uma sacola embaixo do braço.

"Rosie! Por que não me avisou que viria? Entre, entre. Não fique parada aí na porta... Foi minha mãe quem abriu."

Carreguei a bagagem dela para dentro. Era capaz de fazer inúmeras suposições. Preferi não fazer perguntas. Não queria saber de nada. Fiz um grande espalhafato com a presença dela; perdi todo o comedimento.

"Mãe!", gritei. "Essa é a Rosie. Ficará hospedada aqui em casa."

Minha mãe veio da cozinha e, com modos formais, apresentou-se, sorriu, deu-lhe boas-vindas e disse:

"Sente-se aqui nesta esteira, por favor. Como se chama?", indagou educadamente.

Foi pega de surpresa ao ouvir "Rosie". Esperava um nome mais ortodoxo. Demonstrou aflição por um momento, como se estivesse perguntando a si mesma como iria hospedar uma "Rosie" em sua própria casa.

Fiquei irrequieto e sem jeito. Não havia me barbeado nem me penteado, o *dhoti* que vestia estava desbotado e amassado e a camisa apresentava pequenos furos no peito e nas costas. Cruzei os braços para esconder os buracos do peito. Mesmo que eu tivesse me esforçado, teria sido impossível conseguir aparência pior. Envergonhava-me aquela esteira gasta – servia-nos desde a época da construção de nossa casa –, assim como a sala escura, com paredes e ladrilhos sujos de fumaça. Todo meu esforço para impressioná-la fora por água abaixo num segundo. Só Deus sabe como reagiria se soubesse que aquela era a norma, não a exceção. Consolava-me o fato de pelo menos estar com uma camisa – ainda que puída –, já que cultivava o hábito de ficar de peito nu dentro de casa. Minha mãe não prestava atenção ao meu tórax peludo, mas Rosie... Oh!...

Embora minha mãe estivesse atarefada na cozinha, manteve o protocolo de dar atenção a um visitante. Visita é visita, mesmo que seja uma "Rosie". Assim, minha mãe dispôs-se a sentar na esteira para conversar. A primeiríssima pergunta que fez foi:

"Quem a trouxe até aqui, Rosie?"

Rosie corou, hesitou e olhou na minha direção. Eu retrocedera alguns passos, com o intuito de que ela não tivesse uma visão muito nítida da minha pessoa e assim não notasse meu desmazelo. Disse: "Creio tenha vindo só, mãe."

Minha mãe espantou-se:

"Essas meninas de hoje em dia... Como vocês são corajosas! No meu tempo, não íamos sequer à esquina desacompanhadas. Só uma vez fui até o mercado, sozinha, na época em que o pai de Raju ainda estava vivo."

Rosie piscou e ouviu em silêncio, sem saber como reagir ao que fora dito. Simplesmente arregalou os olhos, arqueando as sobrancelhas. Observei-a. Parecia um pouco pálida e levemente preocupada – mas não deformada, com olhos inchados e voz estridente, como da última vez que a vira. Seu tom estava mais doce que nunca. Parecia um tanto debilitada, como quem não tivesse ninguém para cuidar dela. Minha mãe disse:

"A água já está fervendo. Vou fazer café. Você aceita?"

Fiquei aliviado porque a conversa tomara um rumo ameno. Desejei que minha mãe prosseguisse narrando sobre si em vez de fazer perguntas. Mas... que nada! Ela logo indagou:

"De onde você é?"

"De Madras", respondi de pronto.

"O que a traz aqui?"

"Ela veio visitar uns amigos."

"Você é casada?"

"Não", apressei-me a responder.

Minha mãe olhou para mim. Parecia querer dizer alguma coisa. Desviou o olhar do meu e, de modo gentil, dirigiu-se à visitante:

"Você não fala tâmil?"

Compreendi que devia ficar calado. Deixei que Rosie respondesse em tâmil:

"Sim, é a língua que falo em casa."

"E quem mais mora com você?"

"Meu tio, minha tia e..." A voz dela foi sumindo, ao que minha mãe lançou a próxima e terrível pergunta:

"Qual é o nome do seu pai?"

Era uma pergunta atroz para a moça. Ela conhecera apenas a mãe, de quem sempre falava. Eu nunca lhe questionara sobre isso. A jovem permaneceu em silêncio por um momento e disse:

"Eu... eu não tenho pai."

Minha mãe mostrou-se subitamente pesarosa e exclamou:

"Pobrezinha... Sem pai nem mãe. Estou certa de que seu tio cuida bem de você. Você é formada?"

"Sim", afirmei. E precisei: "Ela é pós-graduada."

"Bem, bem. Uma moça preparada. E que tem tudo na vida. Não é como gente feito eu, sem estudo. Você sabe se virar em qualquer situação e pode ir a toda parte. É capaz de comprar uma passagem de trem, de pedir ajuda a um policial, se alguém a molestar, e de ter seu próprio dinheiro. Que pretende fazer? Pensa em se tornar funcionária pública e fazer carreira? Uma moça tão preparada..."

Minha mãe ficou cheia de admiração por ela. Levantou, foi lá dentro e trouxe-lhe uma caneca de café. A garota bebeu tudo, agradecida. Eu pensava na melhor maneira de dar uma escapulida para me arrumar. Mas não havia como. O senso arquitetônico do meu pai não fora além de construir um grande cômodo e uma cozinha ao lado. É verdade que havia também o amplo *pyol*, onde muitos visitantes e os aldeões por vezes sentavam-se para conversar. Mas como poderia pedir a Rosie que fosse para lá? Era demasiado exposto: o menino da loja e todos os passantes a veriam e se aproximariam para indagar se era ou não casada. Estava num mato sem cachorro. Acostumáramo-nos à vida em um único cômodo. Nunca nos passara pela cabeça um arranjo diverso. Nunca havíamos sentido que nos faltasse alguma coisa. Meu pai vivia na barraquinha, eu brincava debaixo da árvore, recebíamos visitantes do sexo masculino no *pyol* do lado de fora da casa e o espaço interior era deixado à minha mãe ou a alguém do sexo feminino que porventura a viesse visitar. Entrávamos somente para dormir. E quando fazia calor dormíamos no *pyol*. Aquele cômodo era entrada, corredor, sala, quarto, escritório, tudo junto. Meu espelho de barbear ficava pendurado em um prego; minhas melhores roupas, penduradas num gancho; para tomar banho, dispúnhamos de um espaço a céu aberto no quintal e eu jogava na cabeça a água tirada diretamente do poço. Eu entrava e saía de casa, providenciando minha toalete, enquanto minha mãe entrava e saía da cozinha, dormia ou ficava sentada à toa, na sala. Habituáramo-nos um com a presença do outro e não nos importávamos nem um pouco com isso. Mas como seria agora, com Rosie ali?

Minha mãe, como se adivinhasse meu embaraço, disse à garota:

"Vou até o poço. Quer vir comigo? Você é uma jovem da cidade... Precisa conhecer um pouco da vida na aldeia."

A moça levantou e a seguiu sem dizer nada. Torci para que não sofresse um inquérito junto ao poço. Mal deram as costas, comecei a tomar minhas providências, correndo de um lado para outro: fiz a barba apressado – com isso arranjei uns pequenos cortes –, tomei banho, penteei os cabelos, vesti roupas melhores e, quando elas voltaram, estava digno de apresentar-me em audiência com a Princesa do Planeta. Fui até a loja e mandei o garoto chamar Gaffur.

"Rosie, caso queira se lavar ou se trocar, fique à vontade. Aguardo-a aqui fora. Sairemos em seguida."

Talvez fosse um luxo desmesurado contratar Gaffur para um passeio. Mas não tive outra saída. Não podia conversar com ela em casa e não podia caminhar com ela pela rua. Embora antes tenha feito isso, agora o sentido seria diverso. Sentir-me-ia constrangido em ser visto com ela.

Disse a Gaffur:

"Ela voltou."

Ele respondeu:

"Eu sei. Eles estavam no hotel e ele foi embora de trem para Madras."

"Mas você não me contou nada..."

"Por que deveria? Você ia ficar sabendo de todo jeito."

"O quê? O que aconteceu?"

"Pergunte a ela diretamente, já que a tem sob suas asas."

Ele soava ressentido. Eu disse então, apaziguador:

"Ah, Gaffur... Não seja azedo. Vou precisar do carro para hoje à noite."

"Às suas ordens, doutor. Para que possuo um táxi senão para conduzi-lo aonde melhor lhe aprouver?"

E piscou para mim. Senti-me aliviado ao vê-lo de novo brincalhão. Quando Rosie apareceu à porta, avisei minha mãe:
"Voltamos já, mamãe, vamos só dar uma saída."
"Para onde?", perguntou Gaffur, fitando-nos pelo retrovisor. Como hesitei, ele sugeriu, maldoso:
"Devo levá-los até Peak House?"
"Não! Não!", exclamou Rosie, alarmada só de ouvir o nome do lugar. "Já basta!"
Não fiz nenhum comentário e deixei para lá o assunto. Ao passar diante do Taj, perguntei:
"Vamos comer alguma coisa aqui?"
"Já bebi o café que sua mãe me ofereceu; pra mim é o bastante. Que mãe encantadora você tem!"
"O único defeito dela é ser tão enxerida sobre seu casamento!"
Rimos, nervosos, da piada.
"Gaffur, prossiga até o rio."
Ele atravessou a rua do mercado, buzinando impaciente entre a multidão. Era um horário de muito movimento ali. Estava apinhado de gente andando pela rua. As luzes já estavam acesas e a iluminação das lojas cintilava na via pública. Gaffur dobrou à direita, numa curva fechada, entrando em Ellaman Street – uma rua estreita, a mais antiga da cidade, onde moravam comerciantes de óleo e havia crianças que brincavam em meio a vacas, asnos e cachorros que pairavam por ali, descansando e bloqueando a passagem que, de tão apertada, quase fazia o carro roçar na fachada das habitações ao passar. Gaffur sempre escolhia esse trajeto para chegar ao rio, embora existisse um acesso mais viável. Gostava de assustar e dispersar as várias

espécies de criaturas com sua buzina. Ellaman Street terminava no último poste de luz, a partir do qual o caminho extinguia-se de modo imperceptível, misturando-se às areias do rio. Na altura do poste, ele freou tão bruscamente que o solavanco quase nos atirou para fora do veículo. Estava excepcionalmente bem-humorado; possuía um temperamento cíclico, de altos e baixos, imprevisível. Nós o deixamos sob o poste de luz. Eu disse:

"Queremos caminhar um pouco."

Respondeu-me com uma piscada maliciosa.

Escurecera de todo, mas ainda havia pequenos grupos, aqui e ali, sentados na areia. Estudantes passeavam e crianças brincavam, correndo e gritando ao redor. Próximos aos degraus que descem no rio, vários homens faziam suas abluções vespertinas. Ao longe, no bosque Nallapa o gado vadeava o rio, badalando os sininhos presos ao pescoço. Surgiram estrelas no céu. O relógio da prefeitura bateu sete horas. Um anoitecer perfeito – como perfeito fora no curso de anos e anos. Eu contemplara aquela mesma cena, àquela mesma hora, por anos a fio. Será que aqueles meninos nunca cresciam? Sentia-me poético e sentimental, provavelmente estimulado pela companhia a meu lado. Minha percepção e meus sentidos como que se aguçaram de súbito. Comentei, para romper o silêncio:

"Linda noite."

Ela disse apenas:

"É."

Procuramos um lugar reservado, fora do percurso dos estudantes.

Estendi meu lenço e disse:

"Sente-se, Rosie."

Ela retirou o lenço e sentou-se. A escuridão era propícia. Sentei-me perto dela e disse:

"Agora me conte tudo, do início ao fim."

Permaneceu pensativa por certo tempo e falou:

"Ele partiu no trem dessa tarde, só isso."

"Por que você não foi com ele?"

"Não sei. Estava para ir. Mas não foi isso que aconteceu. Bem, não importa. Não somos destinados a ficar juntos."

"Conte-me o que aconteceu. Por que você foi tão grosseira comigo naquele dia?"

"Achei que seria melhor esquecermos um ao outro e que eu voltasse para ele."

Eu não sabia como continuar aquela sindicância. Não dispunha de um método capaz de extrair um relatório pormenorizado do ocorrido. Hesitante, atrapalhava-me e tergiversava em perguntas e rodeios, até que me dei conta de que não estava conseguindo chegar a conclusão alguma. Desejava uma narrativa ordenada cronologicamente, que ela parecia incapaz de oferecer. Ignorando a linha do tempo, ela contava tudo pela metade, produzindo um discurso ilógico e incoerente, que eu tentava concatenar. Fiquei exasperado e disse:

"Vamos dar um passo de cada vez. Responda só à pergunta que eu lhe fizer; uma de cada vez. Deixei-a com ele para que você apresentasse a proposta que nós havíamos elaborado juntos. O que disse a ele?"

"O que havíamos combinado: que ele deveria permitir que eu dançasse. Ele estava de bom humor até então. Transcorremos um dia inteiro tranquilos, sem que eu tivesse ainda mencionado o assunto. Só fui falar nisso no fim da tarde do segundo dia. Deixei que fosse ele a me falar sobre as suas atividades. Ele mostrou-me os desenhos e as notas que elaborara e discorreu noite adentro sobre o significado e a importância deles. Disse que tinha a responsabilidade de reescrever a história. Falou sobre seus planos de publicação daquele trabalho. Disse também que pretendia ir ao México e a algum outro país no Extremo Oriente para realizar estudos similares e fazer uma análise comparativa. Fiquei bastante entusiasmada, embora não compreendesse os detalhes do que dizia. Achei que finalmente havia um nível de compreensão entre nós, lá naquela casa isolada, circundada apenas pelo farfalhar da vegetação e por raposas e outros animais que faziam a ronda, com as luzes que piscavam ao longe, no vale. Na manhã seguinte acompanhei-o até a caverna para observar com ele as notações musicais que havia descoberto. Era preciso atravessar a caverna principal e descer por uma escada praticamente desintegrada até uma gruta subterrânea. Um lugar horrível, de meter medo! Por motivo algum neste mundo eu queria entrar num lugar daqueles: escuro, abafado, assustador! 'Deve haver najas aqui', falei. Ele ignorou meu receio e disse: 'Então você vai adorar.' Nós rimos. Então ele acendeu uma lanterna e mostrou-me uma parede da qual raspara o limo e onde descobrira novas pinturas. Eram pinturas antigas, tipicamente grutescas, com várias figuras e alguns signos ao redor que ele fora capaz de identificar como notações musicais. Nada que fizesse sentido ou que fosse útil para mim. Tratava-se de versos abstratos sobre teorias de um sistema musical arcaico ou algo assim. Eu disse: 'Se fossem sobre dança, talvez eu pudesse tentar...' Ele olhou-me com severidade. Bastou a palavra 'dança' para irritá-lo. Tive receio de levar o assunto adiante. Mas ali, agachada naquele solo milenar, entre teias de aranha e morcegos, sob a luz débil da lanterna, tomei coragem e falei: 'Você permite que eu volte a dançar?'

"Ele não tardou a retorquir, com um olhar raivoso e uma cara carrancuda: 'Por quê?'

"'Porque creio que me sentiria mais feliz, mais realizada, já que tenho muitas ideias a respeito. Gostaria de tentar. Assim como você está tentando...'

"'Ah! Você quer competir comigo, é isso? Dedico-me a um campo do saber, não a uma coisa de saltimbancos...'

"'Você acha que dança é coisa de saltimbancos?'

"'Não estou disposto a discutir sobre isso com você. Um trapezista passa a vida toda fazendo suas acrobacias; uma dançarina também. O que há de inteligente ou criativo? É pura repetição. Assistimos à *performance* de um macaco não porque tenha algum valor artístico, simplesmente porque trata-se de um macaco atuando.'

"Engoli a seco aqueles insultos, sem perder por completo a esperança de convencê-lo. Permaneci em silêncio e deixei que trabalhasse. Tratei de outros assuntos e ele voltou à normalidade. Depois do jantar naquela noite, ele retomou seus estudos e eu fiquei observando os animais selvagens na varanda. Como de costume, não havia muito para ver; fiquei remoendo tudo o que ele dissera e tudo o que eu também tinha dito e tentando bolar um jeito de sair daquele impasse. Esforçava-me por não dar peso à irritação e a seus insultos, com a esperança de que, se chegássemos a um acordo, aquilo tudo seria esquecido. Enquanto estava ali sentada, ele chegou por trás de mim e, colocando a mão no meu ombro, disse:

"'Achei que havíamos feito um acordo definitivo sobre aquele assunto. Você não prometeu que nunca mais falaria sobre aquilo?'"

O relógio da prefeitura bateu oito horas e não havia mais ninguém por ali. Estávamos sozinhos na areia. Mas eu ainda não conseguira esclarecer nada com Rosie. Gaffur buzinou. Sem dúvida já era muito tarde. Mas se fôssemos para casa, não poderíamos continuar a conversa. Então eu disse:

"Vamos passar a noite no hotel?"

"Não. Prefiro voltar para sua casa, pois dissemos à sua mãe que voltaríamos."

"Está bem", concordei, rememorando quanto dinheiro tinha disponível na carteira. "Vamos ficar mais meia hora aqui. Agora, continue a me contar."

"O tom dele", retomou ela, "era tão meigo que me dava a sensação de não ter que me preocupar com mais nada, ainda que isso implicasse renunciar para sempre à ideia de voltar a dançar. Se ele passasse a ser gentil daquele jeito, eu não desejaria mais nada na vida. Quase me decidira a não pleitear mais, porém o modo de falar dele me encorajou a uma última cartada e eu disse então: 'Gostaria que você assistisse só a um pedacinho que danço com frequência em homenagem à memória da minha mãe. Você sabe... Era a coreografia dela.'

"Levantei e puxei-o pela mão até nosso quarto. Arredei a cadeira e outras coisas. Fiz com que ele sentasse na cama, como fizera antes com você. Cantei aquela canção sobre o jovem e sua amada às margens do Jamuna e dancei a coreografia para ele. Permaneceu sentado, olhando-me de modo frio. Não havia completado a quinta sequência quando ele disse:

"'Chega; já vi o bastante.'

"Parei, perplexa. Eu tinha certeza de que a dança o seduziria, que ele me diria que eu deveria dançar por toda a minha vida. Porém, ele disse:

"'Rosie, você tem que entender que isso não é arte. Sua formação é insuficiente. Deixe disso.'

"Foi aí que cometi uma asneira e disse, com raiva:

"'Todo mundo aprecia, menos você.'

"'*Todo mundo* quem?'

"'Bem... O Raju me assistiu dançando e ficou maravilhado. Sabe o que ele disse?'

"'Raju?! E onde você dançou que ele pudesse assistir?!'

"'No hotel.'

"Então ele disse, indicando uma cadeira:

"'Venha, sente-se aqui.'

"Ele parecia um médico que examina a paciente. Submeteu-me a um interrogatório cerrado. Acho que levou a noite inteira. Fui obrigada a lhe fornecer todos os detalhes dos nossos deslocamentos e encontros, desde a nossa chegada: o horário em que você frequentava o hotel a cada dia, quanto tempo passava no quarto e quando ia embora e assim por diante. Tive que responder a tudo até que cheguei a um ponto em que não aguentei e caí em prantos. Mas ele já obtivera indícios suficientes acerca do que estivemos fazendo. Por fim ele exclamou:

"'Não tinha ideia de que aquele hotel pudesse atender amantes da arte tão fervorosos! Fui mesmo um idiota em pressupor decência!'

"Permanecemos sentados daquele jeito, ele na cama e eu na cadeira, até altas horas da madrugada. Apoiei a cabeça sobre a escrivaninha e fui vencida pelo sono; quando acordei, ele já havia partido para a caverna.

"Joseph tinha deixado café para mim. Arrumei-me e saí em busca dele. Percebi que fizera a maior burrada da minha vida. Fora imprudente ao me abrir com ele, como fora leviana e incorreta em todos os meus atos. Dei-me conta de que cometera um pecado horrível. Caminhei como uma sonâmbula até a gruta. Estava muito perturbada. Tudo o que eu queria na vida era fazer as pazes com ele. Já não queria dançar. Estava perdida... Apavorada. E também tomada de compaixão por ele; quando lembrava como passara a noite inteira, sentado, imóvel, naquela cama... E eu sentada naquela cadeira... O olhar chocado e desesperado que vi estampado no rosto dele me obcecava. Desci até o vale, mal percebendo por onde passava. Se um tigre tivesse cruzado meu caminho, nem sequer teria notado. Encontrei-o sentado na caverna em seu banquinho portátil, esboçando seus desenhos. Quando cheguei, ele estava de costas para a entrada. Porém, quando atravessei a passagem mais estreita, bloqueei a entrada da luz, ele voltou-se e olhou-me com frieza. Estava ali como uma prisioneira na masmorra; disse:

"'Vim pedir desculpas sinceras. Quero lhe dizer que farei tudo aquilo que me pedir. Cometi um grave erro.'

"Ele retomou o trabalho sem pronunciar uma só palavra. Prosseguiu como se estivesse sozinho. Esperei lá. Quando finalmente encerrou sua jornada de trabalho, recolheu seus papéis e sua pasta e encaminhou-se para voltar. Colocou seu capacete e seus óculos e passou por mim como se eu não existisse. Creio que fiquei ali parada por cerca de umas três horas. Ele medira, copiara, tomara notas e examinara os afrescos com a lanterna, sem prestar a mínima atenção em mim. Quando regressou ao bangalô, eu o segui. Foi nesse momento que você nos viu. Fui até o quarto dele. Ele sentou na cadeira e eu sentei na cama. Não trocamos uma só palavra. Você veio até o quarto. Tive esperança de que você partisse e que pudéssemos nos reconciliar... Mas tudo continuou igual dia após dia. Eu não perdia as esperanças. Descobri que ele não comia o alimento preparado com as minhas mãos. Então eu deixava que fosse Joseph a servi-lo e comia, só, na cozinha. Se eu deitasse na cama, ele ia dormir no chão; então passei a dormir no chão para que ele deitasse na cama. Ele não se dignou me dirigir um só olhar ou palavra. Comunicava-se com Joseph e chegou a descer a serra algumas vezes, deixando-me sozinha no bangalô. Regressava e retomava o trabalho, sem dar a mínima para mim. Mas eu o seguia, dia após dia, como um cachorro, esperando seu perdão. Ele me ignorava completamente. Nunca imaginei que um ser humano pudesse ser tão indiferente a seu semelhante. Continuei a segui-lo como uma sombra, deixando de lado meu orgulho e minha autoestima. Alimentava esperanças de que, no fim das contas, ele acabasse mudando de atitude. Não saí do lado dele um instante sequer, nem no quarto nem na caverna. Foi um martírio passar dias e dias naquele lugar isolado, no mais absoluto silêncio. Tinha a sensação de ter ficado muda. A única pessoa com quem eu podia trocar uma palavra era Joseph, quando ele aparecia. Mas, por ser de temperamento reservado, ele não me dava trela. Passei três semanas dessa maneira, num voto de silêncio. Não aguentava mais! Então, uma noite, enquanto ele fazia suas anotações na escrivaninha, eu disse:

"'Você não acha que já me castigou o bastante?'

"Depois de tanto tempo sem ouvi-la, minha voz soou-me estranha, como se não me pertencesse. Rebombava naquele lugar silencioso; isso me assustou. Ele sobressaltou-se ao me ouvir, virou-se, olhou para mim e disse:

"'Esta é a última vez que lhe dirijo a palavra. Nunca mais fale comigo. Vá para onde quiser e faça o que bem entender.'

"'Quero ficar com você. Quero fazê-lo esquecer tudo o que houve. Quero fazer com que me perdoe', falei. De certa maneira comecei a gostar muito dele. Tudo o que queria era que ele me perdoasse e me aceitasse novamente como sua esposa. Porém, ele disse:

"'Sim, estou tentando esquecer... inclusive o fato de que um dia me casei. Quero ir-me embora daqui quanto antes, mas tenho que acabar meu trabalho; estou aqui por causa disso. Você é livre para ir embora e fazer o que quiser.'

"'Sou sua esposa e meu lugar é a seu lado.'

"'Se ainda está aqui é tão somente porque não sou um cafajeste. Mas você não é minha esposa. Você não passa de uma mulher que vai para a cama com o primeiro que elogia suas macaquices. É isso. Eu não... eu não a quero, não a quero aqui. Se ficar, não me dirija a palavra. Nunca mais fale comigo, só isso.'

"Senti-me muito magoada. Otelo fora mais bondoso com Desdêmona... Mas suportei aquilo. Alimentava uma esperança infundada de que no fim ele cederia, de que quando partíssemos dali ele mudaria. De que, uma vez de regresso ao lar, nossa vida voltaria ao normal.

"Um dia ele começou a fazer as malas. Tentei ajudá-lo, mas ele não me permitiu. Assim, fiz as minhas malas também e o segui. O carro de Gaffur chegara e nós voltamos juntos para o hotel. De volta ao 28. Aquele quarto me repugnava... Ele passou o dia saldando suas contas e, pouco antes do horário do trem partir, dirigiu-se à estação com sua bagagem. Segui-o calada. Aguardei com paciência. Sabia que ele iria voltar para nossa casa em Madras. Eu queria muito voltar para casa. O carregador incumbiu-se de nossa bagagem. Ele apontou para as minhas malas e disse ao carregador:

"'Isso aqui não é meu. Não sei do que se trata.'

"De modo que o carregador, depois de fitar-me, separou as minhas malas das dele. Quando o trem chegou o carregador conduziu e embarcou somente a bagagem dele e ele tomou seu assento em um vagão. Eu não sabia o que fazer. Peguei minha bagagem e fui atrás dele. Quando entrei no trem, ele me disse:

"'Não tenho passagem para você'. Exibiu a única passagem que tinha em mãos e fechou a porta do compartimento na minha cara. O trem partiu. E eu fui para sua casa."

Ela soluçou por algum tempo. Eu a consolei:

"Agora você está no lugar certo. Esqueça o passado. Logo, logo daremos uma lição àquele infame." E fiz um anúncio pomposo: "Antes, farei com que o mundo a reconheça como a maior artista da atualidade."

Em pouco tempo minha mãe entendeu tudo. Quando Rosie foi tomar banho, me confrontou e disse:

"Isso não pode continuar assim, Raju; você tem que acabar com isso."

"Não se meta, mãe. Sou adulto. Sei o que estou fazendo."

"Não pode manter uma bailarina dentro de casa. Todas as manhãs aquele escarcéu, com ela dançando e tudo o mais! O que foi feito do nosso lar?"

Por mim encorajada, Rosie começara a praticar. Levantava às cinco da manhã, tomava banho e rezava ante a imagem de uma divindade no oratório de minha mãe e começava a sessão de treinamento, que durava cerca de três horas. A casa ressoava ao tilintar de suas tornozeleiras. Ela abstraía-se do ambiente à sua volta e se concentrava tão somente nos movimentos e nos passos da dança. Depois disso, ajudava minha mãe: esfregava, limpava, lavava, varria e arrumava tudo na casa. Minha mãe parecia estar contente com ela e a tratava bem. Nunca imaginei que minha mãe teria criado problema, mas o que me disse era fato; então retruquei:

"O que deu em você de repente?"

Minha mãe fez uma pausa e disse:

"Eu esperava que você fosse ter o bom senso de tomar uma atitude. Isso não pode ficar assim para sempre. O que as pessoas vão dizer?"

"Quem são 'as pessoas'?", perguntei.

"Bem, meu irmão, seus primos e outras pessoas que conhecemos."

"Não me importo com a opinião deles. Portanto não se preocupe com esse tipo de coisa."

"Oh! Isso que você está dizendo que eu faça é algo muito esquisito, meu filho. Não posso aceitar."

O cantarolar suave provindo do banheiro cessou; minha mãe deixou de lado o assunto e saiu quando Rosie regressou do banho, fresca e radiante. Ao vê-la, qualquer um diria que não tinha preocupação alguma neste mundo. Estava muito feliz com a vida que levava: o passado não a inquietava e olhava com ardor em direção ao futuro. Era respeitosa e dedicada à minha mãe.

Porém minha mãe, apesar das suas demonstrações de carinho, estava começando a endurecer. Andava dando ouvidos a fofocas e não conseguia se conformar com a ideia de morar com uma mulher desonrada. Eu temia que ela me confrontasse e assim evitava ficar a sós com ela. Porém, toda vez que tinha uma chance, sussurrava no meu ouvido:

"Ela é uma verdadeira mulher-serpente, estou avisando. Não me agradou desde a primeira vez que você me falou sobre ela."

As reprovações e a hipocrisia de minha mãe me irritavam. A moça, na sua inocência, parecia feliz e despreocupada e totalmente afeiçoada a ela. Eu temia que minha mãe tomasse uma atitude radical e pedisse abertamente a ela que fosse embora. Mudei de tática e disse:

"Você tem razão, mãe. Mas, entenda, ela é uma refugiada e não podemos fazer nada a respeito disso. É nosso dever conceder-lhe asilo, ser hospitaleiros."

"Por que não volta para o marido e se joga aos pés dele? Saiba que viver ao lado de um marido não é fácil, como essas garotas modernas imaginam. Nenhum marido digno desse nome jamais foi conquistado à base de pó de arroz e batom apenas. Seu pai, por exemplo, mais de uma vez..."

E narrou uma história sobre os problemas criados pela atitude irracional e teimosa de meu pai a respeito de alguma questão familiar e como ela conseguira resolver a situação. Ouvi com paciência, demonstrando admiração e espanto, o que serviu para distraí-la um pouco. Passados alguns dias, sempre que falava com Rosie, aludia a querelas entre marido e mulher e inseria o tempo todo alguma história sobre os maridos: bons maridos, maridos bravos, maridos sensatos, os insensatos, os violentos, os doidos, os temperamentais e assim por diante; mas era sempre a esposa, com sua tenacidade, perseverança e paciência a dobrá-lo e trazê-lo à razão. Citava Savitri, Seetha e outras heroínas de inúmeros famosos episódios mitológicos. A aparência era de conversa fiada, como quem joga papo fora, mas a motivação de minha mãe era bastante clara, clara até demais. Seus rodeios eram tão atrapalhados que qualquer um via aonde queria chegar. Supostamente ela não estava a par das tribulações de Rosie, mas falava como quem estivesse. Eu sabia que Rosie sofria com essas lições de moral, mas não podia fazer nada; tinha medo de minha mãe. Talvez eu tivesse podido optar por manter Rosie num hotel; porém, àquela altura, fora forçado a assumir uma visão mais realista de minha situação financeira. Sentia-me impotente diante do sofrimento de Rosie e meu único consolo era padecer junto com ela.

Minhas preocupações multiplicaram-se. O garoto na loja estava se tornando mais exigente. Minhas vendas caíram desde que o acesso às plataformas foi consentido à concorrência. A entrada de dinheiro vivo era sempre mais escassa e vendia-se somente a crédito. Meus fornecedores atacadistas cortaram meu crédito. O método de contabilidade do garoto era tão caótico que eu não conseguia saber se estava lucrando ou tendo prejuízo. Surgia dinheiro no caixa de modo fortuito e havia grandes lacunas em várias prateleiras espalhadas pela loja. Provavelmente ele embolsava meu dinheiro e consumia minha mercadoria. Em consequência da falta de crédito com os atacadistas, os clientes reclamavam por não encontrar os produtos que buscavam. De uma hora para outra a ferrovia retirou minha licença. Apelei para o velho chefe da estação e para o carregador, que nada puderam fazer; a ordem viera de cima. A loja passou a ter um novo gestor.

Não aceitava a ideia de perder o vínculo com a ferrovia. Fiquei desesperado e furioso. Caí em prantos ao ver outra pessoa sentada no lugar que fora meu e de meu pai. Dei uma bofetada no menino, que começou a gritar. Seu pai – o carregador – partiu para cima de mim, dizendo:

"Isso são modos de recompensar o menino por ajudá-lo? Eu sempre avisei a ele... Não recebia nem mesmo um salário..."

"Salário? Ele sumiu com o dinheiro do caixa, arruinou nosso crédito e engoliu tudo o que havia de comestível nesta loja! Engordou feito um balão! Ele é que deveria me ressarcir: sua gula levou meu negócio à falência!"

"Não foi ele quem o arruinou, mas o *saithan* que o dominou e que o faz falar desse jeito!"

Referia-se a Rosie, tenho certeza. Ela espreitava da porta de casa. Minha mãe assistia à cena do *pyol*, bastante aflita. O espetáculo era, com toda a certeza, pouco edificante.

Não gostei da insinuação feita pelo carregador; tentei agredi-lo com impropérios. O chefe da estação apareceu para interceder e disse:

"Se continuar a causar desordem, serei obrigado a proibir seu ingresso aqui."

O novo lojista assistia à cena com indiferença – um bigodudo com o olhar enviesado, que não me agradava nem um pouco. Soltei o carregador e berrei, encarando-o:

"Você não perde por esperar. Lembre-se: nada como um dia após o outro... Um dia estará na minha situação!"

Ele torceu os bigodes e disse:

"Quem pode almejar destino semelhante ao seu?" E piscou, maldoso.

Isso me fez perder por completo o controle e então me lancei para cima dele.

Ele me repeliu com o dorso da mão esquerda, como quem afugenta uma mosca; eu caí para trás, em cima de minha mãe – que correra até a plataforma, fato até então inédito em sua vida. Felizmente, não a derrubei.

Ela me segurou pelo braço e gritou:

"Vamos embora. Você vem ou não vem?!"

Então o carregador, o bigodudo e vários outros ao redor declararam:

"Hoje você se safou, mas só por respeito à presença desta senhora."

Ela me arrastou de volta para casa. Eu levava debaixo do braço alguns maços de papel, a caixa registradora e uns poucos objetos pessoais que mantinha na loja. Foi assim que entrei em casa, carregando a certeza de que meu relacionamento com a ferrovia chegara ao fim. Isso era um peso no meu coração. Sentia-me tão deprimido, que nem sequer dei atenção a Rosie, ali ao lado, a me fitar, atônita. Pus-me num canto da sala e lá fiquei, de olhos fechados.

CAPÍTULO OITO

O GUIA

Meu credor era o Sait, um atacadista da Market Road. Apareceu no dia seguinte. Alguém bateu à minha porta e lá estava ele. Eu assistia, sentado numa esteira e recostado à parede, aos exercícios de Rosie. Senti-me envergonhado assim que o vi, pois sabia o que trazia Sait à minha casa. Carregava consigo um grosso caderno contábil, enrolado num pano azul. Parecia satisfeito em me achar, como se temesse que eu pudesse ter fugido sabe-se lá para onde. Por um instante fiquei sem saber o que dizer. Não queria parecer confuso. Depois do que acontecera na estação ferroviária eu estava redimensionando minhas perspectivas. Assistir à *performance* de Rosie me proporcionava uma ideia mais clara do que deveria fazer. O som de suas tornozeleiras, a música sussurrada que ela cantava, seu ritmo e seu movimento me ajudavam. Tinha a sensação de voltar a ser uma pessoa importante. Felizmente, desde a noite anterior, minha mãe não voltara a falar comigo, o que me poupou de ulteriores tensões e constrangimentos. Ela não conseguia deixar de falar com Rosie; apesar de todo seu preconceito, gostava genuinamente da moça e não era do feitio dela tratá-la com indelicadeza. Tampouco era de sua índole deixá-la passar fome ou ofendê-la de alguma maneira. Cuidava para que se alimentasse e estivesse bem, mas – fora isso – deixava-a sozinha. Não lhe viera coragem de conversar comigo após a cena na ferrovia. Tenho certeza de que julgava que, com meu temperamento inconstante e volúvel, eu tivesse posto a perder o que o marido dela construíra com tanta dedicação e tanto esforço. Felizmente, não descontou na pobre garota, deixou-a em paz – depois da cota de parábolas e homilias de costume, as quais Rosie sempre aceitou de bom grado.

Sait era um sujeito magro, com um turbante multicolorido na cabeça. Era um comerciante bem-sucedido, generoso ao conceder crédito, mas – claro – esperava o pagamento devido, no prazo determinado. Lá estava ele à minha porta. E eu sabia muitíssimo bem por quê. Fiz um pouco de onda, exagerando na cordialidade:

"Ora viva, quem se vê! Quanta honra! Vamos entrar, por favor. Sente-se."

Arrastei-o e o acomodei no *pyol*.

Era um bom amigo e hesitava em tocar na questão das dívidas. Houve um silêncio embaraçoso. Por um instante ouvia-se somente o tilintar das tornozeleiras de Rosie. Ao escutá-las, perguntou:

"O que é isso?"

"Ah!", exclamei, displicente. "É só um ensaio de dança."

"Ensaio de dança!", espantou-se.

Era a última coisa que esperava encontrar numa casa como a minha. Continuou sentado, pensativo, como se estivesse tentando elaborar um raciocínio lógico. Abanou a cabeça. A história do *saithan* que, supostamente, teria me dominado por certo chegara até ele. Absteve-se de formular novas perguntas, tratando aquilo como algo fora de sua alçada:

"O que deu em você, Raju? Costumava ser tão pontual e agora não me paga há meses..."

"Os negócios não andam nada, nada bem, meu camarada", falei, ostentando uma serena e irônica resignação.

"Não. Não é isso. É que é preciso..."

"Sabe... Aquele rapaz, meu braço direito na loja, me passou a perna."

"De que serve colocar a culpa nos outros?"

Dava a impressão de ser um sujeito intransigente, pronto a me acossar. Pegou seu caderno, abriu-o e apontou para o final de uma coluna:

"Oito mil rupias! Não posso aceitar isso por mais muito tempo. Você precisa tomar alguma providência."

Estava farto de ouvir que devia "tomar alguma providência". Primeiro fora minha mãe a exigir isso a propósito da moça; alguém mais me dissera que devia providenciar sei lá o quê; naquele momento havia também a garota que queria que "providenciássemos isso e aquilo outro", e, por fim, aquele sujeito! Seu conselho irritou-me e eu disse a ele, num tom ríspido:

"Sei disso."

"E o que você propõe?"

"É óbvio que vou lhe pagar..."

"Quando?"

"Não dá pra saber... Você tem que esperar."

"Está bem. Dentro de uma semana, então?"

"Uma semana!"

Ri como se fosse uma piada. Ele pareceu ofendido. Todos pareciam ofendidos comigo nos últimos tempos.

Com expressão muito grave, ele disse:

"Você acha engraçado? Acha que vim até aqui para diverti-lo?"

"Por que levanta a voz, Sait? Sempre fomos amigos."

"Amigos, amigos, negócios à parte", disse ele, baixando a voz.

Quando falou alto, deixamos de ouvir o tilintar dentro de casa. Mas assim que baixou sua voz voltamos a escutar os passos de Rosie ao fundo. Eu talvez tenha esboçado um sorriso ao vislumbrá-la ali perto, dançando. Isso o irritou ainda mais.

"Mas o que é isso? Gargalha quando peço o dinheiro que me deve. Depois sorri estatelado como se estivesse sonhando... Em que mundo você vive? Vim tratar de negócios com você seriamente, mas vejo que não é possível. Depois não me culpe se..."

Enrolou o caderno de contabilidade no pano e se levantou para ir embora.

"Não vá embora assim, Sait. O que o aborrece?", perguntei.

Tudo o que eu dizia parecia trazer uma aura de leviandade. Empertigou-se e fez uma expressão ainda mais severa. Quanto mais ele fechava a cara, menos conseguia me conter. Não sei que diabo me provocava tamanha hilaridade em momento tão inoportuno. Eu mal conseguia conter o riso. Por pouco não desatei a rir de maneira descontrolada. Quanto mais ele se comportava de modo sério e formal, mais eu achava graça. Quando ele finalmente virou-se e foi embora, furioso e indignado, a pompa gravidade daquele homenzinho com seu turbante multicolorido e seu caderno contábil debaixo do braço pareceu-me tão absurda que quase tive uma convulsão de tanto rir. Ele se voltou, lançou-me um breve olhar e se foi.

Com um sorriso estampado na cara, entrei em casa e me sentei na esteira. Rosie fez uma pausa para indagar:

"O que aconteceu de tão engraçado? Ouvi você gargalhar..."

"Foi, foi... Tive um ataque de riso."

"Quem era ele?", perguntou-me.

"Um amigo meu", respondi.

Não queria que ela ficasse a par da complicação. Não queria incomodar ninguém com esse gênero de coisa. Eu também não queria ser incomodado por nenhum tipo de problema. Viver sob o mesmo teto com Rosie me bastava. Não queria mais nada da vida. Deixava-me levar ao paraíso dos tolos. Considerava eliminada a dívida pelo simples fato de não me ocupar dela – uma dedução estapafúrdia. O mundo para além de Rosie era para mim tão inverossímil que me pareceu perfeitamente viável viver assim iludido. Mas não por muito tempo.

Passada uma semana ou cerca de dez dias, vi-me envolvido com o tribunal. Meu senso de humor azedara por completo minhas relações com Sait, que imediatamente protestara minhas dívidas na justiça. Minha mãe ficou desesperada. Eu não possuía um amigo neste mundo além de Gaffur. Procurei por ele e, ao encontrá-lo no parapeito do chafariz, expliquei-lhe minha situação. Eu acabara de sair do tribunal. Ele mostrou-se muito solidário e interrogou:

"Já contratou um advogado?"

"Sim, aquele que fica perto do armazém de algodão."

"Ah, perfeito. Ele é especialista em procrastinação. Consegue postergar o caso por anos a fio. Portanto, não se preocupe. É uma ação civil ou criminal?"

"Criminal! Inventaram que eu o agredi quando ele veio me cobrar. Era o que deveria ter feito!"

"Que pena! Se fosse civil, poderia se arrastar por anos e você não teria nenhuma sanção enquanto perdurasse. Aquela tipa ainda está na sua casa?", perguntou, com malícia.

Fiz uma cara furiosa. Ele então acrescentou:

"Não vou culpar uma mulher por você ser desse jeito... Por que não volta a trabalhar com os turistas?"

"Não posso nem chegar perto da estação agora. Os funcionários vão depor contra mim, testemunharão que costumo agredir as pessoas."

"É verdade?"

"Hum... Se eu pegar o filho do carregador, quebro o pescoço do garoto!"

"Não faça uma coisa dessas, Raju. De nada lhe adiantará. Já arrumou encrenca suficiente. Está na hora de você tomar jeito. Por que não faz algo que preste?"

Refleti e disse:

"Se eu tivesse quinhentas rupias, poderia começar uma nova vida."

Descrevi a ele um plano para ganhar dinheiro explorando as aptidões de Rosie. Só de pensar nela me animava!

"Ela é uma mina de ouro!", exclamei. "Bastaria ter o dinheiro para o início... Ah! Ela..."

Voei alto nos meus devaneios. Disse a ele:

"Saiba que *Bharat Natvam* é o melhor empreendimento artístico hoje em dia. Está na moda e as pessoas pagam o que for pelo melhor *show*. Não posso começar porque não tenho esse dinheiro. Você não poderia me ajudar, Gaffur?"

Ele caiu na gargalhada diante da minha proposta; foi a minha vez de irritar-me com o riso alheio.

Eu insisti, dizendo:

"Olha que já lhe ajudei muito com o táxi."

No fundo, ele era uma boa pessoa e apelou para o meu bom senso:

"Não sou um sujeito rico, Raju. Você sabe muito bem que sou obrigado a pegar dinheiro emprestado até para a manutenção corriqueira do carro. Se eu tivesse quinhentas rupias, meus passageiros gozariam de melhores pneus... Não, não, Raju. Aceite meu conselho: livre-se logo dela e trate de voltar para a sua vida normal e para a realidade do mundo. Não venha com essa de 'empreendimento artístico'. Não é para o nosso bico."

Ao ouvi-lo falar isso, fiquei tão chateado que retruquei de modo a feri-lo. Ele tomou o assento do carro com a cara fechada e disse:

"Se precisar de uma corrida um dia desse, me chame; é só o que posso fazer para ajudá-lo. E note bem: não estou nem lhe cobrando algumas dívidas passadas..."

"Fica por conta das comissões a mim devidas por todas as viagens que fez até Peak House!", rebati, seco.

"Muito bem", disse ele e deu partida no carro. "Chame se precisar; estarei sempre aqui. Rogo a Deus que lhe abra os olhos."

Ele partiu. Sabia que era mais um amigo que saía da minha vida.

Infelizmente, não foi o último. Logo foi a vez de minha mãe. Encontrava-me extasiado, assistindo a Rosie dançar uma composição chamada "Os pés dançantes". Ela dissera-me que havia introduzido pequenas variações e queria ouvir minha opinião. Estava me tornando uma espécie de especialista no assunto. Assistia com olhar crítico, mas o que via eram suas curvas, que me tentavam a abraçá-la ali mesmo. Minha mãe andava para lá e para cá, portanto naquele período tínhamos que encaixar nossos momentos românticos em horários bizarros, aproveitando as oportunidades que surgissem – por exemplo, quando minha mãe ia buscar água no poço. Sabíamos exatamente quanto ela demorava e aproveitávamos esse tempo ao máximo. Era incômodo porém excitante, o que me fazia esquecer meus problemas. Sempre que a via ondulando seu corpo, se não houvesse ninguém por perto, interrompia na hora sua *performance*, ainda que meu papel fosse observá-la com visão analítica. Ela desvencilhava-se de mim e dizia:

"O que deu em você?"

Era uma artista dedicada; redimensionara a paixão carnal, que, para ela, deixara de ser uma obsessão incontrolável.

Restava-me ainda algum saldo na poupança, embora eu não tivesse dado indícios disso a ninguém. Poucos dias após a visita de Sait, saquei toda a soma. Não queria que fosse confiscada. Era com isso que nos mantínhamos. Um advogado de meia pataca cuidava do meu caso no tribunal. Tive que antecipar a ele parte do dinheiro para taxas judiciais e coisas do gênero. Seu escritório ficava no sótão do armazém de algodão na Market Road – um espaço abafado onde havia uma prateleira com livros, uma mesa, uma cadeira e um banco para os clientes. Caí na mira dele desde o primeiro dia, quando vagava com olhar aterrorizado, atendendo às primeiras intimações. Enquanto eu aguardava num corredor, ele conquistou minha simpatia, perguntando:

"É verdade então que você deu uma surra no Sait? Desembucha, vai..."

"Não, senhor. É mentira!"

"É evidente que inseriram uma acusação penal para acelerar o processo. Vamos contestar isso primeiro e depois enfrentaremos a ação civil; temos muito tempo pela frente. Não se preocupe. Cuidarei de tudo. Quanto você traz no bolso?"

"Apenas cinco rupias."

"Passe pra cá."

Se eu tivesse dito "duas", provavelmente ele teria se contentado do mesmo jeito. Embolsou a grana, deu-me uma folha de papel para que eu assinasse e disse:

"Perfeito. Já dá pra cuidar do seu caso tranquilamente."

Durante a audiência pediram-me que ficasse atrás de um cercadinho, diante do juiz. O Sait também estava lá com seu livro contábil debaixo do braço e acompanhado do advogado dele – naturalmente. Fitamo-nos. O advogado de Sait disse alguma coisa; o meu advogado de cinco rupias disse outra, gesticulando na minha direção; o auxiliar de corte deu um tapinha no meu ombro, dizendo que eu fosse embora. Meu advogado acenou que sim. Já estava tudo encerrado antes que eu tivesse conseguido entender o que estivera em ato. Meu advogado, que me esperava do lado de fora, me disse:

"Consegui obter um adiamento. Depois lhe informarei a nova data. Encontre-me no escritório, em cima do armazém de algodão; o acesso é pela escada na travessa lateral."

E se foi. Se a chateação toda não passasse disso, achei que me safaria sem problemas, pois estava em ótimas mãos.

Ao voltar para casa, disse a minha mãe:

"Não há nada com que se preocupar, mamãe. Está correndo tudo bem."

"Mas ele pode tomar nossa casa. E para onde nós iremos?"

"Ah! Tudo isso levará muito tempo. Não se preocupe à toa."

Desesperançada, ela desistiu de abrir-me os olhos, dizendo:

"Não sei o que deu em você... De uns tempos pra cá, não leva mais nada a sério!"

"É porque sei com que devo me preocupar; apenas isso", falei com grandiloquência.

A essa altura nossas discussões domésticas davam-se na presença de Rosie. Já não necessitávamos de privacidade, pois havíamo-nos habituado à presença dela. Rosie comportava-se como se nem sequer ouvisse o que debatíamos: olhava fixo para o chão ou para as páginas de um livro (o único artigo que eu conseguira salvar dentre as mercadorias da loja) e se deslocava para um canto do cômodo, como que para ficar fora do alcance de escuta. E nunca me constrangia indagando acerca de nossas querelas – ainda que, porventura, se encontrasse a sós comigo.

Minha mãe passara a me considerar um vagabundo incorrigível e imaginei que tivesse se resignado à situação. Porém ela bolara um verdadeiro plano de ataque. Certa manhã encontrava-me totalmente absorto assistindo à dança de Rosie quando – do nada – aparece meu tio em nossa casa. Era o irmão mais velho de minha mãe, um enérgico proprietário rural que herdara a casa parental no povoado de origem da família e era uma espécie de conselheiro e juiz para assuntos familiares. Casamentos, finanças, funerais, litígios, para tudo ele era consultado por todos os membros do clã – minha mãe e suas três irmãs, espalhadas em várias localidades do município. Raramente deixava seu vilarejo, já que exercia boa parte de suas funções de conselheiro por correspondência. Eu sabia que minha mãe mantinha contato com ele. Ela recebia dele um postal por mês, completamente preenchido com letra miúda, e isso a deixava feliz e em paz por semanas a fio, ao longo das quais mencionava o conteúdo sem cessar. Era com a filha dele que ela desejava que eu me casasse – projeto que, felizmente, deixara de lado, em vista dos acontecimentos recentes.

Mas lá estava o homem em carne e osso, parado na soleira da porta e chamando com seu vozeirão:

"Mana!"

Levantei-me de imediato e corri até a porta. Minha mãe veio apressada da cozinha e Rosie interrompeu seu ensaio. Ele tinha seis pés de altura, pele tostada pelo sol por causa do trabalho no campo, e trazia um chumaço de cabelo amarrado à nuca; vestia uma camisa com um pano tradicional por cima e seu *dhoti* era marrom e não branco, como o dos habitantes urbanos. Trazia uma sacola de juta com uma estampa verde do Mahatma Gandhi e um pequeno baú. Foi direto para a cozinha e tirou da bolsa pepinos, limões, bananas e outras verduras, dizendo:

"São para minha irmã, colhidos na nossa horta."

Colocou tudo no chão da cozinha da irmã e orientou-a com relação ao modo de preparo.

Minha mãe ficou muito feliz ao vê-lo e disse:

"Espere só um instante que vou preparar café para você."

Ele contou acerca de seu itinerário de ônibus e o que andara fazendo desde que recebera as cartas de minha mãe. Fiquei surpreso ao descobrir que ela solicitara a visita dele. Ela não havia mencionado nada a mim. Então exclamei:

"Você nem me contou que escreveu para o tio!"

"E por que deveria?", retrucou ele. "Como se lhe devesse alguma satisfação..."

Percebi que estava me provocando. Baixou a voz, puxou-me pelo colarinho da camisa e sussurrou:

"Que história é essa que se ouve falar de você? Parece que está bastante afamado ultimamente! Devemos ficar muito orgulhosos, não é?"

Desvencilhei-me dele e franzi as sobrancelhas. Ele prosseguiu: "O que deu em você? Está achando que é o tal? Pois saiba que não me deixo intimidar por devassos como você! Sabe como se lida com novilho brabo? A gente castra logo. Pois é o que faremos se você não tomar logo jeito!"

Minha mãe cuidava da água fervente como se não percebesse nosso diálogo. Pensei que viesse em meu socorro, mas ela parecia satisfeita com meu apuro, que, no fundo, fora por ela arquitetado. Fiquei com raiva e confuso. Saí dali. Assim que pôs o pé lá dentro, o sujeito passou a me agredir em minha própria casa! Fiquei furibundo. Ao sair, notei que minha mãe cochichava com ele. Pude facilmente intuir o que diziam. Sentei na minha esteira, abalado.

Rosie permanecera parada onde eu a havia deixado; seu quadril estava levemente deslocado na lateral e trazia as mãos na cintura. Parecia um daqueles relevos nos pilares dos templos. Ao vê-la assim, senti uma nostalgia repentina da época em que acompanhava visitantes aos templos antigos e da variedade de experiências e de contato humano que tinha então. Rosie perguntou assustada, em voz baixa:

"Quem é ele?"

"Deixe pra lá. Deve ser meio louco. Você não tem com que se preocupar."

Foi o bastante para ela. Tudo o que eu afirmava lhe era suficiente. Ela aceitava com fé inquebrantável e sem questionar tudo o que eu dizia, ignorando o resto do mundo. Isso me dava autoconfiança e parecia conferir-me maior importância. Eu disse ainda:

"Você não precisa parar de dançar. Pode prosseguir com seu ensaio."

"Mas... mas...", murmurou ela, indicando meu tio.

"Simplesmente ignore-o", afirmei.

Estava possuído por um espírito desafiador, embora em meu íntimo temesse a reação dele.

"Você não tem que se preocupar com ninguém, só comigo", falei, com súbita autoridade. (Quando eu era pequeno, costumavam apelar para meu tio, caso quisessem me amedrontar.) "Estou na minha casa e posso fazer o que bem entender. Os incomodados que se mudem ou não venham visitar", concluí, com uma risadinha chocha.

Que sentido havia em despejar sobre a moça todas essas declarações? Ela retomou o canto e a dança e me sentei diante dela, observando-a com toda a atenção, como se fosse seu instrutor. Notei que meu tio espiava da cozinha e então exagerei mais ainda a minha postura professoral. Eu dava ordens a ela e também a corrigia. Meu tio continuou assistindo à cena burlesca da cozinha. Rosie prosseguiu ensaiando, como se estivesse num estúdio privado. Meu tio se aproximou, com os olhos fulminantes de desprezo e cinismo. Ignorei-o por completo. De repente ele exclamou:

"Hum! Então é isso que o ocupa tanto! Hum, hum... Nunca imaginei que um membro da nossa família se tornaria pajem de uma bailarina!"

Fiquei calado por um momento antes de criar coragem e determinação para atacá-lo. Ele interpretou meu silêncio como medo e aplicou-me novo e violento golpe:

"O espírito do seu pai ficará feliz ao vê-lo literalmente rastejando aos pés de uma dançarina."

Estava decidido a me provocar. Rebati:

"Se veio visitar sua irmã, é melhor entrar e ficar na cozinha com ela. Por que está atrás de mim?"

"Aha!", exclamou ele, satisfeito. "Vejo que ainda lhe sobrou o mínimo de vivacidade! Podemos alimentar esperanças... Mas é melhor não usá-la contra seu tio. Já não lhe avisei o que costumo fazer com tourinhos rebeldes?", disse ele, acocorado no chão, bebericando seu café.

"Não seja tão vulgar! Respeite ao menos seus cabelos brancos!", retruquei.

"Ei! Desavergonhada!", gritou ele, dirigindo-se a Rosie sem o menor respeito. "Pare já com essa cantoria, esses trejeitos, e me escute. Você pertence à nossa família?"

Ela parou de dançar e simplesmente o fitou.

"Não, você não é da nossa família! Por acaso é do nosso clã?"

Aguardou que ela respondesse, porém mais uma vez deu ele mesmo a resposta:

"Não! E por acaso pertence à nossa casta? Não. À nossa classe social? Não. Sabemos quem você é? Pertence a esta casa? Não. Então por que está aqui? Você é apenas uma dançarina. E não admitimos dançarinas na família, entendeu bem? Você parece ter boa índole. Não deveria intrometer-se desta forma num lar que lhe é alheio. Alguém a convidou? Não. Mas, mesmo que tenha sido convidada, deve voltar para o seu lugar e não permanecer aqui. Não pode ficar em nossa casa desta maneira. Isto é muito inconveniente. Não deveria seduzir jovens bobocas, abandonando o próprio marido. Está me entendendo?"

Ela sucumbiu à investida, cobrindo o rosto com as mãos. Meu tio mostrou-se obviamente satisfeito com o resultado obtido e continuou até onde queria chegar:

"Olhe, pare de fingir que está chorando por causa do que lhe digo. Deve entender por que o digo. Você há de partir com o próximo trem. Deve dar sua palavra que vai sumir daqui. Nós lhe daremos o dinheiro da passagem."

Diante disso, Rosie irrompeu em pranto. Fiquei enfurecido. Joguei-me em cima de meu tio, derrubando a taça de café de suas mãos, e disse a ele:

"Saia já desta casa!"

Ele se recompôs e retrucou:

"Você está me mandando embora? A que ponto chegamos! Quem você pensa que é, ainda cheirando a cueiro, para me expulsar daqui? Pois saiba que sou eu quem lhe diz que saia. Esta casa é da minha irmã. Você pode ir para onde quiser, a fim de divertir-se com suas dançarinas..."

Minha mãe saiu correndo da cozinha com lágrimas nos olhos. Sacudiu Rosie, que soluçava, e disse:

"Está satisfeita agora? Viu o que você fez, sua vadia? Seu corpo é possuído pelo demônio! De onde raios você surgiu para nos atormentar? Estávamos em paz, tranquilos, até você aparecer... Insinuou-se como uma víbora! Nunca vi ninguém enfeitiçar desta maneira um jovem inexperiente! Que menino bom ele era! A hora em que pôs os olhos numa diaba como você, foi uma perdição! No exato instante em que ele me falou da 'garota da serpente' eu tive maus pressentimentos... Sabia que não viria nada de bom."

Não interrompi minha mãe. Deixei que desabafasse seus sentimentos, reprimidos ao longo daquelas semanas; ela elencou todas as minhas faltas até chegar à questão mais recente do processo judiciário e de como estávamos por perder a posse da casa construída por meu pai com tanta dificuldade.

A garota ergueu a cabeça, olhou para ela com o rosto inundado de lágrimas e disse, entre um soluço e outro:

"Eu vou embora, mãe. Não diga coisas tão cruéis... Você foi tão bondosa comigo até agora."

Meu tio interrompeu-a para dizer à irmã:

"Esse foi o seu maior erro, minha irmã. A desavergonhada tem aqui um pingo de razão. Por que você a tratou tão bem? Desde o início deveria ter colocado, e bem claro, os devidos pingos nos is."

Parecia ser impossível conter aquele homem ou ver-me livre dele. Dizia e fazia o que lhe dava na telha. A não ser que eu partisse para a força bruta, não haveria modo de salvar a pobre Rosie; mas ele poderia nocautear-me se eu tentasse agredi-lo. Eu estava horrorizado diante da mudança de atitude de minha mãe, de como colocara as manguinhas de fora, sentindo-se forte e protegida à sombra do irmão. Aproximei-me de Rosie e coloquei o braço em volta dos ombros dela. Meu tio gritou:

"O sujeitinho perdeu todo o pudor!"

Sussurrei a Rosie:

"Tampe os ouvidos e não ouça nada do que dizem. Deixe que falem o que quiserem. Que falem até cansar. Mas você não irá embora daqui. Eu ficarei aqui e você ficará comigo. Os incomodados que se mudem."

Prosseguiram mais um pouco a ladainha, mas logo passaram à cozinha. Eu não disse nem uma palavra mais. Descobri que o melhor era fazer ouvidos de mercador e me tranquilizava ver que Rosie também conseguia superar a provação contando somente com meu apoio e confiando em mim sem reservas. Ela ergueu a cabeça, sentou-se e lançou um olhar frio ao redor. Minha mãe me chamou quando o almoço ficou pronto. Certifiquei-me de que também a Rosie fosse oferecida a refeição. Minha mãe chamara-nos somente após ter servido meu tio dos legumes e verduras que ele trouxera e que ela preparara conforme suas instruções. Depois do almoço ele foi até o *pyol*, estendeu no chão o pano que trazia no ombro, sentou-se para mascar *pan*, deitando-se em seguida para repousar sobre o chão fresco. Foi um alívio ouvir seus roncos. Uma verdadeira calmaria depois da tempestade. Minha mãe nos servira a comida sem nos dirigir o olhar. Um silêncio profundo reinou na casa. E assim foi até as três e meia da tarde.

Meu tio voltou à carga quando entrou e anunciou:

"A quem interessar possa, falta apenas uma hora para o trem partir. A passageira está pronta?"

Olhou para Rosie, que lia sentada abaixo da janela. Ela ergueu os olhos, perturbada. Não saí de perto dela a tarde inteira. Não importava o que eles lhe dissessem, eu queria estar por perto para apoiá-la. Enquanto meu tio permanecesse na cidade eu não poderia baixar a guarda. Daria tudo para saber quando ele iria embora. Porém ele era um homem determinado, com vontade própria, que não dava a mínima ao meu natural desejo de ver-me livre dele.

Rosie olhou ao redor, bastante assustada. Estendi a mão para lhe dar coragem. Minha mãe saiu do seu canto, aproximou-se e, com um olhar afetuoso dirigido a Rosie, disse:

"Bem, minha jovem, foi um prazer tê-la conosco, mas, como você sabe, chegou a hora de ir embora."

Usava nova tática, voltando a ser gentil e fazendo de conta que Rosie concordara em partir.

"Rosie, mocinha, você sabe que o trem parte às quatro e meia. Já preparou sua bagagem? Vi que ainda há roupas suas espalhadas pela casa."

Rosie bateu cílios, desconcertada. Não sabia o que responder. Intervim para dizer:

"Mãe, ela não vai a parte alguma."

Minha mãe fez-me um apelo:

"Tenha um pouco de juízo, Raju. Ela é casada com outro homem. Tem que voltar para ele."

Havia tamanha lógica e serenidade nas suas palavras, que não pude fazer nada além de repetir cegamente:

"Ela não pode ir a lugar nenhum, mamãe; tem que ficar aqui."

Foi aí que minha mãe deu sua última cartada:

"Se ela não for embora, serei obrigada a deixar esta casa."

Meu tio acrescentou:

"Pensava que ela fosse indefesa, dependente de você?" Bateu no peito e gritou: "Pois enquanto eu estiver vivo e lúcido, jamais deixarei uma irmã desamparada!"

Apelei a minha mãe:

"Você não deve ir embora, mãe!"

"Pois então jogue o baú dessa sujeitinha na rua, arraste a desavergonhada até a estação e sua mãe fica. Por quem a toma? Acha que sua mãe possa ser conivente com as dancinhas que vocês praticam?"

"Cale essa boca, tio!", berrei e assustei-me diante de minha própria temeridade. Fiquei com medo de que ele pusesse em prática seu modo de lidar com "novilhos bravios"! Felizmente, ele apenas retrucou:

"Você não passa de um frangote querendo cantar de galo! Pois saiba que quem manda na minha boca sou eu! E quero saber se vai botar essa... essa... essa sujeitinha pra fora ou não. É só isso que eu quero saber."

"Não. Ela não vai embora", respondi, com muita calma.

Ele respirou fundo, fitou a moça e dirigiu-se à minha mãe:

"Bem, minha irmã, não tem jeito; é melhor você começar a preparar suas coisas, pois partiremos no ônibus à tardinha."

Minha mãe respondeu:

"Está bem. Arrumo minha bagagem num minuto."

"Não se vá, mãe!", supliquei.

"Veja só a contumácia da criatura. Assiste a tudo isso impassível!", disse meu tio.

Rosie implorou:

"Não vá, mãe!"

"Ora vejam!", exclamou meu tio, "E ainda tem a cara de pau de tratá-la por 'mãe'! O próximo passo será chamar-me de 'titio', imagino!"

Virou-se para mim com um sorriso de escárnio e disse:

"Sua mãe realmente não deve deixar esta casa. Enquanto estiver viva, a casa lhe pertence. Se ela estivesse de acordo com meu método, eu teria lhe dado uma boa lição hoje. Meu cunhado não era bobo. Você herdou apenas metade da propriedade..."

Ele passou a pormenorizar complicações jurídicas ligadas ao testamento de meu pai e explicou em detalhes como teria agido se estivesse no lugar de minha mãe, descrevendo a disputa por cada polegada da propriedade e o encaminhamento do caso à Suprema Corte e afirmando que teria mostrado ao mundo como se lida com depravados que não têm o mínimo respeito pelas tradições familiares e ainda por cima procuram viver à custa do patrimônio duramente construído pelos ancestrais.

Eu respirava aliviado, pois sua eloquência sobre aspectos legais o fazia esquecer Rosie por um tempo. Fiel à tradição dos pequenos proprietários rurais, ele encontrava grande deleite em divagar sobre litígios e disputas legais. Mas o feitiço foi quebrado quando minha mãe entrou, dizendo:

"Estou pronta."

Ela recolhera algumas peças de vestuário. Seu grande baú de aço, que nunca saíra do seu canto por décadas a fio, estava cheio e pronto para ser transportado. Carregava pela alça uma cesta na qual colocara alguns utensílios de cobre e latão. Meu tio declarou:

"São pertences de família, dados por meu pai a essa menina, minha querida irmã, quando se casou e constituiu sua própria família. É parte do dote dela, portanto não fique olhando com essa cara de tacho!"

Desviei o olhar, e disse:

"Ela pode levar o que quiser. Ninguém fará objeção."

"Ah! Que magnânimo!", exclamou ele. "Sente orgulho de ser generoso com sua mãe, não é?"

Nunca antes eu o vira comportar-se de forma tão desagradável. Ele sempre nos aterrorizou quando éramos crianças, mas essa era a primeira vez que eu observava com olhos adultos seu modo de agir.

Minha mãe parecia mais triste do que zangada e dava sinal de estar prestes a tomar as minhas dores. Ela o interrompeu de maneira brusca e disse, num tom de voz de extrema consideração:

"Não preciso de mais nada. Isso me basta."

Recolheu vários livros de rezas que lia todo dia antes do almoço, sentada diante das imagens dos deuses, em meditação. Pude observá-la ao longo dos anos, sempre no mesmo lugar, de olhos fechados, em frente ao nicho na parede, de modo que a ideia de que não mais a veria lá encheu-me de profunda tristeza. Acompanhei-a em seu percurso pela casa, enquanto recolhia os pertences que desejava levar consigo. Meu tio – como se tivesse que ficar de olho em mim – seguia meus passos. Imagino que temesse que eu pudesse convencer minha mãe a ficar.

Apesar da presença dele ali me vigiando, perguntei:

"Mãe, quando voltará?"

Ela hesitou e depois disse:

"Eu... eu... Vamos ver."

"Voltará assim que receber um telegrama informando que o entulho foi despejado", disse meu tio. E acrescentou ainda: "Nós não pertencemos à laia que desampara as irmãs; lembre-se bem disso. Nossa casa na aldeia também é dela e ela poderá permanecer lá o tempo que desejar; portanto sua mãe não é obrigada a ficar à mercê de quem quer que seja. Nossa casa pertence à nossa irmã tanto quanto a nós", vangloriou-se no final.

"Não deixe de acender as lâmpadas a óleo no nicho dos deuses", disse minha mãe, descendo os degraus. "E cuide bem de sua saúde!"

Meu tio carregava os baús e ela levava a cesta. Logo alcançaram o fim da rua e dobraram a esquina. Permaneci nos degraus, a observá-los. Rosie estava de pé na soleira da porta. Evitei virar-me e olhar para ela, pois estava chorando.

Na prática, agíamos como cônjuges. Rosie cozinhava e cuidava da casa. Eu saía raramente, a não ser para fazer pequenas compras. Ela cantava e dançava ao longo de todo o dia. Fazíamos amor com muita frequência e eu havia sido inteiramente tomado por uma paixão e um romantismo avassaladores até ser obrigado a parar de sonhar acordado diante da evidência: Rosie cansara-se daquilo tudo. Passaram-se alguns meses antes que me perguntasse:

"Quais são seus planos?"

"Planos?", disse o sonhador, caindo na real. "Que planos?"

Ela sorriu e disse:

"Olhe só para você: passa o tempo todo deitado na esteira me vendo dançar ou namorando comigo. Já ensaiei bastante e estou em condições de apresentar um espetáculo com quatro horas de duração, embora fosse me ajudar muito se eu pudesse dispor de um acompanhamento..."

"Mas se estou sempre aqui acompanhando e marcando o ritmo para você! De que outro acompanhamento necessita?"

"Preciso de uma orquestra completa. Já ficamos isolados mais que o suficiente", retrucou ela.

Estava tão séria que não ousei fazer nenhuma piadinha. Apenas disse:

"Também estive pensando... Em breve precisamos providenciar alguma coisa."

Depois de ter passado dois dias quebrando a cabeça, eu propus:

"'Rosie' é um nome muito sem graça. Embora você venha de uma família de dançarinas tradicionais, seus parentes não souberam lhe dar um nome adequado. Devemos criar um nome artístico para você. Que tal Meena Kumari?"

Ela sacudiu a cabeça e disse:

"Não é melhor que o meu. Não vejo motivo para alterar meu nome."

"Você não compreende, meu bem. Não é um nome coerente, nem sóbrio. Apresentar-se perante o público com um nome desses dá a ideia de algo sem categoria, de entretenimento barato. Uma bailarina clássica deve ter um nome poético e inspirador."

Ela percebeu que eu tinha razão. Pegou um bloco e um lápis e começou a anotar todos os nomes que lhe vinham à mente. Acrescentei mais alguns. Queríamos avaliar o som e suas formas escritas. Folhas e mais folhas foram preenchidas e descartadas. Aquilo virou uma brincadeira. Começamos a nos divertir tanto que até esquecemos nosso objetivo. Quase todo nome tinha um aspecto ridículo, soava cômico ou levava a uma associação indesejada.

Mais tarde, ela despertou no meio da noite, sentou e perguntou:

"Que tal...?"

"É o nome da esposa de um rei demoníaco; espantará as pessoas", respondi.

Finalmente, depois de quatro dias de intensa seleção e exclusão de nomes (atividade que nos deu a grata sensação de estarmos engajados num trabalho do mais alto profissionalismo), chegamos a 'Nalini', nome poético e universal cujo significado era interessante e ao mesmo tempo era curto e fácil de lembrar.

De posse do novo nome, Rosie entrou numa nova fase da vida. Sob a nova alcunha, Rosie e tudo o que sofrera na sua vida pregressa ficou fora do domínio público. Passei a ser o único a conhecer sua história e a chamá-la de Rosie. O resto do mundo a conhecia por Nalini. Saí do marasmo e comecei a procurar contatos na cidade. Participava de encontros e reuniões na universidade, na prefeitura, no clube e em vários gêneros de grupos, em busca de uma oportunidade. Quando os alunos do Albert Mission College planejavam a festa de encerramento anual, consegui imiscuir-me neles graças a uma remota ligação com um funcionário do grêmio estudantil que havia sido meu colega nos tempos da escola no *pyol*. Então sugeri:

"Por que não um recital de dança em vez da tragédia shakespeariana de sempre?"

Insisti tanto e com tal veemência na importância da revitalização da arte tradicional indiana, que não puderam me ignorar facilmente e tiveram que me ouvir. Só Deus sabe onde arrumei tanta eloquência. Fiz uma verdadeira preleção sobre o valor da nossa cultura e o papel que nela ocupa a dança, de modo que eles simplesmente se viram obrigados a aceitar meu ponto de vista. Alguém questionou se um espetáculo de dança clássica adequava-se a uma assembleia estudantil. Argumentei que a dança tradicional poderia também ser apreciada como o mais alegre dos entretenimentos, dada sua versatilidade. Eu era um homem imbuído de uma missão. Vestia-me com a sobriedade requerida pelo papel – camisa de seda crua, manto tradicional, *dhoti* fiado e tecido a mão – e usava óculos sem aro, um presente de Marco em um de nossos primeiros encontros. Usava ainda relógio de pulso, e esse conjunto – na minha visão – conferia-me tamanha autoridade que os levava a me ouvir com o máximo respeito. Eu mesmo sentia que havia me transformado em outra pessoa. Deixara de ser o velho Raju da Ferrovia e também desejava ardentemente que o meu velho eu pudesse ser sepultado, como Rosie fizera com o seu, a partir do uso de um novo nome. Mas, por sorte, isso não era importante. Ninguém parecia ligar para a minha vida pessoal, ao contrário da população que vivia nos arredores da ferrovia. E ainda que viessem a saber das minhas falcatruas, tinham mais com que se preocupar do que com os altos e baixos da minha trajetória. Nunca imaginara que eu fosse capaz de discorrer com tanta fluência sobre temas culturais. Tirei o máximo proveito do parco vocabulário que aprendera com Rosie. Descrevi *Os pés dançantes* e expliquei seu significado palavra por palavra – por pouco não cheguei a dar eu mesmo uma demonstração da coreografia. Ouviam-me boquiabertos. Atirei, por fim, uma derradeira isca ao comitê: convidei-os a assistir uma amostra do espetáculo. Concordaram, entusiasmados. Referia-me a ela como sendo uma prima que estava de visita e que já era famosa em sua cidade de origem.

Na manhã seguinte Rosie arrumou tão bem a sala que nem parecia tão ruim assim. Decorara o ambiente com flores de flamboyanzinho. Colocou o buquê num recipiente de bronze em um canto, o que deu um toque de beleza à nossa modesta casa. Afastou para o fundo do cômodo nossas esteiras, algumas caixas, banquinhos e outras tralhas, jogou um *dhoti* por cima da pilha e, com habilidade, recobriu tudo com um tapete listrado que desencovara debaixo da cama. Deu assim ao ambiente um ar de mistério. Sacudiu ainda o velho tapete e enrolou-o de modo que as partes esfarrapadas não ficassem à mostra. Tratou de aprontar xícaras fumegantes de café. Foi uma exímia preparação, que visava conquistar a simpatia do público. Os rapazes, dois deles, chegaram e bateram à porta. Abri e lá estavam eles. Rosie pendurara também um lençol estampado na passagem para a cozinha e escondera-se atrás dele. Abri a porta e vi os dois sujeitos.

"Ah! Vocês vieram!", exclamei, como se previsse que não o fariam.

Parecia-me indicado criar um clima descontraído. Deram um sorriso forçado, como quem admite que a incumbência que os trazia não lhes era dura, pois implicava fruir das graças de uma provável beldade.

Acomodei-os numa esteira, conversei brevemente acerca do panorama político internacional e disse em seguida:

"Dispõem de algum tempo, imagino? Vou ver se a minha prima está disponível."

Atravessei a cortina que isolava a cozinha e lá estava ela, de pé. Sorri e pisquei para ela. Ela permaneceu imóvel, mas sorriu para mim também. Apreciávamos essa encenação – tínhamos a sensação de já estar montando um espetáculo. Ela havia prendido os cabelos com um coque à nuca, adornara a fronte com um ponto central de vermelhão, maquiara levemente o rosto com pó de arroz e vestira um sari de algodão azul: uma simplicidade obtida com grande premeditação. Após cinco minutos de espera silenciosa, acenei com a cabeça e ela seguiu-me até a sala.

O secretário e o tesoureiro ficaram de queixo caído. Eu disse: "Apresento-lhe meus amigos. Por favor, sente-se."

Ela sorriu e sentou-se numa esteira ligeiramente afastada. Compreendi naquele exato momento que o sorriso dela era um verdadeiro 'Abre-te sésamo' para seu futuro. Um silêncio constrangedor perdurou por um instante, então eu disse:

"Eles são uns amigos meus que estão organizando um *show* de variedades do grêmio estudantil e gostariam de saber se você estaria disposta a participar de algum jeito."

Ela perguntou, franzindo as sobrancelhas com ar superior:

"Variedades? E quais seriam as outras apresentações?"

Eles responderam em tom de desculpas:

"Alguns números mascarados, imitações e coisas do gênero."

Ela perguntou ainda:

"E como pretendem encaixar minha apresentação? De quanto tempo disporei?"

Ela controlava a organização do programa deles. Bastante atrapalhados, disseram:

"Uma hora ou uma hora e meia; como preferir."

Ela então deu início a sua preleção:

"Por favor, compreendam que um espetáculo de dança não é como um *show* de variedades. Requer tempo para ser construído. E continua a evoluir durante a própria apresentação, numa verdadeira interação entre quem executa a *performance* e quem assiste."

Eles concordaram em gênero, número e grau com o que ela dizia. Eu interrompi para dizer:

"O principal propósito da visita deles hoje, além de, naturalmente, conhecê-la, é também saber se poderia conceder-lhes uma pequena amostra da sua arte. Será que você teria essa bondade?"

Ela entortou a cara, resmungou, hesitou e não disse nada.

"O que foi? Estão esperando que você responda. São pessoas ocupadas."

"Ah, não. Não há necessidade de apressar a dama. Podemos esperar."

"Mas como...? Como posso fazer isso agora...? Sem nenhum acompanhamento musical... Sem música não gosto de..."

Ela gaguejava dessa forma quando a interrompi:

"Ah, mas não seria uma verdadeira apresentação. Apenas uma pequena amostra. Quando chegar a hora do espetáculo teremos o devido acompanhamento musical. Mas agora dispomos do elemento mais importante, que, afinal de contas, é você."

Procurei persuadi-la com lisonjas e os dois imitaram-me alegremente. Rosie acabou cedendo, ainda hesitante, e disse:

"Já que querem tanto assistir, não farei desfeita. Mas não poderão me culpar se não ficar bom."

Foi para trás da cortina, voltou trazendo café numa bandeja e sentou-se.

Por pura cerimônia eles disseram:

"Não devia se incomodar..."

Insisti para que aceitassem.

Enquanto bebericavam seus cafés, Rosie deu início à dança, cantarolando com suavidade uma canção. Arrisquei marcar o tempo com as mãos, como um verdadeiro iniciado. Os rapazes assistiam vidrados. Ela parou de repente, enxugou o suor da testa, respirou fundo e, antes de prosseguir, disse:

"Não marque o ritmo; assim você me atrapalha."

"Tudo bem", assenti com um sorriso amarelo, procurando não me mostrar humilhado. E murmurei: "Ah! Ela é de uma precisão extrema; sabem como é..."

Eles balançaram a cabeça. Ela terminou a coreografia e perguntou:

"Continuo? Será que devo apresentar *Os pés dançantes*?"

"Claro, claro!", exclamei, feliz por ter sido consultado. "Prossiga. Eles vão gostar."

Quando se recobraram do encanto, um deles disse:

"Tenho que admitir que nunca me interessou a *Bharat Natyam*, porém, assisti-la foi muito edificante. Agora compreendo por que deixa tantas pessoas extasiadas."

O outro disse:

"Meu único receio é que ela seja boa demais para o nosso evento. Mas não faz mal. Reduzirei as outras apresentações para oferecer a ela o tempo que desejar."

"É também nosso dever educar o gosto do público", disse eu. "Não devemos subestimar a sensibilidade estética das pessoas e nivelar por baixo. Devemos aguçá-la, oferecendo sempre o melhor."

"Acho que podemos fazer um primeiro ato com o programa de variedades e aquela baboseira toda. Depois do intervalo, o restante do *show* inteirinho pode ficar por conta dela."

Ergui os olhos para ela por um segundo, em busca de aprovação, e disse:

"Ela ficará, sem dúvida, satisfeita em ajudá-los. Mas vocês precisam providenciar os tocadores de tambores e demais instrumentistas de acompanhamento."

Desse modo consegui finalmente os músicos que desde o início Rosie vinha desejando e de cuja falta se queixava.

CAPÍTULO NOVE

Minhas atividades subitamente se multiplicaram. O evento no grêmio foi apenas o começo. Como um foguete, ela decolou. Seu nome tornou-se de domínio público. Já não era necessário que eu a apresentasse ou fizesse qualquer tipo de introdução aos espetáculos. Só cogitar em fazer isso já seria ridículo. Comecei a me tornar conhecido porque era seu agente, não vice-versa. Ela ficara famosa porque de fato possuía um dom e o público o percebeu. Agora – só agora – consigo falar racionalmente sobre isso. Na época fiquei presunçoso, pois julgava que ela fosse uma criação minha. Hoje em dia sou levado a crer que nem mesmo Marco teria conseguido impedi-la por muito tempo; mais cedo ou mais tarde ela teria se liberado e seguido o próprio caminho. Não se deixe enganar pela minha atual humildade; naquela época minha vaidade não conhecia limite. Quando a assistia num grande auditório com milhares de olhos focados nela, não tinha a menor dúvida de que o público também me apontava, comentando: "É aquele sujeito ali; se não fosse por ele..." E imaginava ondas de bajulação acariciando os meus ouvidos. Em todos os espetáculos eu ocupava – por direito adquirido – a poltrona central da primeira fila. Fizera saber – onde quer que se desse o *show* – que aquele deveria ser o lugar a mim destinado, e que, se assim não fosse, Nalini não teria condições de se apresentar. Ela necessitava da minha presença inspiradora. Eu sacudia a cabeça com discrição e por vezes até tamborilava suavemente, acompanhando o ritmo. Quando nossos olhares se cruzavam, eu sorria para ela, com cumplicidade. Por vezes eu lhe fazia alguma sinalização por meio do olhar ou de um pequeno gesto, sugerindo alguma mudança ou até uma critica à sua *performance*. Agradava-me o fato de ter sempre sentado a meu lado o principal promotor do evento, que volta e meia inclinava-se para me dizer alguma coisa. Todos gostavam de ser vistos conversando comigo. Era quase como gozar da proximidade com Nalini em pessoa. Eu balançava a cabeça, ria de maneira comedida e respondia com uma certa cordialidade – deixando o público pagante imaginar o assunto da conversa, embora em geral não passasse de "A sala parece lotada".

Eu dava uma olhada na direção do fundo do auditório, como que estimando o público, e dizia: "É... está cheio." E rapidamente me virava, já que o meu papel exigia a compostura de olhar sempre à frente. Nenhum espetáculo começava sem o meu aceno ao contrarregra, indicando que podia levantar a cortina. E jamais autorizava o início sem antes certificar-me de que tudo estava de acordo. Eu controlava a iluminação, a disposição dos microfones e inspecionava todo o ambiente como alguém que avalia a qualidade do ar e a solidez do teto e indaga se os pilares estão à altura de suportar o peso da circunstância. Eram atitudes que criavam tensão e essa atmosfera impulsionava a carreira de Nalini. Apenas quando satisfeitas todas as condições o *show* tinha início e seus organizadores sentiam-se como que tendo alcançado um difícil objetivo. Evidentemente pagavam um cachê pelo espetáculo e havia a renda da bilheteria, mas nem por isso eu deixava de dar a impressão de que, ao consentir uma exibição, estava na realidade lhes fazendo um obséquio. Eu era um homem rígido. Quando achava que a apresentação já havia durado tempo suficiente, consultava meu relógio de pulso e, com um ligeiro aceno de cabeça meu, Nalini compreendia que deveria encerrá-la com o número seguinte. Não levava a sério eventuais sugestões que me eram feitas. Às vezes pedacinhos de papel voavam do fundo do salão com pedidos de determinados números. Eu fazia uma cara tão feia quando me chegava alguma dessas solicitações que as pessoas passaram a ficar receosas de fazer esse tipo de coisa. Logo se desculpavam: "Veio parar aqui, mas não sei de onde surgiu. Deve ter sido alguém dos assentos lá detrás..." Eu pegava o papel com uma carranca e o lia com uma expressão de tédio e condescendência, para em seguida descartá-lo por sobre o braço da poltrona; o pedido caía no tapete e no perpétuo esquecimento. Dava a entender que tal método poderia ser usado com artistas de menor gabarito, mas jamais funcionaria conosco.

Um minuto antes de baixar a cortina, eu olhava para o secretário e fazia sinal para que se aproximasse. Perguntava:

"O carro está pronto? Aguarde-me na outra saída, por favor, longe da multidão. Gostaria de fazê-la sair com tranquilidade."

Era uma declaração completamente falsa. Eu adorava escoltá-la diante da multidão embasbacada. Algumas pessoas permaneciam vagando pelo local depois do espetáculo, tentando a sorte de vislumbrar a estrela. Eu caminhava à frente ou ao lado dela, de forma descontraída. No fim do *show*, presenteavam-na com uma enorme guirlanda de flores; eu também recebia uma, que aceitava com relutância.

"É mesmo uma insensatez fazer despesa com flores para mim!"

Eu segurava a guirlanda de modo desajeitado e muitas vezes, diante da multidão, a entregava a Nalini, com um gesto teatral, afirmando:

"Tome! Você merece as duas!"

E a obrigava assim a carregá-la em meu lugar.

Imperava o mundo do *show business* até chegarmos à privacidade de nossa casa, quando ela podia esquecer as horas de inúmeras restrições e formalidades, abraçar-me livre e apaixonadamente e dizer:

"Nem com outras sete encarnações poderei saldar minha dívida com você!"

Enchia-me de orgulho, mas ao mesmo tempo considerava suas palavras um reconhecimento merecido. Ela envolvia as flores meticulosamente numa toalha úmida, de modo que na manhã seguinte ainda mantivessem o frescor.

Nos dias de espetáculo ela preparava nosso jantar durante a tarde. Poderíamos, sem dificuldade alguma, ter contratado alguém para os trabalhos domésticos, mas ela sempre dizia:

"Afinal, somos apenas duas pessoas; não precisamos de ninguém estorvando dentro de casa. Além disso, não quero me afastar de todo das minhas obrigações de dona de casa."

Comentava o espetáculo do dia ao longo de toda a nossa refeição: criticava alguma questão logística ou ligada ao acompanhamento musical; de como fulano ou cicrano não conseguira acompanhar o ritmo. Vivia imersa na aura da apresentação recém-concluída. Por vezes, terminado o jantar, chegava a dar alguma demonstração do que dizia. Depois pegava um livro para ler até a hora de irmos para a cama.

Em poucos meses tive que sair de minha velha casa. Sait conseguira uma liminar que lhe assegurava a posse da propriedade até o julgamento. Meu advogado encontrou-me para dizer:

"Não há com que se preocupar. Isso significa apenas que será ele quem deverá pagar os impostos relativos ao imóvel, até mesmo os atrasados, se houver. Claro que a assinatura de sua mãe também será necessária, e também cuidarei disso. É apenas como se você estivesse hipotecando a casa para ele. Se permanecer, deverá pagar aluguel, ainda que simbólico."

"Pagar aluguel por minha própria casa!", exclamei. "Se for obrigado a pagar aluguel, prefiro morar numa casa melhor."

Aquela casa passara a não se adequar a nosso prestígio em ascensão. Não podíamos receber visitas. Não havia nenhuma privacidade ou espaço para mobília. Meu pai concebera uma casa apropriada a um dono de venda, não a um empresário de renome, agente de uma promissora celebridade.

"Além disso, não dispomos de um espaço adequado para você ensaiar", argumentei com Nalini, quando ela fez objeções à perspectiva de mudança. Apegara-se àquela casa, talvez por ter sido o primeiro lugar que lhe ofereceu asilo.

O advogado foi até o povoado e voltou com o documento assinado por minha mãe.

"Qual foi a reação dela?", não pude evitar de perguntar.

"Não foi ruim, não foi ruim", respondeu o especialista em postergação. "Bem, é claro que não se pode esperar que uma pessoa idosa possua uma visão como a nossa. Tive que argumentar para convencê-la e seu tio mostrou-se um sujeito difícil."

Quatro dias depois chegou uma carta de minha mãe, escrita a lápis em papel pardo, onde se lia:

"(...) Terminei assinando não porque concorde, mas porque, se não assinasse, o advogado não iria embora daqui, e seu tio não aceitava a presença dele. Esta situação me aborrece muito. Estou farta disso tudo. Assinei sem o consenso de seu tio; aproveitei-me de um momento em que ele estava no quintal, de modo que o advogado pudesse partir ileso. Mas, sinceramente, o que significa isso? O advogado me disse que você está em busca de uma nova casa para aquela mulher. Se assim for, poderei voltar a morar na minha velha casa. Pois este é o meu desejo: passar o resto dos meus dias na minha própria casa."

Minha mãe fora generosa em deixar de lado seu rancor e me escrever. Fiquei comovido com seu desvelo, mas perturbado com sua intenção de regressar. Era mais que compreensível, porém a ideia me incomodava. Seria melhor deixar que Sait sequestrasse a casa e encerrar a questão de uma vez por todas. Afinal, quem queria um casebre daqueles? Para que minha mãe morasse lá, eu seria obrigado a pagar aluguel a Sait. Quem cuidaria dela? Analisei o problema de vários pontos de vista e deixei a carta de minha mãe sem resposta. Mudei-me para uma nova casa e passei a não ter tempo para mais nada; toda aquela agitação silenciou minha consciência. Lamentava, mas refletia: "Afinal, ela gosta tanto do irmão... Ele cuidará bem dela. Por que raios tinha que voltar para aquela casa para morar sozinha?"

A elegante casa em New Extension estava muito mais em sintonia com nosso novo *status* social. Era composta de dois pavimentos num amplo terreno com gramado, jardim e garagem. Nossos quartos ficavam no andar de cima, assim como a grande sala onde Nalini praticava e ensaiava. Ela decorara o pavimento de mármore com um espesso tapete de seda azul, deixando um espaço livre para seus movimentos. Num dos ângulos dei um jeito de instalar um pedestal com uma escultura de bronze de Nataraja dançante. Funcionava como seu estúdio e seu escritório. Ela passara a dispor de um grupo de cinco músicos em caráter permanente: um tocador de tambor, um flautista, além de outros instrumentistas. Servia-se também de um "mestre de dança" que descobri em Koppal; um homem que aprofundara ao longo de meio século seus estudos e conhecimentos em dança clássica e morava em seu vilarejo natal. Um verdadeiro achado, fruto de minha apurada pesquisa. Providenciei que viesse a Malgudi e alojei-o num anexo, construído no nosso terreno. Todo tipo de gente frequentava nossa casa: era um incessante ir e vir. Tínhamos uma numerosa equipe de empregados: um motorista para nosso carro particular, dois jardineiros para cuidar do jardim, um vigia de etnia *gurkha* que ficava com uma adaga na cintura, de sentinela no portão e ainda dois cozinheiros, pois nossas recepções tornaram-se bastante frequentes. Como disse, uma variedade de pessoas entrava e saía da nossa propriedade o tempo todo: os músicos acompanhados de parceiros ou amigos, profissionais que tinham encontros com hora marcada comigo, nossos empregados domésticos e alguns de seus colegas e outros mais. Meu escritório funcionava no térreo e eu tinha um secretário à disposição – um jovem formado na universidade local, que cuidava da minha correspondência.

Havia três ou quatro categorias de visitantes. Alguns eram recebidos na varanda: os instrumentistas ou outros músicos, candidatos a integrar o grupo que acompanhava Nalini. Eu não lhes dava muita atenção. Todo dia cerca de dez pretendentes solicitavam uma entrevista comigo. Muitos vagueavam do lado de fora, à espera de uma oportunidade para falar comigo. Eu entrava e saía sem lhes dirigir a palavra. Em minha presença levantavam-se em sinal de respeito e cumprimentavam-me com cerimônia. Quando algum dentre eles conseguia me interceptar, eu me via obrigado a fazer de conta que lhe dava ouvidos e encerrava o colóquio dizendo:

"Deixe seu endereço com meu secretário. Se surgir uma oportunidade, ele entrará em contato."

Quando brandiam um maço de cartas de recomendação, eu dava uma espiada rápida e dizia:

"Bom, bom, muito bom. Mas não tenho nada a lhe oferecer no momento. Deixe seu nome no escritório..."

E seguia em frente.

A varanda era atulhada de bancos, todos ocupados por pessoas que passavam o dia inteiro ali sentadas, a fim de conseguir uma audiência comigo. Eu as tratava com a menor das atenções. Meu comparecimento ao escritório era esporádico, o que as obrigava a tentar a sorte na esperança de me ver. Compositores desconhecidos ofereciam canções criadas especialmente para Nalini. De vez em quando, alguém dava uma espiada para dentro da sala – o que era tacitamente por mim consentido – na tentativa de falar comigo quando eu estava à minha mesa de trabalho. Jamais ofereci assento a esse tipo de visitante, mas não me importava que tomasse a iniciativa. Se quisesse me livrar dele, bastava deslocar minha cadeira para trás, levantando-me de modo brusco e entrando em casa. Cabia ao secretário providenciar que o intruso se retirasse. Quando, da janela da frente, eu avistava uma multidão do lado de fora à minha espera, recorria a uma saída estratégica por uma porta lateral que dava direto na garagem e dali – uma vez dentro do carro – saía pelo portão, diante do olhar impotente da turba. Sentia-me imensamente superior a todos.

Além dos que vinham de modo humilde e suplicante, havia outros que apresentavam propostas genuínas. Eram visitantes de categoria superior. Eu os recebia no sofá da sala e tocava a sineta para que o café fosse servido. Havia café disponível noite e dia para meu círculo privado. Só com café gastávamos trezentas rupias por mês, quantia suficiente para manter com certo conforto uma família de classe média. Receber na sala era sinônimo de alto custo com bandejas incrustadas de latão, bibelôs de marfim, fotos do grupo com Nalini no centro e outras coisas mais. Sentado naquela sala, eu olhava ao redor e saboreava a satisfação de perceber que havia chegado lá.

Onde estava Nalini em meio a isso tudo? Longe, fora do alcance da vista. Ela passava a maior parte do dia no estúdio, ensaiando na companhia dos músicos. Escutavam-se as batidas de seus pés e o tilintar das tornozeleiras, vindos do andar de cima. Ela finalmente vivia a vida que sempre sonhara. Os visitantes ansiavam por vislumbrá-la ao entrar ou sair da casa. Sabiam o que buscavam quando lançavam olhares furtivos à porta do corredor. Porém certificava-me de que ela não seria vista por ninguém. Eu a monopolizava e nenhuma outra pessoa tinha algum direito em sua vida. Se alguém ousasse perguntar por ela, eu simplesmente dizia: "Está muito ocupada." Ou ainda: "Não pode ser incomodada. Já falaram comigo e isso é o bastante."

Ofendia-me quando tentavam estabelecer contato direto com ela. Nalini era de minha propriedade. Essa ideia enraizava-se de forma cada vez mais profunda dentro de mim.

Havia, contudo, uns poucos amigos do meu círculo estreito que eu levava ao aposento dela no andar de cima. Era um grupo muito seleto, formado pelos mais íntimos; antes eu nunca cultivara amigos, mas a partir de então, todos queriam conquistar minha amizade. Trocava tapinhas nas costas com dois juízes, com quatro importantes políticos em âmbito municipal (capazes de levantar 10 mil votos a qualquer momento, por qualquer causa), com dois grandes empresários têxteis, um banqueiro, um vereador e ainda com o editor de *A verdade*, revista semanal que, de tempos em tempos, publicava matérias sobre Nalini. Estes eram os que podiam pôr os pés em minha casa sem hora marcada, pedir café e demorar quanto bem quisessem. Chamavam-me informalmente "Raj". Comprazia-me em manter relações amigáveis com eles, pois eram homens de influência e dinheiro.

Fora essas pessoas, Nalini recebia em nossa casa a visita de músicos, dançarinas, atrizes e atores que passavam horas a fio com ela. Nalini adorava a companhia desses seus amigos; com frequência eu os via no estúdio, alguns esparramados nos tapetes, outros sentados de pernas cruzadas no chão, todos conversando e rindo à vontade, enquanto se serviam de café e comida. Vez por outra eu subia para bater papo com eles, mas tinha sempre a sensação de ser um peixe fora d'água naquele ambiente artístico. Por vezes irritava-me vê-los tão felizes e despreocupados. Fazia sinal para que Nalini viesse comigo até o quarto, como se tivesse que tratar com ela de um assunto privado de grande importância, e, quando ela fechava a porta atrás de si, dizia com voz sussurrada:

"Quanto tempo ainda vão ficar aqui?"

"Por quê?"

"Já passaram o dia todo e desse jeito vão acabar emendando noite adentro..."

"Bem, eu gosto muito da companhia deles. É simpático que venham nos visitar, não acha?"

"Ah! Como se nos faltassem visitas!"

"Sim, eu sei, não é isso... Mas como posso mandá-los embora? E me alegra estar com eles."

"Compreendo. Mas lembre-se de que você precisa descansar, pois amanhã temos uma viagem de trem pela frente. Você ainda precisa preparar sua bagagem e voltar a ensaiar. Não se esqueça de que prometeu coreografias inéditas para esse espetáculo em Trichy."

"Dá pra fazer tudo tranquilamente!", disse ela, dando-me as costas.

Depois voltou para junto de seus amigos e fechou a porta na minha cara.

Eu me roía por dentro. Queria que ela fosse feliz – mas apenas na minha companhia. Aquele grupo de colegas do ambiente artístico não gozava da minha aprovação. Conversavam muito sobre seus trabalhos e eu temia que Nalini revelasse algum de nossos segredos profissionais.

Ela nunca perdia a oportunidade de reunir-se com colegas do ramo; não importa onde estivéssemos, Nalini sempre dizia:

"É gente abençoada pela Deusa Saraswathi e são boas pessoas. Gosto de conversar com elas."

"Você não conhece o mundo: são todos invejosos. Não sabe que os verdadeiros artistas não se frequentam? Essa gente a procura porque é inferior."

"Estou farta dessa conversa de superioridade e inferioridade. Em que somos realmente superiores?", perguntou ela, cheia de indignação.

"Bem, você fechou mais contratos do que cem deles juntos", respondi.

"E o que significa ganhar mais dinheiro?", questionou ela. "Não dou tanta importância a esse gênero de superioridade."

De forma crescente começaram a aflorar entre nós discussões e disputas, o que, achava eu, foi o toque final para caracterizar nossa convivência como uma típica relação conjugal. Seu círculo alargava-se. Artistas de primeira e segunda linha, professores de música, diletantes locais, garotas em busca de ideias para suas apresentações escolares, todo tipo de gente a procurava. Sempre que podia, eu impedia essas visitas, mas quando conseguiam escapulir e se infiltrar no segundo andar, já não havia nada que eu pudesse fazer. Nalini os recebia por horas a fio e praticamente não os deixava ir embora.

Éramos requisitados para apresentações a centenas de milhas de distância. Nossa bagagem estava sempre pronta para a próxima viagem. Às vezes deixávamos Malgudi por quase duas semanas seguidas. Nossos compromissos profissionais nos levaram a todos os cantos da Índia do Sul: de Cabo Comorin, no extremo austral, até as proximidades da área de influência de Bombaim, de uma costa à outra. Eu dispunha de um mapa e de um calendário de modo a melhor organizar nosso roteiro. Analisava os convites e sugeria datas alternativas, de modo a encaixar diversas apresentações numa única viagem. Planejar nosso itinerário para cada temporada consumia muito da minha energia. Ficávamos fora por cerca de vinte dias no mês, e durante os dez dias que passávamos em Malgudi havia sempre cerca de duas exibições nas proximidades; os restantes eram nossos dias de repouso. Era uma agenda extenuante e, onde quer que eu estivesse, meu secretário mantinha-me informado e a par da correspondência e recebia instruções por telefone, diariamente. A agenda lotava com três meses de antecedência. Eu assinalava em vermelho as datas dos *shows* no grande calendário que, de início, pendurara no estúdio de dança. Porém ela protestou:

"É feio. Tire isso daí."

"É para que você tenha uma ideia clara da sequência dos espetáculos."

"Não é necessário", disse ela. "De que me serve olhar para essas datas?" Enrolou o calendário e colocou-o em minhas mãos. "Não quero ver isso. Saber de tantos compromissos só faz gerar ansiedade."

Quando eu pedia que se aprontasse para o trem, ela se aprontava; quando pedia que descesse, ela descia; entrava e saía dos trens sob meu comando. Suponho que nem sequer notasse em que cidade estávamos, em que *sabha* ou qual associação nos patrocinava. Dava no mesmo, creio eu, que fosse Madras ou Madura, ou um vilarejo nas montanhas, como Ootacamund. Quando a ferrovia não alcançava o nosso destino, um carro vinha nos buscar no fim da linha. Alguém nos aguardava na plataforma, acompanhava-nos à limusine estacionada fora e nos conduzia até um hotel ou bangalô. Os músicos da banda eram levados em grupo e comodamente alojados em outro local. Eu procurava mantê-los sempre de bom humor, dando exageradas mostras de preocupação com o conforto deles:

"São nossos acompanhantes. Espero que tenham providenciado hospedagem adequada para eles também."

"É claro que sim, senhor. Reservamos dois quartos espaçosos para o grupo."

"Mais tarde deverão enviar um carro para trazê-los ao hotel."

Eu sempre fazia questão de buscá-los e tê-los a postos duas horas antes da apresentação. Esses instrumentistas eram tipos desregrados, capazes de ir dormir, sair para compras ou jogar cartas sem dar a mínima para o relógio. Lidar com eles requeria arte – era fundamental mantê-los de bom humor, caso contrário podiam pôr a perder o espetáculo e culpar o destino ou o astral. Pagava-lhes bem. Fazia questão de demonstrar que eu me preocupava com o bem-estar deles, mas mantinha a devida distância. E tomava precauções para evitar que criassem intimidade com Nalini.

Se o *show* fosse às seis horas, eu geralmente insistia em que Nalini descansasse até as quatro da tarde. Quando nos hospedavam em residências privadas ela ficava num bate-papo interminável com as mulheres da casa. Era preciso que eu me aproximasse e dissesse, com doçura e firmeza:

"Acho melhor você descansar um pouco agora. Ontem a viagem de trem não foi das mais confortáveis."

Ela então terminava a frase ou aguardava que concluíssem o que estava escutando e dirigia-se ao quarto que nos fora destinado.

Irritava-se com a minha interferência e dizia:

"Por que você me afasta das pessoas? Sou um bebê, por acaso?"

Eu explicava que agia assim para o bem dela. Mas sabia que isso era apenas meia verdade. Se sondasse meu coração, saberia que a isolava porque não gostava de vê-la divertindo-se na companhia de outras pessoas. Meu desejo era mantê-la numa torre de marfim.

Quando tínhamos que viajar logo após o *show*, eu providenciava que já houvesse um carro à nossa espera ao fim do espetáculo que nos conduzisse diretamente à estação ferroviária. No trem, mandava servir uma refeição em utensílios de prata ou aço inoxidável e jantávamos a sós, na privacidade da nossa cabine exclusiva. Porém tratava-se de uma trégua de curta duração, porque logo recomeçava tudo do início: descer numa outra estação, fazer outro espetáculo e tornar a partir em viagem. Quando passávamos por lugares importantes, ela às vezes pedia para visitar algum templo famoso, ir fazer compras numa determinada loja ou ver alguma outra atração local. Eu sempre respondia:

"Sim, sim. Vou fazer o máximo para encaixar isso na nossa programação."

Mas nunca conseguia, visto que sempre havia outro trem a pegar e outro compromisso a cumprir. Uma série de atos mecânicos nos aguardava, dia após dia – as mesmas recepções na estação, encontros frenéticos com organizadores ansiosos, instruções e advertências, a mesma poltrona central na primeira fila, discursos, comentários e sorrisos, as conversas de formal cordialidade, guirlandas, fotos e *flashes*, despedidas e saudações até ir embora no próximo trem, embolsando a coisa mais importante: o cheque.

Pouco a pouco deixei de dizer "Estou indo para Trichy porque Nalini tem uma apresentação"... Dizia simplesmente: "Apresento-me em Trichy no domingo e na segunda meu programa..." E ainda: "Posso dançar na sua cidade só em..." Exigia – e recebia – o cachê mais elevado do país. Quem me contatava para negociar um espetáculo era tratado como pedinte; minha renda mensal era exorbitante, minhas despesas com empregados e todo tipo de luxo não ficavam atrás, assim como a soma paga em impostos, que também era enorme. Apesar disso, Nalini encarava tudo com uma ponta de resignação em vez de um vibrante entusiasmo. Pensar que demonstrara felicidade muito maior na nossa velha casa, mesmo com meu tio por perto a insultá-la.

Nalini tratava com carinho cada guirlanda que ganhava no fim das apresentações. Habitualmente as podava, borrifava com água e as dispunha com capricho, mesmo durante uma viagem de trem. Uma vez, segurando um desses buquês e aspirando seu perfume, ela declarou:

"De tudo o que fazemos, para mim esta é a única verdadeira satisfação."

Estávamos num trem quando ela fez essa afirmação. Perguntei:
"Por que diz isso?"
"Adoro jasmim."

"Não o cheque que vem junto?"

"O que se faz com tanto dinheiro? Você passa o dia todo recebendo cheques; sete dias por semana, numa frequência cada vez maior. Mas quando chegará o momento de desfrutar desses cheques?"

"Ora, você tem uma verdadeira mansão, um automóvel de luxo e tudo o mais..."

"Não sei...", disse ela, ainda em tom melancólico, de humor instável. "Adoraria poder misturar-me à multidão, passear, assistir a um espetáculo sentada no auditório e sair à noite sem ter que estar maquiada e vestida para o palco!"

Uma perigosa perda de motivação parecia ameaçá-la. Achei melhor não bulir com ela. Talvez desejasse ter menos compromissos, porém isso não era possível. Perguntei:

"Você não está insinuando que sofre de dor nas pernas, está?"

Obtive o efeito que buscava. Cutucara seu orgulho e ela retrucou de pronto:

"Claro que não! Posso dançar por várias horas seguidas a cada apresentação. Só paro porque você manda."

"Sim, é verdade", exclamei. "Porque não quero que você se desgaste além da conta."

"Não é só por isso; é porque você sempre quer ir embora no mesmo dia. Não sei que diferença faria se partíssemos no dia seguinte..."

Não permiti que terminasse a frase. Chamei-a de garota esperta de modo lisonjeiro, ri e levei aquilo na gozação. Acariciando-a, fiz com que esquecesse o assunto. Achei que aquela era uma linha de raciocínio perigosa. Soava-me como um absurdo que ganhássemos menos do que o máximo que conseguíssemos. Minha filosofia era que enquanto durasse, deveríamos sugar a maior quantidade de dinheiro possível. Necessitávamos de toda a grana deste mundo. Se eu fosse menos rico, quem se importaria comigo? Onde iriam parar os sorrisos que me gratificavam para onde quer que eu dirigisse o olhar? E a anuência respeitosa dos que se sentavam a meu lado durante o *show* ao ouvir meus comentários? A ideia de ter que me contentar com menos, me apavorava.

"É pecado não trabalharmos e acumularmos uma boa margem de lucro nos momentos favoráveis. Quando estivermos em baixa, ninguém irá nos ajudar."

Eu planejava grandes investimentos tão logo fosse possível – assim que pudéssemos contar com uma margem de lucro um pouco maior. Até aquele momento, o estilo de vida e as frequentes recepções que eu havia instituído consumiam todos os nossos recursos.

Às vezes ela dizia:

"Gastar dois mil por mês! E somos apenas nós dois... Não há modo de vivermos com mais simplicidade?"

"Deixe que eu cuide dessas coisas; se gastamos dois mil é porque é necessário. Devemos manter nosso *status*."

Depois de muito refletir, optei por abrir uma conta bancária no nome dela; não queria que meus credores voltassem a me importunar. Meu advogado de procrastinação trabalhava no seu ritmo: às vezes me procurava atrás de uma assinatura ou de pagamento, mas de modo geral tocava o processo sem me importunar. Nalini assinava qualquer cheque que eu pedisse.

Há algo que devo também mencionar: sempre que estava na cidade, eu reunia um grande grupo de amigos e jogávamos baralho praticamente 24 horas sem parar. Eu dispunha de uma sala só para este fim, além de dois empregados que serviam chá e café e até mesmo comida enquanto jogávamos. Destilados alcoólicos também circulavam, apesar da lei seca – bem, proibições do gênero não eram aplicáveis a um homem da minha posição, com a influência que eu tinha. Conseguira um certificado médico que me prescrevia ingestão alcoólica em caráter terapêutico. Na verdade, eu não era um grande bebedor: amornava uma dose de uísque entre as mãos por horas a fio. Possuir uma licença como a minha era um privilégio e sinônimo de prestígio social; atraía homens importantes ao meu círculo, posto que não era nada fácil obtê-la. Eu demonstrava a devida compostura diante da lei vigente e mantinha fechada a janela que dava para a rua quando servia álcool aos que não eram portadores de licença. Homens de várias estirpes tratavam-me por "Raj", dando-me tapinhas nas costas. Jogávamos pôquer de três cartas ininterruptamente por dois dias; eu sacava um cheque de mil rupias para o carteado e aguardava parceiros do meu nível. Graças às minhas relações íntimas e cordiais com toda sorte de gente, sabia o que acontecia nos bastidores do governo, no mercado, em Délhi, nas corridas dos jóquei clubes e quem seria quem na semana seguinte. Tinha poderes para obter uma passagem de trem sem reserva antecipada, socorrer alguém em apuros com a justiça, reintegrar empregados demitidos, conseguir votos para eleições corporativas, nomear conselheiros e integrantes de comitês, arranjar empregos e vagas em instituições de ensino, granjear a transferência de funcionários públicos impopulares e muitos outros serviços ou favores do gênero – faculdades que me pareciam do mais elevado mérito social e, portanto, dignas de ser compradas a preço de mercado.

No fervor dessa vida esplendorosa eu havia praticamente esquecido a existência de Marco. Quase não mencionávamos seu nome. E eu não me inteirava do fato de que ele ainda pudesse habitar a superfície do planeta. Tomei uma única precaução que julgava necessária e suficiente: nunca aceitar apresentações nas proximidades de seu local de moradia. Não queria correr o risco de ter que dar de cara com ele novamente. Não fazia ideia do que passava pela cabeça de Nalini a respeito disso. Tinha a impressão de que as lembranças ligadas a ele ainda a amarguravam e que ela preferia não evocá-las. Imaginava que todos os vínculos relacionados a ele estivessem enfraquecidos, fossilizados ou simplesmente sepultados e não mais existissem. Também imaginava que sob o nome de Nalini ela estivesse incógnita e a salvo. Porém estava enganado.

Apresentamo-nos uma semana inteira em Malgudi. Um dia chegou um livro pelo correio. A correspondência que recebíamos era variada: catálogos, programas, composições e coisas do gênero. Meu secretário abria e fazia uma triagem do material. Alguns periódicos ilustrados em inglês ou tâmil endereçados a Nalini eram enviados ao segundo andar. Eu mal via todo o material que chegava – concentrava-me nas cartas com propostas de novos contratos –, que dirá jornais e revistas!

Era um homem muito ocupado, com inúmeras obrigações, e me era completamente impossível encontrar tempo para a leitura de um livro. Instruíra meu secretário a não me incomodar com esse tipo de coisa. Porém um dia ele me trouxe um pacote, dizendo:

"Poderia dar uma olhada nisto, senhor? Achei que talvez seja de seu particular interesse."

Mostrou-me o livro já aberto. Arranquei-o da mão dele. Tratava-se de um livro da autoria de Marco, repleto de ilustrações e comentários. Continha uma mensagem escrita a lápis, onde se lia: "Ver página 158."

Procurei pela página indicada, e lá estava o capítulo: *Figurações da caverna de Mempi*. Antes do início propriamente dito, havia uma linha onde se lia: "O autor expressa seu reconhecimento a Sri Raju, da estação ferroviária de Malgudi, pelo auxílio prestado." Tratava-se de um exemplar enviado como cortesia pela editora de Bombaim, a pedido do autor. Um livro suntuoso e elegante, intitulado *A história cultural do Sul da Índia*, repleto de ilustrações artísticas, com preço de capa de vinte rupias. Provavelmente um trabalho importante sobre o tema, mas além do meu alcance.

Eu disse a meu secretário:

"Vou ler, obrigado."

Enquanto folheava o livro, me perguntava: "Por que o rapaz o trouxe às minhas mãos? Será que sabe quem é o autor? Ou...?"

Descartei a hipótese. Deve ter sido porque ficara impressionado com a beleza da capa em cor dourada e azul e com a qualidade da impressão. Provavelmente receara que se não o tivesse mostrado, eu poderia depois exigir explicações. Só isso. Agradeci, dizendo que o leria. A seguir, permaneci ali sentado, refletindo sobre o que fazer com aquele volume. Deveria levá-lo a Nalini? Pensei: "Que sentido há em incomodá-la com algo assim? Afinal, não passa de um trabalho acadêmico que já a entediou bastante no passado..." Voltei a folhear cuidadosamente o exemplar em busca de alguma carta escondida. Nada. Impessoal como uma conta de luz. Voltei à página 158 e reli a linha. Era emocionante ver meu nome impresso. Mas por que ele fizera aquilo? Perdi-me em devaneios imaginando suas motivações. Teria sido somente para manter sua palavra – já que havia prometido que o faria – ou seria uma maneira de dizer que não me esquecera, que tudo não ficaria assim em brancas nuvens? Achei de todo modo prudente guardá-lo fora do alcance de outrem. Escolhi o canto mais secreto e seguro da casa: minha arca de bebidas, próximo à sala de jogos, cuja chave eu carregava sempre comigo, junto ao peito. Coloquei o livro bem escondido lá dentro e tranquei a arca. Nalini nunca chegava nem perto dali. Jamais mencionei o livro a ela. "Afinal, o que ela tem a ver com isso?", interroguei-me. "O livro foi endereçado a mim e os agradecimentos referem-se ao serviço por mim prestado." Mas era como esconder um cadáver. Cheguei à conclusão de que nada neste mundo pode ser ocultado ou suprimido. Isto é um fato e recusar-se a aceitá-lo é querer tapar o sol com a peneira.

Três dias depois, uma fotografia de Marco apareceu na página central da *Illustrated Weekly of Bombay*, revista semanal que Nalini não deixava de ler, pois trazia fotos de casamentos e eventos sociais, reportagens e contos literários que ela apreciava muito. A foto de Marco acompanhava uma resenha intitulada *Descoberta paradigmática na história cultural indiana*, sobre o livro de sua autoria. Eu estava conferindo algumas contas no saguão, longe das visitas. Escutei passos apressados que desciam as escadas. Virei-me e a vi se aproximando, agitando a revista nas mãos, numa excitação só. Abriu a página na minha cara e perguntou:

"Você viu isso?"

Demonstrei uma surpresa calculada e disse:

"Calma; sente-se."

"É fantástico! Ele trabalhou a vida inteira com esse objetivo. Pergunto-me como será o livro..."

"Ah! É muito acadêmico. Não dá pra gente entender. Interessante para pessoas do ramo."

"Adoraria ver o livro! Será que a gente consegue um exemplar?"

E, num rompante inusitado, ela chamou meu secretário:

"Mani!" Mostrou a ele a fotografia e ordenou: "Você precisa conseguir esse livro."

Ele se aproximou, leu o texto, refletiu por um instante, olhando para mim e disse:

"Pois não, senhora."

Logo me dirigi a ele, comandando de um jeito apressado:

"Vamos logo com aquela carta. Vá pessoalmente ao correio e pague a taxa de entrega rápida."

Ele partiu. Ela continuou sentada onde estava. A não ser quando solicitada para encontrar alguma visita, ela nunca descia. Que agitação era aquela que a levava a gestos tão insólitos? Perguntei-me por um momento se não devia retirar o livro do esconderijo para que ela o visse. Isso implicaria, porém, ter que dar muitas explicações. Simplesmente omiti aquilo. Ela regressou ao segundo andar. Mais tarde notei que ela havia recortado a foto do marido e a colocara junto ao espelho de sua penteadeira. Tive um choque! Pensei em zombar dela por isso, mas não me ocorreu nenhuma fórmula, e assim acabei deixando para lá. Limitava-me a desviar o olhar quando passava diante daquele espelho.

Fora uma longa semana transcorrida na cidade; não fosse por isso, teríamos estado ocupadíssimos em nossas viagens e provavelmente aquela edição da *Illustrated Weekly* teria passado de todo despercebida. Passados três dias, tão logo nos deitamos, ela disse:

"Onde você colocou o livro?"

"Quem lhe falou sobre isso?"

"Que importa? Sei que foi enviado a você. Quero vê-lo."

"Tudo bem, amanhã eu lhe mostro."

Evidentemente Mani era o responsável. Ao contratá-lo, estipulei que deveria lidar comigo de maneira exclusiva, sem manter contato com ela; mas, pelo visto, o acordo não estava sendo respeitado. Eu o puniria por sua falha.

Ela permaneceu sentada na cama, reclinada no travesseiro, com uma revista entre as mãos que fingia ler, mas, na verdade, preparava-se para brigar. Continuou a simular a leitura por um instante e perguntou de supetão:

"Por que você queria esconder o livro de mim?"

Ela me pegou despreparado, então eu disse:

"Não podemos falar sobre isso amanhã? Agora estou com muito sono..."

Mas ela queria briga para valer e retrucou:

"Basta só uma palavra e depois você dorme: por que fez isso?"

"Não sabia que lhe interessaria."

"Por que não? Afinal..."

"Você sempre me disse que achava o trabalho dele tedioso."

"Provavelmente vou continuar achando. Mas me interesso pelo que acontece a ele. Fico feliz que obtenha reconhecimento, ainda que eu não compreenda o teor da sua contribuição."

"De uma hora para outra lhe deu na veneta querer ter notícias dele. Só que o livro foi enviado em *meu* nome, não no seu."

"E isso é motivo para escondê-lo de mim?"

"Posso fazer o que bem entender com um livro que recebi, não acha? Chega; quero dormir. E, visto que não está lendo, mas só com essas caraminholas na cabeça, faça-me o favor de apagar a luz!"

Não sei por que fui tão ríspido. A luz foi apagada, mas percebi que ela permaneceu sentada, chorando no escuro. Cogitei em pedir desculpas e reconfortá-la. Mas não o fiz. Parecia muito melancólica nos últimos tempos. Achei que lhe faria bem desabafar sem a minha interferência. Virei-me e fingi dormir. Depois de meia hora voltei a acender a luz e ela continuava chorando, quietinha.

"O que deu em você?", perguntei.

"Afinal... Afinal de contas... Ele é meu marido."

"E então? Não há motivo algum que justifique suas lágrimas. Deveria estar contente com a reputação conquistada por ele."

"Estou", disse ela.

"Então engula esse choro e vamos dormir."

"Por que se irrita tanto quando falo nele?"

Dei-me conta de que era inútil continuar tentando dormir. Achei melhor aceitar o desafio e questionei:

"Não entendo a pergunta. Por acaso não está lembrada de quando e como ele a abandonou?"

"Lembro muito bem, mas foi mais que merecido. Qualquer outro teria me estrangulado na hora. Ele tolerou minha presença por quase um mês, mesmo depois de saber o que eu havia feito."

"Você oferece duas versões dos fatos; assim é impossível saber qual delas deve ser levada em consideração."

"Não sei. Posso estar equivocada no meu julgamento. No fim das contas, ele se comportou de forma bondosa comigo."

"Mas se ele mal a tocava!"

"Você quer mesmo me maltratar desse jeito?", perguntou ela, num tom subitamente submisso. Não conseguia entendê-la. Fiquei assustado só de pensar que ao longo de muitos meses havia comido, dormido e vivido com ela sem compreender nada do que se passava em sua cabeça. O que ela realmente sentia? Era uma louca ou não? Sincera ou mentirosa? Todas as acusações contra o marido que fizera em nosso primeiro encontro não passaram de uma artimanha para me seduzir? Agora que parecia estar se cansando de mim, passaria a difamar-me como retardado e imbecil? Senti-me desorientado e infeliz. Não aceitava sua repentina afeição pelo marido. Que estado de ânimo a dominava naquele momento? Fiz o máximo que pude por ela. Sua carreira estava no auge. O que ainda a afligia? Conseguiria descobrir e achar um remédio? Percebi que havia sido negligente com muita coisa em função dos nossos intensos compromissos de trabalho.

"Precisamos tirar umas férias em algum lugar", disse eu.

"Onde?", perguntou ela num tom profissional.

Fui pego de surpresa pela sua objetividade e retruquei:

"Onde? Em qualquer lugar! Algum lugar!"

"Mas se estamos sempre indo para algum lugar. Que diferença fará?"

"Iremos para nos distrair e nos divertir, só nós dois, sem obrigações a cumprir."

"Não creio que isso seja possível, a não ser que eu caia doente ou quebre o fêmur!", disse ela com uma risadinha cruel. "Somos como um parelha de bois amarrados a um moinho: damos voltas e mais voltas, círculos sem começo nem fim!"

Sentei e disse a ela:

"Partiremos assim que concluirmos a atual agenda de compromissos."

"Daqui a três meses?"

"Sim. Assim que terminarmos as apresentações já marcadas, faremos uma pausa para respirar." Ela parecia tão incrédula diante de minhas palavras, que ainda acrescentei: "E se alguma proposta não for do seu agrado, poderá recusá-la."

"Como?"

"Como? Basta me dizer, é óbvio."

"Ah! Claro. Se você me consultasse antes de receber adiantado."

Definitivamente, algo não corria bem. Fui até a cama dela, sentei-me, dei-lhe uma sacudidela nos ombros para quebrar o gelo e perguntei:

"Mas o que há? Você não é feliz?"

"Não. Não sou feliz. E daí, o que você vai fazer?"

Joguei os braços para cima. Não sabia o que responder, mas disse:

"Bem, se você me disser o que a faz infeliz, poderei ajudar. Até onde consigo entender, não vejo motivo algum para que você se sinta infeliz: é famosa, rica e exerce o ofício que ama. Sempre desejou dançar e conseguiu realizar sua aspiração com pleno êxito."

"Só de ouvi-lo falar, já me dá náusea! Sinto-me como aqueles papagaios engaiolados exibidos nas feiras do interior, ou como uma macaca amestrada, como dizia ele..."

Ri. Achei que uma boa risada seria mais eficaz para nos descontrair do que qualquer argumentação. A faculdade da palavra é produzir mais e mais palavras, já o riso – uma boa e sonora gargalhada – tem o dom de engolir e fazer calar tudo. Contorci-me de tanto rir. Ela não poderia continuar irritada por muito tempo diante da cena. Logo se deixou contagiar: esboçou um sorriso que se transformou num riso tímido e, quando deu por si, seu corpo já rolava de rir, toda a tristeza e todo o receio dissiparam-se num grande gargalhar. Fomos dormir com o espírito mais leve e feliz – às duas da madrugada.

Passada essa pequena turbulência, retomamos nossa rotina. Depois de um intervalo de três dias, durante os quais me dediquei de corpo e alma ao carteado, evitando qualquer embate ou discussão com ela, nossos encontros foram ocasionais e fugazes. Visto que Nalini atravessava um período de instabilidade emotiva, era mais seguro manter a devida distância e evitar provocações desnecessárias. Os espetáculos do próximo trimestre eram muito importantes, pois teria início a temporada dos festivais de música e dança no Sul da Índia, a propósito dos quais eu já embolsara uma quantia significativa de adiantamentos. Tínhamos à frente um programa de viagens que chegaria a cobrir cerca de 2 mil milhas, do início até o retorno a Malgudi. Uma vez cumprida essa agenda, ela teria uma ampla margem de tempo para recuperar o bom humor antes que eu voltasse a lançá-la numa nova série de apresentações com duração trimestral. Eu não tinha a menor intenção de afrouxar nossa agenda. Parecia-me desnecessário e suicida. Minha única técnica era esforçar-me para mantê-la no melhor humor possível de um trimestre a outro.

Estávamos respeitando nossos contratos sem incidentes. Regressáramos a Malgudi. Mani tirara alguns dias de folga, de forma que eu estava cuidando pessoalmente da correspondência acumulada sobre a minha escrivaninha. Propostas de *shows* empilhavam-se de um lado. Estava receoso de negociar os acordos de pronto, como teria feito habitualmente. Ponderei que deveria consultá-la antes de responder. Era óbvio que ela deveria aceitá-los, mas eu precisava dar-lhe a impressão de que seu parecer também tinha peso. Separei a pilha de propostas.

De repente deparei com uma carta endereçada a "Rosie, pseudônimo Nalini". O endereço de um escritório de advocacia de Madras constava como remetente. Refleti por um instante acerca do que fazer com aquilo. Ela estava no andar de cima, provavelmente lendo um de seus infinitos periódicos. Fiquei tentado a abrir o envelope e nervoso com a ideia. Mas também tive um tênue impulso de entregar-lhe a carta. Uma parte sensata de mim refletia: "Afinal, está destinada a ela, que é vacinada e maior de idade. É ela que deve lidar com isso, seja lá o que for!" Porém, não passou de um átimo de lucidez e sabedoria efêmeras. Tratava-se de uma carta registrada, entregue poucos dias antes, que fora recebida por Mani e deixada sobre a escrivaninha. Tinha um lacre enorme. Observei-o apreensivo por um instante, mas encorajei-me a não me deixar intimidar por um simples lacre e abri o envelope. Sabia que ela não se importaria que eu lesse sua correspondência. A carta era escrita por um advogado que dizia: "Prezada Senhora, seguindo instruções de nosso cliente, lhe encaminhamos o documento anexo para sua assinatura. Trata-se de pedido de liberação de uma caixa de joias sob custódia bancária. (...) Assim que o recebermos de volta, providenciaremos a assinatura do segundo titular, pois, como é de seu conhecimento, trata-se de depósito em regime de conta conjunta. Tão logo obtida a liberação por parte da instituição bancária e efetivado o seguro dos valores em questão, providenciaremos o envio no devido tempo."

Fiquei felicíssimo. Isso significava então que ela estaria para receber mais joias? Claro que ela também ficaria exultante. Qual seria o tamanho da caixa? E o valor de seu conteúdo? Estas eram as questões que agitavam minha mente. Examinei a carta em busca de algum indício; mas o advogado fora sucinto. Peguei a carta e encaminhei-me para entregá-la. Porém, detive-me na escada. Voltei até meu aposento, sentei-me e permaneci ali matutando. "Deixe-me pensar bem; para que a pressa?", interroguei-me. "Ela já esperou tanto tempo por essa caixa. Uns dias a mais não farão diferença. Além disso, ela nunca mencionou nada sobre isso. Talvez não tenha interesse." De posse da carta, fui até a minha arca de bebidas e tranquei-a lá dentro. Ainda bem que Mani estava de folga, senão poderia ter criado confusão.

Depois disso, recebi visitas. Conversei com elas e à noite saí para encontrar uns amigos. Procurei me distrair de diversas formas, mas aquele escrito me perturbava. Voltei tarde para casa. Evitei o segundo andar. Ouvi o tilintar de seus adereços e pude assim deduzir que estava ensaiando. Voltei a sentar-me em minha escrivaninha, novamente de posse da carta que fora buscar na arca de bebidas. Abri com cuidado e reli o texto. Olhei para o requerimento anexo. Era um formulário impresso; após sua assinatura, viria a de Marco. Que objetivo estaria por trás do envio daquele documento? Por que essa generosidade repentina de devolver-lhe uma velha caixa? Seria uma armadilha ou o que mais poderia ser? Daquilo que me era dado conhecer da personalidade dele, concluí que deveria se tratar apenas de um correto acerto de suas contas e obrigações, similar à menção de meu nome em seu livro. Era um sujeito capaz de uma retidão fria, calculada. Seus recibos estariam assim todos em dia. É provável que para ele não tivesse sentido continuar responsável pela caixa de Rosie. Bastante correto de sua parte. O local adequado para a caixa de Rosie passara a ser o domicílio dela. Mas como lograr o envio da caixa? Se Rosie visse a carta, só Deus sabe o que faria. Temia que ela não encarasse a coisa com calma, de modo claro e objetivo, como mera transação comercial. Muito provavelmente ela perderia a cabeça. Poderia dar uma interpretação estapafúrdia ao gesto e proferir exclamações tais como: "Veja como ele é magnânimo!" Ou então fazer-se de vítima e cavar uma briga comigo. Nosso pavio estava tão curto que, uma vez aceso, era impossível prever as consequências. A simples fotografia do sujeito na *Illustrated Weekly* a fez pirar –

depois da história do livro, tornei-me muito mais cauteloso. E, com efeito, jamais permiti que ela visse o livro.

Na manhã seguinte à discussão sobre o assunto, aguardei que ela o pedisse, mas nunca o fez. Achei que seria mais seguro deixá-lo onde estava. Eu tinha o máximo cuidado. Tomava providências para que ela estivesse sempre ocupada e de bom humor – isso era muito importante. Tinha consciência de que certo estranhamento havia se estabelecido entre nós e assim fazia o possível para manter a devida distância. Sabia que era só dar tempo ao tempo para que ela voltasse a estar bem. Julguei que mostrar-lhe a carta seria uma atitude suicida, pois ela não renunciaria a discursar sobre a generosidade dele. Ou ainda seria capaz (e quem poderia garantir o contrário?) de jogar tudo para o alto, pegar o primeiro trem para Madras e voltar para a casa dele. Mas o que fazer com a carta? "Deixá-la lá, junto a garrafas de uísque, até ser esquecida!", foi a minha conclusão, acompanhada de um riso amargo.

Durante o jantar, sentamo-nos lado a lado, como de hábito, e conversamos sobre o tempo, a política em geral, o preço e o estado das verduras e tópicos do gênero. Mantive a conversa exclusivamente em torno de assuntos triviais. Se resistíssemos a mais um dia, seria perfeito. No terceiro dia estaríamos de novo em viagem e nossas atividades associadas ao corre-corre de sempre nos protegeriam de questões pessoais problemáticas.

Após o jantar, ela sentou-se no sofá da sala para mascar folhas de betel, folheou uma revista e depois subiu. Fiquei aliviado. Retomávamos o ritmo da normalidade. Permaneci algum tempo no escritório, verificando umas contas. A declaração anual de imposto de renda estava para ser enviada em poucas semanas. Examinei meu livro-caixa pessoal, de modo a averiguar em que pé estavam nossas despesas e como melhor declará-las. Após meditar sobre assuntos tão místicos, subi. Calculara haver-lhe dado tempo suficiente para ter mergulhado nas páginas de um romance ou ter caído diretamente no sono – qualquer coisa, desde que evitasse o diálogo. Estava inseguro acerca de meu próprio comportamento. Temia deixar escapar alguma deixa sobre a carta. Deitei a cabeça no travesseiro e virei-me com a fórmula:

"Acho que já vou dormir. Pode apagar a luz quando terminar?"

Ela resmungou uma resposta.

Quantas joias haveria na caixa? Teriam sido presenteadas por ele ou seriam um dote da família dela? Que outra possibilidade havia? Mas que mulher! Nunca se preocupara com as próprias joias! Talvez fossem antiquadas e ela não gostasse delas. Se fosse o caso, poderiam ser vendidas, convertidas em dinheiro vivo, de modo que fiscal algum da receita jamais suspeitaria que um dia tivessem existido! O valor deveria ser substancial, visto que eram mantidas em custódia bancária. Mas quem poderia garantir isso? Marco era excêntrico o bastante para tomar atitudes bizarras. Seria capaz de guardar um pacote sem valor no banco só porque era a coisa certa... a... fazer... a... coi... sa... cer... ta... a... fa...; adormeci.

Pouco após a meia-noite, acordei. Ela roncava. Uma questão me intrigava. Queria verificar se havia algum prazo mencionado. E se manter a carta em segredo acarretasse alguma consequência séria? Queria descer para examinar o documento de imediato.

Mas, se eu me levantasse, a despertaria e ela faria perguntas. O que aconteceria se eu deixasse aquilo tudo pra lá? A caixa permaneceria em custódia ou o advogado enviaria um lembrete que poderia ser entregue na minha ausência, indo parar nas mãos dela? Isso implicaria mil perguntas, mil explicações, sabe-se lá em quantas cenas melodramáticas!

A coisa estava se tornando uma dor de cabeça maior do que eu imaginara a princípio. Nada do que aquele sujeito fazia era tranquilo e normal. Tudo levava a complicações inacreditáveis. Quanto mais eu refletia sobre o assunto, maiores proporções ele tomava, até eu ter a sensação de estar carregando uma verdadeira bomba-relógio! Tive um sono entrecortado até as cinco da manhã, quando saí da cama. Fui direto até a arca de bebidas, peguei o documento e o examinei com cuidado. Li, com a máxima atenção, linha por linha, inúmeras vezes. O advogado dizia: "Devolver pelo correio", o que para a minha mente febril soava como uma palavra-chave. Fui até a minha escrivaninha, levando comigo o formulário. Numa folha ensaiei com esmero a assinatura de Rosie. Fazia com que ela assinasse tamanha quantidade de cheques e recibos todos os dias, que a assinatura dela me era mais que familiar. Então, estiquei com cuidado o papel e escrevi na linha indicada: "Rosie, Nalini". Dobrei-o, pus no envelope endereçado que o advogado havia incluído, lacrei e fui o primeiro a aparecer no guichê quando a agência dos correios do nosso bairro abriu, às sete e meia.

O funcionário exclamou:

"Tão cedo! E pessoalmente!"

"Meu secretário está doente. Saí para uma caminhada matinal. Registrada, por favor."

Tinha ido a pé, por receio de que, ao abrir o portão da garagem, eu pudesse despertá-la.

Não fazia a menor ideia de quando ou como a caixa com as joias deveria chegar, mas esperava por ela todos os dias.

"Chegou algum pacote pelo correio, Mani?", perguntava quase cotidianamente. Aquilo corria o risco de tornar-se um hábito. Eu esperava que a caixa chegasse nos próximos dias. Mas nem sinal. Tínhamos que nos ausentar da cidade por quatro dias. Antes de partir, instruí Mani:

"Talvez chegue um pacote segurado. Diga ao carteiro que o deixe na agência até nosso retorno, na terça-feira. Eles guardam esse tipo de coisa, não é mesmo?"

"Sim, senhor. Mas, caso se trate apenas de um pacote registrado, posso assinar e recebê-lo em seu nome."

"Não, não. É um pacote segurado, que terá que ser assinado por um de nós dois. Diga ao carteiro que volte a trazê-lo na terça."

"Sim, senhor", respondeu Mani e eu o deixei de modo abrupto, antes que pudesse estender-se sobre o assunto.

Regressamos na terça-feira. Assim que Rosie subiu, perguntei a Mani:

"Chegou o pacote?"

"Não, senhor. Aguardei todos os dias a passagem do carteiro, mas não havia nada de especial."

"Você o informou que estamos aguardando um pacote segurado?"

"Sim, senhor, mas ainda não chegou."

"Estranho!", exclamei. O advogado escrevera "Devolver". Provavelmente queriam apenas a assinatura. Talvez Marco planejasse apropriar-se da caixa e tenha resolvido usar esse artifício. Mas, enquanto eu estivesse de posse da carta do advogado, ele estaria lascado: nenhum de seus truques daria certo. Fui até a arca de bebidas e reli a carta. Haviam se comprometido com clareza: "Providenciaremos o envio, coberto pelo seguro..." Se isso não tivesse significado em uma carta de advogado, onde mais teria? Fiquei um pouco intrigado, mas tranquilizei-me refletindo que, mais cedo ou mais tarde, haveria de chegar – bancos e escritórios de advocacia nunca se apressam, têm um ritmo de trabalho que lhes é próprio, além de métodos extremamente burocráticos. Burocratas lerdos – não causa surpresa que o país esteja afundando. Coloquei a carta de volta e a tranquei na arca. Teria preferido não ter que abrir a arca toda vez que quisesse reler a carta; os empregados – sabedores do conteúdo daquele móvel – poderiam pensar que eu tomasse tragos de uísque a intervalos de poucos minutos. O local mais adequado para mantê-la seria a minha escrivaninha; porém, eu suspeitava que Mani quisesse bisbilhotá-la; ver-me estudando o documento com tanta frequência despertaria a curiosidade dele, que usaria o pretexto de alguma pergunta para aproximar-se e, uma vez de pé atrás de mim, examinar o conteúdo da carta. Um tremendo espertinho! Trabalhava para mim há muitos meses e jamais me dera motivo para repreendê-lo, mas agora ele e todos ao redor pareciam sinistros, diabólicos e astuciosos!

Naquela noite tínhamos uma apresentação em Kalipet, uma cidadezinha a sessenta milhas de distância. Os organizadores estavam providenciando uma van para os músicos e uma Plymouth para mim e Nalini, de modo que pudéssemos ir e voltar na mesma noite. Era um *show* beneficente, graças ao qual haviam angariado 70 mil rupias para a construção de uma maternidade. O preço do ingresso partia de 250 rupias até alcançar valores exorbitantes e ainda assim políticos e seus assessores tiveram êxito em persuadir empresários e comerciantes a contribuir. Pagavam sem piar, desde que obtivessem um assento na primeira fila. Desejavam sentar-se tão perto da artista quanto possível, com chance de serem notados. Imaginavam que, enquanto dançasse, Nalini repararia na sua presença e depois indagaria: "Quem eram aqueles figurões da primeira fila?" Pobres coitados, não tinham a menor ideia de como Nalini via sua audiência. Com frequência comentava: "Se fossem toras de madeira, daria no mesmo para mim. Quando danço, jamais enxergo um rosto. Vislumbro apenas um grande vão escuro."

Era uma iniciativa cultural de porte e de grande importância em virtude de sua implicação política. Altos funcionários do governo tinham interesse direto no sucesso do evento, pois o mandachuva do lugar – o sujeito que estava por trás da produção do espetáculo – era ministro de gabinete e sua maior ambição na vida sempre fora construir uma maternidade de primeira linha na região. Sabedor da circunstância, limitei-me a pedir mil rupias, valor que apenas cobria nossos custos e, portanto, era livre de impostos. Desejei demonstrar que também tinha gosto em contribuir com uma causa social; de qualquer modo, não teríamos prejuízo. Para Nalini, dava no mesmo. Simplesmente significava que, em vez de viajarmos de trem, dessa vez iríamos de carro. Ela estava contente em voltar para casa na mesma noite.

O espetáculo deu-se em um pavilhão enorme, construído com hastes de bambu especialmente para a ocasião; era forrado com esteiras de palha e decorado com lindas tapeçarias, bandeirolas, flores e uma iluminação colorida. O palco estava tão encantador que Nalini, em geral indiferente a tudo, menos às flores no final, exclamou:

"Que lugar maravilhoso! Fico felicíssima de dançar aqui."

Mais de mil pessoas lotavam o pavilhão.

Como de costume, após meu sinal, ela deu início à apresentação. Entrou no palco carregando uma lâmpada a óleo de latão, com uma canção em louvor de Ganesh, o deus com cabeça de elefante, o grande removedor de obstáculos.

Duas horas se passaram e ela já estava no quinto ato – excepcionalmente, executava a dança da cobra. Eu sempre desfrutava muito desse número. Assim que os músicos concluíram a afinação de seus instrumentos, ela entrou deslizando com suavidade no palco. Devagar, separara os dedos em leque, e o feixe de luz amarela direcionado para as palmas das mãos viradas fazia com que parecessem capuzes de naja; usava um diadema reluzente para compor a cena. A luz mudara e ela gradualmente descera ao solo, a música tornara-se cada vez mais lenta e o refrão incitava a cobra a dançar – a serpente que residia nos cachos dos cabelos de Shiva, no pulso de sua esposa, Parvathi, e na morada sempre resplandecente dos deuses em Kailas. Era uma canção que estimulava a cobra e fazia suas qualidades místicas aflorarem; o ritmo era hipnótico. Era sua obra-prima. Cada polegada do corpo dela, dos pés à cabeça, ondulava e vibrava ao ritmo da música que elevava a naja de seu estado de réptil subterrâneo à condição de divina graça e autêntico ornamento dos deuses.

Essa *performance* teve 45 minutos de duração, durante os quais o público permaneceu vidrado no mais absoluto e enlevado silêncio. Eu também estava fascinado. Ela raramente executava esse número. Sustentava que precisava estar num estado de espírito especial e brincava que se contorcer e revirar-se daquele jeito produzia verdadeiros nós nas suas articulações e depois ela mal conseguia manter-se ereta por vários dias. Encantado, eu a contemplava como se fosse a primeira vez que visse o número. De súbito me veio à mente o comentário de minha mãe quando a conheci: "Uma mulher-serpente! Cuidado!" Lembrar-me de minha mãe me entristeceu. Como teria apreciado o espetáculo... O que diria se visse Rosie naquele traje estupendo, com seu diadema brilhante? Lamentava o abismo que se criara entre minha mãe e eu. Vez por outra ela me enviava um postal e eu lhe remetia pequenas somas de dinheiro, acompanhadas de uma palavrinha dizendo que estava bem. Ela sempre me perguntava quando eu recuperaria a casa para ela. A quantia envolvida nisso era assaz considerável, ainda assim eu prometia a mim mesmo que me ocuparia do assunto tão logo tivesse tempo para isso. Afinal de contas, que pressa havia? Ela estava feliz com a vida que levava no povoado; seu irmão era atencioso e cuidava bem dela. De certa forma, eu nunca a perdoara de todo pelo modo como tratara Rosie naquele fatídico dia. Mantínhamos relações cordiais, porém nos distanciáramos, o que me parecia o melhor arranjo possível. Eu contemplava Nalini e simultaneamente pensava em mamãe, quando um dos homens da produção aproximou-se sem reservas e me informou:

"Solicitam sua presença, senhor."

"Quem?"

"O superintendente municipal de Polícia."

"Diga que irei ter com ele assim que o espetáculo terminar."

O homem afastou-se. O superintendente municipal de Polícia! Era um dos meus companheiros de jogo. O que queria comigo numa hora dessas? É verdade que estavam presentes todos os funcionários do governo e das forças de ordem, com exceção do ministro – a poltrona reservada em seu nome permanecia vazia – e tropas extras haviam sido convocadas para o controle do tráfego e da multidão de um modo geral. Depois do *gran finale*, quando as cortinas baixaram, ouviram-se aplausos ruidosos e eu saí. Sim, o superintendente municipal estava lá. E estava uniformizado.

"Olá, superintendente; não sabia que viria, senão o teria convidado a vir conosco no carro!", exclamei.

Ele puxou-me pela manga da camisa, conduzindo-me para um canto onde não houvesse tanta gente nos observando. Fomos até um local isolado, debaixo de um ponto de luz do lado de fora, onde ele me sussurrou:

"Sinto muitíssimo ter que dizer isso, mas tenho ordem de prisão contra você. Veio do quartel general."

Sorri sem jeito, meio sem acreditar. Achei que estivesse de brincadeira. Ele me mostrou um papel. Sim, era uma ordem de prisão em meu nome, relacionada a uma queixa apresentada por Marco de falsificação de documento. Enquanto permaneci estarrecido, refletindo, o delegado disse:

"Por acaso você assinou recentemente algum documento... no lugar da senhora?"

"Sim; ela estava muito ocupada. Mas como podem alegar falsificação?!"

"Você escreveu 'por procuração' ou assinou simplesmente como se fosse ela?"

Ele me crivou de perguntas.

"É uma acusação grave", prosseguiu, "e espero que se safe, mas por ora sou obrigado a mantê-lo sob custódia."

Dei-me conta da gravidade da situação. Pedi, com voz sussurrada:

"Por favor, não crie um escândalo agora. Espere até o final do espetáculo, quando formos para casa."

"Terei que ir com você no carro. Uma vez lavrada a ordem judicial, você poderá pedir *habeas corpus* até que o caso seja julgado. Poderá ficar em liberdade assim que tivermos uma audiência com o juiz. Só ele pode sancionar o ato; eu não tenho poderes para isso."

Retomei meu assento no pavilhão. Trouxeram-me minha guirlanda. Alguém se levantou e fez um discurso de agradecimento à artista e a *Mister* Raju pela ajuda em angariar mais de 60 mil rupias. Aproveitou para soltar sua verbosidade a respeito da dança clássica indiana, sua importância, sua filosofia e seu objetivo. Não parava de falar. Era o mais que respeitável diretor da escola secundária local, ou algo do gênero. Foi muito aplaudido no final de sua fala. Seguiram-se outros discursos. Sentia-me entorpecido, mal conseguia acompanhar o que diziam. Não dava a mínima para o que diziam. Não me importava se o discurso era breve ou prolixo.

Assim que acabou, fui até o camarim de Nalini. Ela estava trocando de roupa. Várias garotas a rodeavam, algumas esperando por um autógrafo, outras somente para vê-la. Disse a Nalini:
"Temos que nos apressar."
Recompondo-me, fui ao encontro do superintendente no corredor, tentando parecer alegre e despreocupado. Várias das personalidades da primeira fila me cercaram para detalhar sua apreciação do *show*:
"Ela absolutamente não tem rival!", disse um.
Já outro explicou:
"Há meio século que acompanho o trabalho das bailarinas clássicas neste país e sou capaz de renunciar a uma refeição ou caminhar vinte milhas para assistir a um espetáculo de dança, mas jamais vira..."
Etc. etc. etc.
"Essa maternidade, tenha certeza disso, será a primeira desse gabarito. Temos que batizar uma ala de *Miss* Nalini. Espero que possam retornar. Adoraríamos se ambos pudessem estar presentes na cerimônia de inauguração. Pode nos oferecer uma fotografia da artista, para que possamos ampliá-la e pendurar na entrada do setor? Será uma fonte de inspiração para muitas outras mulheres e, quem sabe, essa instituição possa vir a dar à luz uma criança de gênio, capaz de seguir os passos de sua distinta esposa."
Não me importava com o que diziam. Simplesmente assentia e resmungava respostas monossilábicas até que Nalini apareceu. Eu tinha plena consciência de que aqueles homens me rodeavam e puxavam assunto comigo com o único objetivo de poder ver

Nalini de perto. Como de hábito, ela recebera sua guirlanda; eu lhe ofereci a minha. O superintendente conduziu-nos no trajeto até nosso Plymouth, que aguardava do lado de fora, sem chamar atenção. Tivemos que vencer uma multidão que zumbia como moscas ao nosso redor. O motorista abriu a porta.

"Entre. Entre", disse eu a Nalini, impaciente.

Sentei ao seu lado. O feixe de luz de uma lâmpada a óleo pendurada numa árvore iluminou parcialmente o rosto dela. O tráfego intenso levantara uma densa poeira que pairava no ar; todos os veículos – automóveis, carros de boi e *jutkas* – partiam ao mesmo tempo, produzindo um barulho infernal de buzinas e ranger de rodas. Quando nosso carro arrancou alguns policiais saudaram o superintendente, mantendo uma respeitosa distância. Ele ocupava o assento dianteiro, ao lado do motorista. Eu disse a ela:

"Nosso amigo, o superintendente municipal, nos acompanhará no retorno à cidade."

A viagem durava cerca de duas horas. Nalini discorreu um pouco sobre o evento. Eu comentei o desempenho dela. Contei-lhe também o que ouvira de outras pessoas acerca da dança da serpente. Ela disse:

"Você não enjoa nunca..." E deixou-se embalar pela sonolência e pelo silêncio, aguardando apenas a chegada ao destino, enquanto o carro zunia pela estrada interiorana, ultrapassando filas de carros de boi com o tilintar de seus sininhos.

"Soam como suas tornozeleiras", sussurrei-lhe, canhestro.

Assim que chegamos em casa, ela sorriu ao superintendente e murmurou:

"Boa noite", desaparecendo no interior da casa.

O superintendente me disse:

"Agora vamos. Meu jipe está no portão."

Dispensei o Plymouth e pedi:

"Por favor, superintendente, permita que eu explique a ela o que está havendo."

"Está bem, mas não demore. Não podemos nos complicar."

Subi as escadas. Ele me seguiu. Ficou parado no patamar enquanto eu entrava no quarto dela. Ela ouviu-me como um pilar de pedra. Lembro-me até hoje de sua expressão atônita e desconcertada tentando entender a situação. Pensei que teria um colapso. Com frequência pequenos contratempos a deixavam completamente abatida, mas aquilo parecia não perturbá-la. Disse apenas:

"Sempre achei que você não estivesse fazendo a coisa certa. Isso é *karma*. O que podemos fazer?"

Ela saiu do quarto e dirigiu-se ao policial:

"Como devemos agir, senhor? Há alguma solução possível?"

"No momento, não tenho alternativa, minha senhora, pois trata-se de uma ordem de prisão inafiançável. Porém, amanhã, creio, será possível fazer apelo para obtenção de liberdade condicional. Mas, até o caso ser entregue ao juiz, não há nada que se possa fazer."

Já deixara de ser meu amigo, assumindo a veste de um impiedoso tecnocrata.

CAPÍTULO DEZ

Tive que passar alguns dias no xadrez, trancafiado junto de criminosos comuns. A cordialidade do superintendente de Polícia teve fim assim que entramos na Delegacia. Simplesmente abandonou-me ao procedimento de rotina do oficial de plantão.

Rosie foi visitar-me na cela da delegacia e caiu em pranto. No início sentei sem olhar para ela, num canto, no fundo da cela. Depois de certo tempo, procurei recompor-me e dei-lhe instruções de que falasse com nosso gerente bancário. A única coisa que ela disse foi:

"Ah! Mas tínhamos tanto dinheiro! Onde foi parar?"

Voltei para casa três dias depois, mas a normalidade da velha vida se fora para sempre. Mani trabalhava maquinalmente e cabisbaixo em sua sala. Ele quase não tinha o que fazer. Eu recebia cada vez menos cartas. Reinava um silêncio sepulcral na casa. Os pés de Nalini tornaram-se silentes no andar de cima. Não havia visitas. Ela teve que raspar a conta bancária para pagar as 10 mil rupias da fiança. Se eu tivesse tido o comportamento de um homem sensato, não teria sido difícil levantar essa quantia. Mas acontece que eu havia aplicado o que sobrara em várias ações arriscadas, cujo valor, nem mesmo parcial, o banco não liberaria antes do vencimento, e o restante – inclusive alguns adiantamentos recebidos por futuros espetáculos – já fora gasto com um estilo de vida de ostentação.

"Por que você não mantém os compromissos assumidos para o próximo trimestre?", sugeri a Rosie. "Receberíamos o restante dos cachês."

Falei isso na hora do jantar, pois naquele período eu passava o tempo todo no térreo e não a procurava. Não tinha coragem de encará-la, a sós, no quarto. Eu dormia no sofá da sala.

Ela não respondeu. Repeti a pergunta e ela então resmungou, quando o cozinheiro veio retirar algo da mesa:

"Devemos discutir isso na frente dos empregados?"

Aceitei a repreensão, resignado. Tornara-me uma espécie de parasita. Desde que me libertara da prisão, a autoridade em casa passara a ser ela. Isso me corroía. Assim que superou o choque inicial, ela endureceu. Não me dirigia a palavra, a não ser para tratar-me como um vagabundo que ela havia tirado da cadeia. Era inquestionável. Ela havia limpado todos seus recursos para me ajudar. No ato de minha soltura, agira de forma fria e objetiva.

Terminei a refeição em silêncio. Ela me concedeu sua companhia após o jantar e sentou-se no sofá, com uma bandeja com folhas de betel ao lado. Afastei a bandeja, ousando sentar-me ao lado dela. Seus lábios estavam vermelho-escuros por causa do sumo das folhas e seu rosto corado denunciava o efeito do betel. Olhou para mim com ar imperioso e disse:

"Muito bem. Do que se trata?"

Mas, antes que eu pudesse abrir a boca, ela acrescentou:

"Lembre-se: nunca fale nada na frente do cozinheiro. Os empregados já têm motivo suficiente para fofoca. No início do mês dispensarei um deles."

"Espere. Calma. Não se precipite."

"Esperar o quê?"

Lágrimas luziram em seus olhos; ela assoou o nariz. Não havia nada que eu pudesse fazer; apenas assistir. Afinal de contas, sendo ela a autoridade, tinha todo o direito de chorar, se achasse que fosse o caso. Como também poderia ser forte o bastante para reprimir o pranto, se assim preferisse. Quem precisava de consolo era eu, pois estava tomado de autocomiseração. Por que motivo ela chorava? Estava por acaso prestes a ser presa? Por acaso havia sido ela que fizera das tripas coração para criar *glamour* e público e produzir uma bailarina de sucesso? Por acaso fora ela a vítima da armadilha diabolicamente preparada por um homem com a aparência inofensiva de um contemplador de grutas com afrescos, como Marco – praticamente caído no esquecimento –, mas que, na verdade, era um ser vingativo e venenoso qual naja que aguarda imóvel antes de dar o bote? Hoje eu sei que estava completamente equivocado em pensar assim. Mas como podia evitar? Somente pensamentos perversos como esse, associados à minha imensa autocomiseração, permitiam-me sobreviver àquela provação; uma boa dose de malevolência era fundamental para que eu me mantivesse à tona. Não dispunha de nada para oferecer a ninguém. Não dava a mínima para os problemas dela, para o infortúnio em que fora metida, para o vácuo financeiro em que ela se encontrava depois de todos aqueles meses de tanto trabalho, de tanta dança; nem para a surpresa com que fora pega diante da minha falta de... Como dizê-lo? De juízo? Não, era algo bem pior que isso. Era falta de um mínimo de caráter. Hoje enxergo tudo com clareza, mas na época apegava-me à minha mágoa, aos meus ressentimentos e testemunhava suas crises nervosas sem me deixar abalar. Esperei até que terminasse seu choro costumeiro. Ela enxugou as lágrimas e disse:

"Você mencionara algo durante o jantar..."

"Sim; mas você não permitiu que eu concluísse", falei, petulante. "Estava lhe perguntando por que você não cumpre com o programa das apresentações, pelo menos com relação aos espetáculos para os quais já recebemos adiantamentos."

Ela refletiu um pouco e questionou:

"E por que deveria?"

"Porque recebemos apenas um sinal e o que de fato precisamos, desesperadamente, é do cachê integral de cada apresentação."

"Onde foi parar todo o nosso capital?"

"Você devia saber. A conta é em seu nome e, se quiser, é só consultar os extratos bancários."

Era cruel falar assim. Parecia que o demônio cuspia palavras da minha boca. De súbito oprimia-me a impressão de que, depois de tudo o que eu fizera por ela, Rosie não retribuísse com solidariedade o suficiente para comigo.

Ela recusou-se a continuar aquela discussão maldosa e disse apenas:

"Por favor, me diga quais foram os adiantamentos recebidos para que eu possa devolver o dinheiro."

Sabia que não passava de uma bravata. Onde arranjaria a soma para a devolução?

"Mas por que não?", retruquei. " Por que não continuar com os espetáculos?"

"Você realmente pensa só em dinheiro? Não vê que já não posso encarar o público?"

"E por quê? Se há um mandado de prisão contra mim, posso ser preso e pronto. Mas não há nada contra você. Por que não pode prosseguir normalmente com a sua carreira?"

"Porque não posso e pronto. E não quero dizer mais nada."
Perguntei friamente:
"O que pretende fazer no futuro?"
"Talvez volte para ele."
"Acha que vai aceitá-la de volta?"
"Sim, desde que eu pare de dançar."
Soltei uma risada sinistra.
"Por que ri?", perguntou ela.
"Se fosse só a questão da dança, ele talvez até a aceitasse..."
Por que dizia essas coisas? Eu a feria profundamente.

"Logo você, para me dizer isso! Sim; é possível que ele nem sequer consinta a minha entrada em casa, mas, nesse caso, tanto faz dar fim à minha vida na soleira de sua porta."

Permaneceu pensativa. Dava-me imensa satisfação vê-la, finalmente, perder a pose. Ela prosseguiu depois de um tempo:

"Acho que a melhor solução para todos os envolvidos é dar cabo da vida. Quero dizer, você e eu. Uma dúzia de comprimidos de sonífero com um copo de leite, ou melhor, dois copos de leite. Já ouvi falar muito de pactos suicidas. Parece-me a solução perfeita: seria como partir para longas férias. Poderíamos sentar para conversar uma noite dessas enquanto bebericássemos nossos copos de leite e, quem sabe, despertaríamos num mundo sem encrencas? Seria minha proposta neste instante, se estivesse certa de que cumpriria o pacto; mas temo que eu seguiria adiante sozinha enquanto você mudaria de ideia no último segundo."

"E ficar com o peso de ter que me livrar do seu corpo?", rebati.

Era a pior coisa que eu jamais poderia ter dito. Por que eu continuava a falar daquele jeito? Acho que me irritava a ideia de que ela pudesse abandonar a dança e que era uma criatura livre, enquanto eu estava condenado à reclusão.

Então eu disse:

"Não seria melhor prosseguir dançando do que cultivar pensamentos mórbidos?"

Senti que precisava voltar a exercer ascendência sobre ela.

"Por que não dançar? Porque receia que não esteja presente para cuidar de você? Tenho certeza de que é capaz de se virar sozinha. E, afinal, talvez seja apenas por um breve período. Olhe, esse processo não é nada de mais. Tudo se resolverá na primeira audiência. Pode acreditar. A acusação é falsa."

"É?", perguntou ela.

"Como poderão provar alguma coisa contra mim?"

Ela simplesmente ignorou minha digressão legal e disse:

"Mesmo que você reconquiste a liberdade, não voltarei a dançar em público. Cansei da vida circense."

"Foi uma escolha sua", aleguei.

"Não a vida circense. Imaginara algo diverso. Tudo se perdeu junto com a sua velha casa!"

"Ah!", suspirei. "Mas você não me deixava em paz na época! Fez de tudo para que eu a ajudasse a se apresentar publicamente e agora diz uma coisa dessas! Não sei, não sei... É muito difícil fazê-la feliz!"

"Você não entende!", gritou ela e depois levantou-se e subiu.

Desceu uns degraus para acrescentar ainda:

"Não quero dizer que não vá ajudar. Se tiver que penhorar meu último bem, eu o farei, para livrá-lo da cadeia. Mas, quando isso terminar, a única coisa que lhe peço é que me deixe de uma vez por todas. Por favor, me esqueça. Deixe-me viver ou morrer como eu escolher; só isso."

Dito e feito. Ela levou suas palavras à risca e foi possuída por súbita energia. Movimentava-se para cima e para baixo com a ajuda de Mani. Vendeu seus diamantes. Reuniu o máximo de dinheiro líquido que pôde, inclusive cedendo todas as ações abaixo do preço de mercado. Mani via-se obrigado a trabalhar como uma barata tonta. Ela enviou-o a Madras, a fim de buscar um bom advogado para mim. Quando a angústia pela questão financeira agravou-se e ela descobriu o montante que devíamos recuperar, tornou-se muito mais prática e realista. Engoliu ter que cumprir com a agenda de espetáculos. Ela mesma arrebanhava os músicos, planejava o transporte ferroviário e tudo o mais, com a ajuda de Mani. Ao vê-la agitada pela casa, eu a provocava: "Viu? Era exatamente isso que eu havia lhe dito que fizesse."
Compromissos é que não faltavam. Na verdade, após certa apatia inicial, minha desventura parecia fomentar maior interesse. E, afinal, o que as pessoas queriam era assistir ao espetáculo, e o que tinha isso a ver com a minha situação? Feria-me vê-la, desenvolta, em sua rotina de trabalho, ensaios e apresentações. Mani a ajudava muito e os organizadores dos eventos também davam toda a assistência necessária. Tudo conspirava a provar que ela se saía muito bem sem meus préstimos. Eu tinha ímpetos de dizer a Mani: "Preste atenção! Ela vai enrolar você e, antes que se dê conta, você se encontrará na minha condição... Cuidado com a mulher-serpente!" Sabia que não estava raciocinando com lucidez nem lealdade. E tinha consciência de que era movido

pelos ciúmes que sentia da autonomia dela. Porém, esquecia-me de que ela fazia aquilo tudo por mim. Temia – não importava quanto ela alardeasse o contrário – que jamais abandonasse a dança. Não seria capaz de parar, pois obtinha cada vez mais sucesso. Ao observar como ela lidava com a empreitada, crescia minha certeza de que ela seria capaz de prosseguir com sua carreira, quer eu estivesse dentro ou fora do xilindró, e quer o marido aprovasse ou não seu ofício. Nem Marco nem eu tínhamos espaço na vida de Rosie, que tirava seu sustento da própria arte – fato até então subestimado até mesmo por ela.

Nosso advogado também era uma prima-dona. Seu nome operava milagres em todos os tribunais daquela região do país. Salvara da forca o pescoço de muita gente – de alguns, mais de uma vez. Ele conseguia a absolvição de trapaceiros notórios à opinião pública e à própria lei, sendo capaz de demonstrar que um inteiro bando de vândalos era vítima inocente de conspiração policial; demolia qualquer acusação meticulosamente construída pelo Ministério Público como se pinçasse entre o polegar e o indicador a evidência mais incontestável e com uma leve pressão entre os dedos pulverizasse a prova no ar; o caso virava uma mera piada. Vestia-se de modo antiquado, com seu paletó comprido, um *dhoti* ortodoxo e turbante; por cima de tudo, a toga preta. Toda vez que discursava diante da Corte, seu olhar adquiria um brilho vívido, irradiando autoconfiança. E quando o juiz baixava os olhos para examinar papéis sobre a sua mesa, ele inalava uma boa pitada de rapé, com suprema elegância. De início temermos que pudesse não aceitar o caso, por não estar à altura de sua atenção; porém, felizmente, reconsiderou a decisão em especial deferência a Nalini – cortesia de um astro a uma estrela. Quando recebemos a notícia de que havia aceitado representar a minha defesa (já com um custo de saída de mil rupias), sentimo-nos como se a Polícia tivesse arquivado o caso e enviado desculpas pelo transtorno causado. Mas ele era caro e cada consulta tinha que ser paga à vista, junto ao caixa. No seu gênero, era outro "especialista em procrastinação". Nas mãos dele uma causa era como massa de pão: ele a amassava e a esticava ao máximo. Retalhava-a em minúsculos pedacinhos e requeria dias a fio para uma análise microscópica. Mantinha a Corte em suspenso, impossibilitada de interromper a audiência nem mesmo para almoçar, porque era capaz de falar sem completar a oração; era um artista em emendar uma frase a outra, sem uma pausa sequer para respirar.

Chegava com o trem da manhã e partia com o noturno; durante sua permanência não arredava pé do tribunal nem permitia que o processo avançasse um passo – a ponto de o juiz sempre externar surpresa quando o dia findava.

Dessa forma ele conseguia prolongar ao máximo a liberdade provisória de um criminoso, independentemente do êxito final do processo. E isso significava também mais despesas para o pobre réu, pois seus honorários eram de 750 rupias por visita, fora as passagens de trem e custos adicionais, pois jamais vinha desacompanhado de seus assistentes.

Apresentou meu caso como uma espécie de comédia em três atos, na qual o vilão era Marco, verdadeiro inimigo da existência civilizada. Marco foi a primeira testemunha do dia chamada pela acusação, mas pude observá-lo na sala de audiência durante a segunda parte do interrogatório, quando retraía-se a cada golpe aplicado pelo meu príncipe do foro. Com toda a certeza, já se arrependia de ter movido a causa. Viera, naturalmente, acompanhado de um representante legal, mas seu advogado mostrava-se fraco e amedrontado.

O primeiro ato da comédia descrevia a intenção e a tentativa do vilão de enlouquecer a esposa; o segundo ato narrava a sobrevivência da mulher, apesar dos maus-tratos, e como, encontrando-se à beira da miséria e da morte, fora salva por um humilde benfeitor chamado Raju, que sacrificou seu tempo e sua profissão para proteger a jovem e propiciar a partir de então sua ascensão aos píncaros do mundo das artes. A vida da jovem era uma indiscutível contribuição ao prestígio de nossa nação e às nossas tradições culturais. Enquanto o mundo desejava e aplaudia *Bharat Natya*, aquele pusilânime menosprezava a dança; quando a dançarina enfim tornou-se famosa, a ira do vilão foi incitada.

"Alguém premeditou o desmoronamento da carreira exitosa de uma mulher indefesa e sem patronos, atacando os alicerces do edifício arduamente construído, Vossa Excelência. Nesse momento o maquinador lançou mão de um documento, documento este que fora esquecido e ocultado por tantos anos. Mas havia também motivação diversa para que ele levasse a senhora a assinar tal documento."

Nosso advogado exporia essa questão um pouco mais adiante. Era sua estratégia favorita: conferir um aspecto sinistro aos fatos; porém ele jamais retomara a "motivação diversa".

"Por que trazer à tona documento suprimido por tanto tempo? E por que haveria de tê-lo deixado tanto tempo sepultado?"

Nosso advogado deixou as interrogações em suspenso, sem discorrer ulteriormente a propósito delas. Olhou em torno qual cão de caça ao farejar a raposa.

"O documento, Vossa Excelência, foi devolvido sem assinatura. A intenção era de não ter envolvimento algum com o assunto, pois a senhora absolutamente não é do tipo que se deixa deslumbrar pela promessa de joias, que são objetos que pouco contam para ela. Portanto, o documento foi restituído sem assinatura. E a boa alma de Raju, querendo assegurar-se do envio, fez questão de postá-lo pessoalmente, como o funcionário da agência de correios poderá confirmar. Assim sendo, o intrigante viu seu plano malograr ao receber de volta o documento desprovido de firma e foi obrigado a tramar um novo ardil: alguém falsificou a assinatura da senhora e o documento foi apresentado à Polícia."

Não cabia a ele indicar o autor da falsificação; isso não era de sua alçada, mas o que era, sim, da sua mais absoluta competência era afirmar, categoricamente, que não fora seu cliente o autor do delito. Portanto, sem a menor hesitação, ele solicitou que seu cliente fosse liberado e exonerado de imediato.

A acusação, porém, era bem fundamentada, embora não espetaculosa. Intimaram Mani a testemunhar e o espremeram tanto com perguntas que ele deixou escapar que eu aguardava ansiosamente a chegada pelo correio de um pacote segurado e que indagava sobre isso todos os dias. O promotor voltou a chamar o funcionário da agência dos correios, que, ao ser interrogado de novo, admitiu que meu comportamento fora um tanto estranho naquela manhã. Por fim, o perito em caligrafia declarou que podia afirmar com ampla margem de segurança que a assinatura falsa era de minha autoria – visto que dispunha de farta amostragem da minha letra em anotações no verso de cheques, em recibos e em cartas variadas.

O juiz condenou-me a dois anos de reclusão. Nosso advogado-celebridade pareceu bastante satisfeito, já que a sanção prevista pelo Código Penal era de sete anos; sua influência havia atenuado cinco anos da pena, embora, se eu tivesse sido mais cuidadoso...

Naturalmente tal êxito não fora obtido de uma só vez, mas ao longo de meses, enquanto Nalini trabalhava mais que nunca para conseguir nos manter e pagar os honorários do príncipe do foro.

Eu era considerado um prisioneiro-modelo. Hoje percebo que as pessoas julgavam-me demente e inútil, não porque eu merecesse o rótulo, mas porque não me avaliavam no local certo. Para bem apreciar minha pessoa deveriam ter me observado no Presídio Central. Não há dúvida de que meus movimentos eram cerceados: eu era obrigado a sair da cama num horário em que teria preferido continuar dormindo e a deitar-me quando minha vontade era de ficar acordado – sempre às cinco horas, da manhã e da tarde, respectivamente. Mas no intervalo eu dominava o lugar. Visitava todos os setores da cadeia, como uma espécie de supervisor voluntário. Tinha um bom entrosamento com todos os carcereiros e os auxiliava na vigilância de outros prisioneiros. Controlava os galpões de carpintaria e de tecelagem. Fossem eles assassinos, esquartejadores ou assaltantes, todos me prestavam ouvidos e eu era capaz de alterar os estados de espírito mais tétricos. Nas horas de recreação eu os entretinha com histórias, divagações filosóficas e o que mais me ocorresse. Começaram a me chamar de *Vadhyar* – isto é, "Professor". Havia quinhentos detentos no prédio e posso afirmar que estabeleci uma relação sincera e profunda com a maioria deles. Dava-me igualmente bem com os funcionários superiores. Quando o superintendente do cárcere fazia uma inspeção, eu estava entre os poucos privilegiados que caminhavam logo atrás dele, ouvindo seus comentários; e prestava-lhe pequenos serviços, conquistando sua simpatia. Bastava que ele desse uma olhadela à sua esquerda e eu já sabia o que desejava; corria então para chamar exatamente o carcereiro que ele queria que fosse chamado. Bastava que ele hesitasse um segundo e eu adivinhava que desejava que aquele pedregulho no meio do caminho fosse recolhido e jogado fora. Minha atitude lhe agradava por demais. Além disso, minha condição permitia-me igualmente correr para avisar os carcereiros e outros subordinados de sua chegada – meu aviso consentia que despertassem de seus cochilos e ajeitassem seus turbantes a tempo.

Eu trabalhava com afinco na horta no quintal dos fundos da casa do superintendente. Lavrava a terra, buscava água no poço e cultivava as hortaliças com carinho. Criei um cercado com arbustos espinhosos para que os animais não destruíssem as plantas. Cultivei berinjelas enormes, feijões e repolhos. Quando os brotinhos despontavam nos caules, eu me enchia de alegria. Acompanhava o desenvolvimento à medida que ganhavam forma, mudavam de cor e perdiam suas primeiras partes. Quando as hortaliças estavam prontas para serem colhidas, eu as arrancava com delicadeza de seus caules, lavava-as bem e as enxugava com a bainha do meu uniforme de encarcerado. Elaborava com elas um arranjo artístico numa bandeja de bambu entrelaçado – que conseguira no galpão de tecelagem – e a conduzia, cerimoniosamente, para o interior da casa. Assim que ele via as berinjelas, os repolhos e as outras verduras que lhe eram lindamente trazidas, por pouco o superintendente não me abraçava de tanta alegria. Ele adorava as verduras e os legumes. Era um amante da boa comida, qualquer que fosse a sua proveniência. Eu tinha amor a todos os aspectos do trabalho: o céu azul e o brilho do sol, a sombra da casa onde eu às vezes me sentava, o contato com a água fria, tudo provocava em mim sensações de volúpia. Era um verdadeiro prazer sentir-me vivo e experimentar aquelas emoções – regozijava-me com o cheiro da terra fresca. Se aquela era a vida na prisão, por que não havia mais gente que a ambicionasse? Todos a temiam como um lugar onde se ficasse acorrentado, vítima do açoite da manhã à noite, além de marcado para sempre. Um conceito medieval! Não havia situação mais agradável; com o devido respeito às regras, conquistava-se mais apreço lá dentro do que para além daqueles muros altos. Eu tinha minhas refeições, uma vida social com os outros internos e com os funcionários, além de poder transitar livremente dentro de uma área de cinquenta acres. Pensando bem, é muito espaço; em geral, as pessoas se contentam com muito menos.

"Esqueça os muros e você será feliz", aconselhava aos recém-chegados quando ficavam abatidos e taciturnos nos primeiros dias.

O GUIA

Divertia-me a ignorância da gente comum que fazia uma ideia da prisão como um lugar tenebroso. Talvez um homem prestes a ser enforcado não possa compartilhar a minha opinião; nem os violentos ou aqueles que se insubordinavam; mas, fora esses, os demais podiam ser felizes no cárcere. Sufoquei em lágrimas ao deixá-lo depois de dois anos e arrependi-me de ter gasto todo aquele dinheiro com nosso advogado. Adoraria poder ter vivido lá para sempre.

O superintendente transferiu-me para seu escritório na qualidade de seu assistente. Encarregou-me de sua escrivaninha: eu enchia os tinteiros, limpava as canetas, apontava os lápis e vigiava à porta para que ninguém o perturbasse enquanto trabalhava. Bastava que fizesse menção de chamar-me e eu já me encontrava a postos diante dele, tão alerta que era. Ele me entregava caixas com arquivos para serem conduzidas ao escritório externo e eu trazia de lá outras caixas, com outros arquivos, que me solicitavam que fossem levadas às mãos dele. Os jornais chegavam quando ele estava fora. Eu os recebia, dava uma lida neles e depois os entregava a ele. Não creio que se importasse, pois gostava de ler o jornal na cama, depois do almoço, como uma forma de conciliar sua sesta. Discretamente, eu dava uma espiada nos discursos dos grandes estadistas mundiais, na descrição do Plano Quinquenal, nas inaugurações de pontes e outorgas de prêmios, realizadas por ministros de governo, explosões nucleares e crises mundiais. Fazia uma leitura dinâmica de tudo.

Mas, nas sextas e nos sábados, virava a última página do *The Hindu*, com as mãos tremendo – no alto da última coluna constava sempre o mesmo anúncio: uma fotografia de Nalini, acompanhada do nome da instituição onde se apresentaria e do preço do ingresso. Naquele fim de semana seria em tal canto no Sul da Índia, na semana seguinte seria no Ceilão, na outra ela já estaria em Bombaim ou Délhi. Seu império expandia-se em vez de encolher. Amargurava-me constatar que ela prosseguia sem mim, de vento em popa. Quem ocupava agora o assento central da primeira fila? Como a *performance* tinha início sem o sinal do meu dedo mindinho? Como ela saberia o momento de encerrar o espetáculo? Talvez continuasse a dançar indefinidamente sem que ninguém atinasse em mandá-la encerrar a apresentação. Ria sozinho ao imaginá-la perdendo o trem depois do *show*. Abria as páginas dos jornais apenas para analisar seus compromissos e calcular quanto estaria ganhando. A não ser que declarasse sua arrecadação de forma previdente, a pesada taxação do fisco estaria engolindo o que ela acumulara com tanto suor e remelexo. Cheguei a suspeitar de que Mani tivesse tomado o meu lugar, o que teria me trazido maior amargura, porém a conjectura dissipou-se quando, num dos primeiros meses, ele veio me ver, num dia de visita.

Mani foi o único a me visitar na prisão; todos os outros amigos ou parentes pareciam ter me esquecido. Viera porque meu destino e o fim de minha carreira o entristeciam. Ao me aguardar, mantinha uma expressão adequadamente melancólica e sisuda para a ocasião. Porém, eu disse a ele:

"Aqui é ótimo. Venha também, se puder."

Ele então me olhou horrorizado e nunca mais apareceu.

Mas durante a meia hora que permanecera comigo pôde colocar-me a par de todas as notícias. Nalini deixara a cidade com mala e cuia, para sempre. Estabeleceu-se em Madras e saía-se muito bem, agenciado a si mesma. Presenteara Mani com mil rupias no dia em que partiu. Cem guirlandas de flores lhe foram entregues na estação na despedida e uma multidão reuniu-se para vê-la partir! Antes de ir embora havia listado meticulosamente as várias dívidas e quitado tudo; leiloara a mobília e os objetos da casa. Mani contou ainda que a única coisa que levara com ela fora o livro que encontrou dentro da arca de bebidas quando arrombou sua fechadura para esvaziar o móvel e jogar fora as garrafas. Achou o livro escondido bem no fundo e o pegou para si.

"Mas o livro era meu! Como pôde pegá-lo?", protestei de modo infantil. "Levá-lo consigo, como se fosse um grande gesto...! Será que com isso conseguiu seduzi-lo? Obteve finalmente o efeito desejado?", interroguei, maldoso.

Mani disse:

"Assim que acabou a audiência, ela entrou no carro e foi para casa; ele pegou um táxi e foi direto para a estação. Eles não se encontraram."

"Alegra-me pelo menos uma coisa", comentei. "Que ela tenha se dado ao respeito de não se atirar novamente aos pés dele."

Antes de ir embora, Mani ainda disse:

"Estive com sua mãe recentemente. Ela está bem no povoado."

No último dia de julgamento do processo, minha mãe compareceu ao tribunal, graças a nosso "advogado de procrastinação", que constituía meu vínculo com ela, já que ele continuava a tratar da longa e tortuosa causa de reivindicação, por parte de Sait, da parcela de minha propriedade da velha casa. A presença de nosso advogado-celebridade de Madras, que havíamos instalado na melhor suíte do Taj, excitara tão sobremaneira nosso advogado da raia miúda que, não cabendo em si, ele correu até o vilarejo para buscar minha mãe – com um objetivo claro somente a ele. O choque de ver-me no banco dos réus foi muito forte para ela; quando Rosie aproximou-se para cumprimentá-la no corredor, seus olhos faiscaram e ela disse:

"Está satisfeita agora com o mal que fez a ele?"

A jovem de imediato se afastou. O relato me foi feito por minha própria mãe, com quem me encontrei no dia de recesso da Corte. Minha mãe estava parada à porta. Jamais adentrara um tribunal e apavorava-se diante da temeridade. Ela disse:

"Que desonra! Você cobriu de vergonha a si mesmo e a todos nós! Sempre achei que o pior que lhe pudesse suceder fosse a morte. Como naquelas várias semanas quando você esteve bem perto dela, com pneumonia. Mas agora... Em vez de ter se curado e passar por isso, preferiria que..."

Ela não terminou a frase. Desmoronou em pranto e saiu, antes que a Corte voltasse a se reunir para pronunciar a sentença.

CAPÍTULO ONZE

A narração de Raju terminou com o cantar do galo. Velan havia escutado sem mover um músculo, recostado na laje vertical daqueles degraus antigos. Raju sentiu a garganta arder por ter falado sem parar a noite inteira. O povoado ainda não despertara para a vida. Velan concedeu-se um profundo bocejo e retomou seu silêncio. Sem omitir nada, Raju havia contado a ele cada detalhe de sua vida, desde o nascimento até quando ressurgiu do portão do cárcere. Imaginava que Velan se levantaria, enojado, para vociferar: "E nós o tomamos por uma alma tão nobre todo esse tempo! Se alguém como você fizer a penitência, correremos o risco de ver dissipado até o pouco de chuva que nos podia chegar! Vá embora daqui, antes que o expulsemos. Você nos enganou!"

Raju aguardou essas palavras como quem anseia por uma anistia. Observou o silêncio de Velan com ansiedade e suspense, como se aguardasse pela segunda vez o veredicto do juiz – mas aquele parecia bem mais severo que o do tribunal. Velan permanecia imóvel, tão imóvel que Raju receou que tivesse caído no sono.

"Será que me ouviu direito?", perguntou Raju, como um advogado que tem a impressão de que o magistrado está com a cabeça no mundo da lua.

"Sim, *Swami*."

Raju espantou-se por ainda ser chamado de "*Swami*".

"E o que você acha disso?"

Velan demonstrava estar muito consternado por ter que responder a essa pergunta, mas disse:

"Não sei por que me contou tudo isso, *Swami*. É muita bondade de sua parte discorrer tão longamente a seu humilde servidor."

Cada palavra respeitosa que aquele homem pronunciava transpassava Raju como uma espada. "Ele não vai me deixar em paz", pensou Raju. "Esse homem vai acabar comigo antes que eu dê por mim."

Após profunda reflexão, o juiz levantou-se de seu assento e disse:

"Vou voltar para o povoado para cuidar das minhas tarefas matinais. Virei mais tarde. Jamais repetirei uma só palavra do que ouvi a quem quer que seja." E acrescentou, batendo no peito com um gesto teatral: "Aqui entrou e daqui não sai."

Com isso, fez uma reverência profunda, desceu os degraus e atravessou o leito arenoso do rio.

O correspondente de um jornal que estava no vilarejo pescou a notícia. O governo havia enviado uma comissão para avaliar a dimensão da seca e sugerir paliativos à carestia e o jornalista a acompanhara. Perambulando pelo local, ouviu falar do *Swamiji*, foi até o templo do outro lado do rio e enviou um telegrama para a sede do jornal em Madras, desencadeando a circulação da notícia por todas as cidades indianas. "Santo penitencia-se pelo fim da estiagem", dizia a manchete, seguida de uma breve descrição.

Isso era apenas o início.

O interesse público foi açulado. A redação do jornal foi pressionada por mais notícias. O correspondente foi mandado de volta à localidade. Ele enviou um segundo telegrama dizendo: "Quinto dia de jejum." Descrevia a cena que se repetia: o *Swami* ia até a beira do rio, virava-se para sua nascente, entrava na água até a altura dos joelhos e assim permanecia das seis às oito da manhã, murmurando algo com os lábios semicerrados, os olhos fechados e as palmas das mãos unidas em saudação – presume-se – dirigida aos deuses. Já estava difícil encontrar água suficiente para lhe cobrir os joelhos, mas os moradores do povoado haviam cavado na areia uma piscininha artificial e, quando a poça não enchia, buscavam água de poços distantes para abastecê-la, de modo que o homem pudesse sempre dispor de água que lhe cobrisse os joelhos. O santo permanecia assim por duas horas, depois subia devagar os degraus e deitava-se numa esteira no saguão principal do templo, enquanto seus devotos o abanavam incessantemente. Comportava-se como que alheio à presença humana, embora o local tivesse sido tomado por uma verdadeira multidão. Seu jejum era absoluto. Permanecia deitado, de olhos fechados, a fim de cumprir seu voto. Canalizava toda a sua energia para esse único objetivo. Quando não estava de pé dentro d'água, entrava em meditação profunda. Os habitantes do vilarejo haviam deixado suas atividades para se dedicarem à grande alma em tempo integral. Mesmo quando ele dormia, não saíam de perto dele e, embora a multidão fosse considerável, reinava um silêncio cabal.

Mas a cada dia a turba aumentava. Em uma semana, um murmúrio constante tomara o lugar. Crianças brincavam e gritavam ali em torno e mulheres chegavam carregadas de cestas nas quais traziam panelas, lenha e alimentos para preparar as refeições dos homens e das crianças. Pequenas espirais de fumaça subiam das duas margens do rio salpicadas de grupos de piqueniques e as cores vivas dos saris das mulheres reluziam ao sol; os homens também trajavam suas roupas de festa. Bois desatrelados das carroças tilintavam seus sininhos ao comer a palha sob as árvores. As pessoas reuniam-se ao redor das pequenas poças d'água.

Sempre que abria os olhos, Raju as avistava por entre os pilares. Sabia o significado daquelas colunas de fumaça; sabia que estavam todos comendo e se divertindo. Imaginava o que estariam comendo: arroz fervido com uma pitada de açafrão com *ghee* derretido em cima... E quais seriam as verduras ou legumes? Talvez nenhum, com aquela seca! O cenário o atormentava.

Aquele era, de fato, o seu quarto dia de jejum. Por sorte, no primeiro dia ele havia escondido um pouco de comida numa vasilha de alumínio, atrás de um pilar de pedra na parte mais interna do santuário. Já estava meio passada, pois fora a sobra do dia anterior – um pouco de arroz com leitelho e uns pedacinhos de verdura. E sempre com a ajuda da sorte, ao final de sua primeira jornada de penitência e orações, ele fora capaz de roubar para si um momento de privacidade, já bem tarde da noite. Não havia ainda toda aquela multidão. Velan tinha algo para resolver em casa e havia ido embora, deixando dois companheiros para que atendessem ao *Swami*. O *Swami* encontrava-se deitado na esteira no saguão principal, sob o olhar dos dois aldeões que abanavam um enorme leque de folha de palmeira por sobre seu rosto. Sentia-se fraco por não ter comido nada ao longo do dia. De supetão, disse aos dois:

"Podem dormir, se quiserem. Eu já volto." Levantou-se resoluto e entrou no santuário interno.

"Não preciso dizer às pessoas aonde vou, por que vou e por quanto tempo me ausentarei", pensou, indignado. Perdera sua privacidade por completo. Estava cercado de gente que o observava estarrecida e com os olhos arregalados, como se ele fosse um ladrão! No santuário mais interno ele rapidamente enfiou a mão em um nicho e resgatou seu pote de alumínio. Sentou-se atrás do pedestal, engoliu a comida em três ou quatro bocados volumosos, do modo mais silencioso de que fora capaz. Era um arroz passado de dois dias atrás, rançoso, ressecado e endurecido; o gosto era horrível, mas aplacou sua fome. Tomou em seguida uns goles d'água para afastar aquele sabor. Depois foi até o pátio dos fundos e lavou bem a boca, sem fazer barulho – não queria passar o odor da comida quando voltasse para a esteira.

Já deitado, refletiu. Estava farto daquilo tudo. Quando a assembleia estivesse lotada, poderia subir num alto pedestal e gritar: "Fora! Vão embora todos vocês, me deixem em paz! Não sou eu o homem capaz de salvá-los. Nenhum poder nesta Terra poderá salvá-los se estiverem condenados. Por que me torturam com jejum e austeridade?" De nada adiantaria. Provavelmente não o levariam a sério. Estava encurralado, num beco sem saída. Dar-se conta disso ajudou-o a encarar o segundo dia de penitência com maior resignação. Voltou a entrar na água e a murmurar palavras com o rosto voltado para as montanhas, enquanto observava grupos de piquenique que se divertiam espalhados pelos arredores. De noite, deixou Velan por um instante e procurou furtivamente por sobras de comida no recipiente de alumínio – na verdade, um ato de desespero. Sabia muito bem que havia raspado a vasilha na noite anterior. Ainda assim tinha a esperança infantil da ocorrência de um milagre. "Se esperam que eu pratique milagres de várias sortes, por que não começar pela minha vasilha de alumínio?", refletiu, cáustico. Sentiu-se fraco. Ficou furioso com o vazio de sua despensa. Cogitou por um segundo se não poderia fazer um derradeiro apelo a Velan para que lhe permitisse comer e – se não fosse pedir demais – lhe dissesse também como imaginava que alguém como ele poderia salvá-los! Velan sabia muito bem da situação. E, ainda assim – o louco –, continuava a considerá-lo como salvador. Bateu a vasilha de alumínio contra o chão, exasperado, e retornou para sua esteira. Dane-se, se tivesse danificado a vasilha! De que serve um recipiente vazio? Por que cuidar de um troço que não serve mesmo para nada? Ao sentar, Velan lhe perguntou:

"Que barulho foi esse, mestre?"

"Uma panela vazia. Nunca ouviu o ditado 'Com panela vazia se faz panelaço'?"

Velan se permitiu uma risada polida e declarou, admirado:

"Quantos sentimentos nobres e sabedoria encerram-se nessa sua cabeça, senhor!"

Raju o fitou quase com raiva. Aquele sujeito era o único responsável por sua desventura. Por que não o deixava em paz e sumia dali? Se da próxima vez que atravessasse o rio fosse pego pelo crocodilo, seria uma maravilha! Mas o pobre réptil, quase reduzido a mito, havia morrido desidratado. Quando abriram a barriga do animal, encontraram joias no valor de 10 mil rupias. Significaria isso uma predileção alimentar pelo sexo feminino? Não, visto que também foram encontradas caixinhas de rapé e brincos masculinos. A pergunta da hora foi: "A quem caberia o pequeno tesouro?" Os aldeões abafaram o caso. Não queriam que chegasse aos ouvidos do governo e que o viessem confiscar, como faziam quando da descoberta de tesouros enterrados. Espalharam que dentro do crocodilo haviam sido encontradas apenas bijuterias sem valor, embora o homem que retalhara o animal tivesse adquirido uma fortuna. Poderia ficar despreocupado pelo resto da vida. Mas como obtivera permissão para esquartejar o animal? Ninguém sabia. Porém, aquelas não eram circunstâncias em que se pudesse exigir a obtenção de autorizações legais. E por aí prosseguia a conversa entre os habitantes do povoado, depois que o crocodilo foi encontrado morto.

De tanto abaná-lo, Velan caiu no sono; permaneceu sentado e com o leque na mão, porém todo encurvado. Raju, deitado e desperto, permitiu que sua mente vagasse a ermo e alcançasse as profundezas de seus pensamentos mais fantasiosos e horripilantes. Mas, diante daquela corcova, sensibilizou-se. O pobre homem, dedicadíssimo, fazia tudo o que estava ao seu alcance para que a provação lograsse êxito, bem como providenciava que o grande salvador dispusesse de todo o conforto, com exceção – é claro – de comida. "Por que não dar uma chance ao pobre-diabo", pensou Raju, "em vez de ansiar por comida, que não se poderá obter?" A obsessão por comida começava a irritá-lo. Com uma espécie de vingança resoluta, disse a si mesmo: "Afastarei qualquer pensamento ligado à comida. Erradicarei da minha mente, pelos próximos dez dias, qualquer ideia ligada à língua ou ao estômago."

Essa resolução conferiu-lhe uma força singular. Seu fio condutor passou a ser: "Se renunciando à comida ajudo as árvores a florescerem e ao prado a crescer, por que não perseguir esse objetivo até o fim?" Pela primeira vez na vida estava fazendo um esforço intenso; pela primeira vez conhecia a sensação de dedicar-se por inteiro a algo diverso do dinheiro e do amor; pela primeira vez empenhava-se sem interesse pessoal. De súbito ficou tão entusiasmado que lhe vieram forças renovadas para encarar a provação. O quarto dia de jejum o encontrou bastante animado. Desceu até o rio, ficou de pé, parado, com os olhos fechados, voltado corrente acima, e repetiu a litania. Não era mais que uma súplica ao céu para que enviasse chuva e salvasse assim a humanidade. Tinha um ritmo repetitivo que embalava seus sentidos e a sua consciência, de modo que, ao repeti-la inúmeras vezes, o mundo esvaziava-se ao redor dele. Praticamente perdeu todas as sensações, com exceção do entorpecimento dos joelhos em contato com a água fria. A falta de comida lhe proporcionava uma sutil impressão de flutuar que lhe agradava muito e o fez pensar em seu íntimo: "Este é um prazer do qual Velan não poderá me privar."

À sua volta o zum-zum-zum da humanidade só fazia aumentar. Gradualmente sua percepção do ambiente circunstante diminuía como que em proporção inversa. Ele não tinha consciência disso, mas o mundo começava a pressionar. Obra do jornalista itinerante. Seu relato espalhara-se aos quatro ventos. As linhas férreas foram as primeiras a acusar a pressão. Foi preciso alocar comboios extras para o tropel de gente que se dirigia a Malgudi. As pessoas viajavam nos estribos e no teto dos vagões. A pequena estação de Malgudi estava entupida de passageiros. Do lado de fora da estação amontoavam-se ônibus cujos motoristas gritavam: "Rápido, rápido! O expresso para Mangala parte agora!" As pessoas corriam da estação para os ônibus e quase sentavam umas sobre as outras. O táxi de Gaffur fazia o trajeto de ida e volta uma dúzia de vezes por dia. Em Mangala, a multidão aglomerava-se ao longo do rio, sentava-se em grupos nas margens de areia, nas pedras e nos degraus de granito, e ocupava também a margem oposta, entrando em qualquer canto em que fosse possível se enfiar.

Aquela região do país nunca antes conhecera ajuntamento daquelas proporções. Da noite para o dia, como que por um passe de mágica, surgiam barracas feitas de estacas de bambu e teto de sapê que expunham garrafas de refrigerantes coloridos, bananas em pencas e balas de coco. O Comitê de Propaganda do Chá montou uma grande tenda e pendurou cartazes com fotografias de plantações verdejantes de chá nas encostas de montanhas escuras, ao longo de toda a extensão do muro do templo. (A população da região bebia muito café e pouco chá.) Distribuía-se chá gratuitamente, servido em xícaras de porcelana durante todo o dia. O povo acorria como moscas e as moscas formavam verdadeiros enxames em torno das xícaras e dos açucareiros. A presença de moscas provocou a intervenção da Secretaria de Saúde, que receava o surto de alguma epidemia naquele ambiente superpovoado e sem água. Os agentes sanitários, uniformizados em cor cáqui, borrifavam cada polegada quadrada com DDT e, com a seringa em mãos, tentavam persuadir as pessoas a se vacinarem contra o cólera, a malária e sabe-se lá mais o quê.

De gozação, jovens expunham seus bíceps, formando uma plateia em torno deles. Limparam o chão em frente ao muro dos fundos onde havia um espaço livre de cartazes que servia à projeção de filmes quando escurecia. Atraíam o público fazendo ressoar sucessos populares no gramofone, com os alto-falantes pendurados no topo seco das árvores. Homens, mulheres e crianças apinhavam-se para assistir a filmes que tratavam de mosquitos, malária, pragas, tuberculose e vacinas, como a BCG. Quando um mosquito foi exibido num *close* que ocupava todo o espaço de projeção, ouviu-se um aldeão exclamar:

"Que mosquito enorme! Não é de admirar que sofram de malária nesses países. O daqui é pequenininho e não faz mal a ninguém."

A observação silenciou o palestrante por dez minutos, tamanho foi seu abatimento. Quando encerrou a exposição sobre saúde, foram projetados alguns filmes governamentais que tratavam de barragens, bacias hidrográficas e diversos projetos apresentados pelos ministros de Estado. Um homem havia montado uma barraca de jogos a certa distância. Oferecia tiro de dardos – o alvo de círculos concêntricos fora pendurado num poste – e um carrossel improvisado, que rangia o dia todo. Vendedores ambulantes de vários tipos vagavam por todos os lados apregoando bolas de encher, apitos de junco e doces.

Em volta do santo havia sempre uma multidão que o contemplava com profunda veneração. Tocavam na água aos seus pés e a borrifavam sobre suas cabeças. Permaneciam perto dele por tempo ilimitado, até que o mestre de cerimônias, Velan, rogasse que saíssem dali.

"Por favor, afastem-se. O *Swami* necessita de ar fresco. Já tiveram seu *darshan*, deixem que outros também tenham. Não sejam egoístas!"

E só assim as pessoas iam embora dali para se divertir de várias maneiras.

Quando o *Swami* entrava para se deitar na esteira no saguão, a multidão o seguia para continuar a contemplá-lo e não saía até ser incitada por Velan a fazê-lo. Alguns poucos eleitos tinham o privilégio de sentar à beirada da esteira, bem perto da grande alma. Um deles era o professor da escola, que se encarregava de todos os telegramas e cartas que não paravam de chegar de todos os cantos do país desejando sucesso ao *Swami*. A agência dos correios em Mangala normalmente contava com um carteiro que visitava a localidade uma vez por semana; quando um telegrama era endereçado a Mangala, em geral era enviado a Aruna, um vilarejo um pouco maior, que ficava a 7 milhas, rio abaixo. O telegrama jazia lá até que fosse encontrado um portador para Mangala. Porém, na ocasião, o antes pacato posto de telégrafo deixara de sê-lo – choviam mensagens dia e noite, endereçadas simplesmente a *"Swamiji"*. Formavam uma pilha no espaço de uma hora e tinham que ser levadas por mensageiros especiais. Além dos telegramas recebidos, havia muitos outros sendo enviados. O lugar pululava de jornalistas que atualizavam de hora em hora suas sedes, espalhadas pelo mundo inteiro. Tinham um comportamento agressivo que deixava o pobre telegrafista aterrorizado. Batiam à sua janela e gritavam:

"Rápido! É urgente!"

Estendiam pacotes, rolos de filmes e fotografias, ordenando que fossem despachados de imediato. E gritavam:

"Urgente! Urgentíssimo! Se não chegar ainda hoje..."

E ameaçavam o telegrafista com consequências terríveis e agravos variados.

"Imprensa. Urgente!" "Imprensa. Urgente!"

Berravam sem parar até deixar em frangalhos os nervos do telegrafista. Ele havia prometido a seus filhos que os levaria para ver o *Swamiji*. As crianças logo exclamaram:

"Também está passando um filme do Ali Babá; um amigo nosso nos disse."

Mas o cidadão não encontrou tempo para manter sua promessa. Quando os jornalistas lhe davam trégua, o tique-taque do aparelho assinalava a chegada de novas mensagens. Até então sua vida fora razoavelmente tranquila e aquela tensão dilacerava seu sistema nervoso. Assim que teve uma brecha, enviou um SOS a seus superiores: "Hoje processamento duzentas mensagens. Auxílio necessitado."

As ruas estavam sempre congestionadas com carroças interioranas, ônibus, bicicletas, triciclos, jipes e automóveis de todos os modelos e épocas. Pedestres enfileiravam-se através dos campos com suas cestas e trouxas, como cordões de formigas convergindo para um torrão de açúcar. No ar ecoava a música daqueles que haviam escolhido apoiar o *Swami* entoando hinos religiosos, com acompanhamento de harmônica e *tabala*, sentados perto dele.

O mais ocupado nesse grupo era um americano de cabelos desgrenhados, vestido com uma jaqueta estilo safári e calça de veludo cotelê. Chegou num jipe atrelado a um *trailer* torto e empoeirado, por volta da uma da tarde do décimo dia de jejum e pôs-se imediatamente a trabalhar. Contratara um intérprete em Madras e dirigira o estirão de 375 milhas, sem parar. Abriu espaço e foi logo dominando a cena. Olhou em volta num relance e manobrou o jipe até perto do pé de hibisco nos fundos do templo. Pulou do veículo e adentrou o saguão principal a passos largos, ignorando os demais. Aproximou-se do *Swami*, que jazia deitado, juntou as palmas das mãos e proferiu baixinho "*Namasté*" – a saudação indiana que aprendera assim que aterrissara em solo indiano. Havia se informado sobre os costumes locais. Raju olhou para ele com interesse; aquele rosto grandalhão e rosado quebrava sua rotina.

O visitante róseo inclinou-se para perguntar ao professor sentado ao lado do *Swami*, com voz sussurrada:

"Posso falar com ele em inglês?"

"Sim, Ele fala inglês."

O sujeito abaixou-se na beirada da esteira e sentou-se no chão à maneira indiana, cruzando as pernas com dificuldade. Inclinou-se em direção ao *Swami* para dizer:

"Meu nome é James J. Malone. Sou californiano. Sou produtor cinematográfico e televisivo. Vim documentar esta matéria para divulgá-la no meu país. Já trago no bolso a autorização de Délhi. Posso contar com a sua?"

Raju refletiu e, com um aceno de cabeça, assentiu serenamente.

"O.k. Superobrigado. Não desejo incomodá-lo; permite que o filme e tire algumas fotos suas? Não é minha intenção perturbá-lo. Mas se incomodaria se eu arredasse algumas coisas para instalar os cabos e as luzes?"

"Não. Pode realizar seu trabalho", disse o sábio.

O sujeito ficou ocupadíssimo. Levantou-se de imediato, posicionou o *trailer* e ligou o gerador. O ambiente foi tomado pela vibração barulhenta da máquina que abafava qualquer outro ruído. Homens, mulheres e crianças aproximaram-se em massa para satisfazer sua curiosidade. As demais atrações do acampamento passaram a segundo plano. À medida que Malone desenrolava os cabos, todos o seguiam. Ele arreganhava os dentes, afável, e prosseguia o trabalho. Velan e outros dois corriam entre o povão, gritando:

"Isto aqui é uma feira livre por acaso? Acham que estão no mercado de peixe? Saiam já daqui, todos vocês! Não têm nada que ficar xeretando aqui!"

Mas ninguém deu bola. Escalaram pilares e pedestais e se penduraram em tudo que é canto a fim de conseguir uma posição privilegiada para enxergar a cena. Malone continuava suas manobras, impassível. Finalmente, quando a iluminação estava pronta, trouxe a câmera e fotografou as pessoas, o templo e o *Swami* de diversos ângulos e distâncias.

"Lamento, *Swami*, se a luz estiver muito forte."

Quando terminou de fotografar, trouxe um microfone, posicionou-o próximo ao rosto do *Swami* e disse:

"Vamos bater um papo, o.k.? Diga-me, que acha de tudo isto?"

"Faço o que devo fazer; é só. Não se trata de achar ou deixar de achar."

"Há quanto tempo está sem comer?"

"Dez dias."

"Sente-se fraco?"

"Sim."
"Quando interromperá o jejum?"
"No décimo segundo dia."
"Espera que chova até lá?"
"Por que não?"
"Acredita que jejuando se possa suprimir todas as guerras e trazer paz ao mundo?"
"Sim."
"Advoga o jejum para todos?"
"Sim."
"E o sistema de castas? Ainda funciona?"
"Sim."
"Poderia nos contar algo sobre a sua vida até agora?"
"O que quer que eu conte?"
"Hum... por exemplo, sempre foi um *yogui*?"
"Sim, de certo modo."

Era muito difícil para o *Swami* manter um fluxo contínuo de fala. Sentiu-se exausto e voltou a se deitar. Velan e os demais se entreolharam, preocupados. O professor disse:

"Ele está cansado."

"Bem, acho que vamos deixá-lo descansar um pouco; desculpem o transtorno."

O *Swami* estava de olhos fechados. Médicos, enviados pelo governo para mantê-lo em observação e remeter relatórios periódicos, aproximaram-se do *Swami*, avaliaram sua pulsação e o auscultaram. Ajudaram-no a acomodar-se sobre a esteira. Um silêncio profundo tomou conta da multidão. Velan abanou o leque com mais vigor que nunca. Ele parecia transtornado e infeliz. Em solidariedade, passara a alimentar-se somente em dias alternados, limitando sua dieta a legumes cozidos sem sal. Parecia esgotado. Disse ao professor:

"Mais um dia. Não sei como vai aguentar. Tenho medo só de pensar como poderá suportar mais um dia."

Malone resignou-se a esperar. Olhou para um médico e indagou:

"Como ele está?"

"Nada bem; a pressão sistólica é de 200. Suspeitamos que um dos rins possa estar comprometido. Há um início de uremia. Estamos procurando administrar pequenas doses de solução salina e glicosada. A vida dele é valiosa para nosso país."

"Poderia nos fazer uma breve declaração sobre o estado de saúde dele?", perguntou Malone, sentado na cabeça de um elefante esculpido que decorava os degraus do saguão principal e já empurrando o microfone na direção do médico.

Os médicos entreolharam-se, em pânico, e disseram:

"Sentimos muito; somos funcionários públicos; não podemos falar sem permissão. Nossos relatórios são liberados somente na sede administrativa. Não podemos fornecê-lo diretamente. Desculpe-nos."

"O.k. Não tinha intenção de desrespeitar as regras locais."

Consultou seu relógio e disse:

"Acho que por hoje é só."

Aproximou-se do professor e perguntou:

"Diga-me, a que horas ele entra no rio amanhã?"

"Às seis."

"Poderia me mostrar o local?"

O professor levantou-se, encaminhando-se para acompanhá-lo. O homem disse:

"Espere, espere! Importaria-se de ser o figurante dele por um minutinho? Mostre-me, do início, de onde ele sai, como caminha, por onde passa e onde fica parado."

O professor hesitou, tímido. Envergonhava-se de interpretar o papel do sábio. O sujeito o persuadiu:

"Vamos lá! Coopere. Responsabilizo-me, se houver algum problema."

O professor partiu do pedestal.

"Ele começa daqui. Agora siga-me."

Mostrou todo o itinerário até o rio e o ponto onde o *Swami* entrava na água e parava para orar, de pé, por duas horas. A massa acompanhou com atenção cada polegada desse deslocamento e alguém na multidão gracejou:

"Ah! O professor também vai fazer penitência e deixar de comer!"

Todos riram.

De vez em quando Malone lançava um sorriso ao povo, ainda que não entendesse o que diziam. Analisou o local de ângulos diferentes, mediu a distância até o gerador, apertou a mão do professor e voltou para o jipe, dizendo:

"Até amanhã de manhã."

Partiu em meio à fumaça e ao ronco do motor, enquanto o veículo chacoalhava ao passar pelos buracos e valas depois do pé de hibisco, até alcançar a estrada.

Manhã do décimo primeiro dia. A multidão continuou aumentando a noite inteira e quase triplicou porque era o último dia de jejum. Ao longo de toda a noite ouviam-se vozes e o som de veículos chacoalhando pelas vias e trilhas. Velan e um grupo de auxiliares compuseram um cordão de isolamento que mantinha a massa fora do saguão dos pilares. Diziam:

"O *Swami* precisa de ar fresco para respirar. É só o que o alimenta agora. Não abafem o ar. Todo mundo conseguirá um *darshan* no rio. Prometo. Vão embora imediatamente. Ele está descansando."

A vigília durou a noite inteira. As numerosas lâmpadas a óleo e lamparinas produziam um atordoado jogo de sombras nos arbustos, nas árvores e nas paredes do templo.

Às cinco e meia da manhã os médicos examinaram o *Swami*. Redigiram e assinaram um boletim que dizia: "Saúde *Swami* grave. Recusa salina e glicose. Procedimento recomendado interrupção imediata jejum." Um portador foi incumbido de enviar esse telegrama à sede administrativa às pressas.

Era um telegrama com prioridade máxima para o governo e foi respondido em uma hora: "Imperativo *Swami* a salvo. Convencê-lo cooperar. Não arriscar vida. Tentar salina e glicose. Convencê-lo retomar jejum depois."

Sentaram-se ao lado do *Swami* e leram a mensagem. Ele sorriu. Fez sinal para que Velan se aproximasse.

Os médicos suplicaram:

"Diga a ele que deve se salvar. Por favor, faça tudo o que estiver ao seu alcance. Ele está muito fraco."

Velan inclinou-se e falou bem pertinho do *Swami*:

"Os médicos dizem..."

Em resposta, Raju pediu que Velan se aproximasse ainda mais e sussurrou-lhe:

"Ajude-me a levantar."

Segurou no braço de Velan e começou a se erguer. Pôs-se de pé. Um de cada lado, Velan e outro tiveram que sustentá-lo. A multidão o seguiu no mais absoluto silêncio. Todos caminhavam com passo lento e solene. O céu estava vermelho ao levante. Muitos ainda dormiam no acampamento. Raju não conseguia andar, mas insistia em fazê-lo, quase se arrastando. Arfava com o esforço. Desceu os degraus rumo ao rio, descansando depois de cada passo para recobrar o fôlego, e finalmente chegou à sua poça d'água. Entrou, fechou os olhos, voltou-se para as montanhas; seus lábios murmuravam a oração. Velan e o companheiro o sustentavam pelo braço, um de cada lado. O sol surgira: um vasto facho de luz iluminava tudo ao redor. Estava difícil manter Raju ereto; ele perdia o prumo. Amparavam-no como a uma criança. Raju abriu os olhos, olhou em torno de si e disse:

"Velan, está chovendo nas montanhas. Sinto a chuva chegar debaixo dos meus pés, subindo pelas pernas..."

E desabou.

GLOSSÁRIO

GLOSSÁRIO

Anand Bhavan | *ananda*, isto é, beatitude (também uma das designações de Shiva); *Bhavan*, residência, palácio. Neste caso, "Casa da Felicidade", o nome do restaurante.

Anna | *annas*, no plural; o mesmo que *paisa*. Fração de moeda que corresponde à centésima parte da rupia, a unidade monetária da Índia.

Ano-Novo Tâmil | ou *Puthandu*. Geralmente cai no dia 14 de abril, pelo calendário tâmil.

ATS | *Assistant Traffic Superintendent*. Supervisor assistente do tráfego, empregado da ferrovia.

Banyan | ou *banyan tree*, é considerada a árvore nacional da Índia. Trata-se de uma figueira, o *Ficus bengalensis*, conhecida no Brasil como figueira-de-bengala ou bargá.

BCG | bacilo de Calmette-Guérin, ou vacina contra a tuberculose. É obtida a partir da bactéria *Mycobacterium bovis*, em estado atenuado.

Bhagavad-Gita | "O canto glorioso do Senhor". Célebre poema religioso do século II a.C. escrito em sânscrito, correspondente à sessão VI do livro do *Mahabharata* e é um dos textos mais importantes da tradição espiritual hindu.

Bharat Muni | músico indiano da Antiguidade e autor do mais célebre tratado de arte dramática, música e dança indiana: o *Natya Shastra*, datado entre 200 a.C. e 200 d.C.

Bharat Natvam | ou Bharatnatyam. Uma das mais antigas e tradicionais danças do Sul da Índia, baseada nos princípios do *Natya Shastra*, célebre tratado de arte dramática, música e dança indiana, datado entre 200 a.C. e 200 d.C.

Bombaim | atual Mumbai.

Bonda | bolinho frito que pode ser feito de farinha de arroz, grão-de-bico ou lentilhas misturados a outros ingredientes, como batata ou cebola, e várias especiarias. Pode ser ingerido puro ou imerso em caldos vegetais.

Cabo Comorin | ou Kanyakumari. É a cidade mais ao sul da península Indiana, no estado do Tâmil Nadu.

Ceilão | atual Sri Lanka.

Chili | termo genérico para indicar pimenta verde ou vermelha, fresca ou em pó.

Comitê de Propaganda do Chá | tradução de Tea Propaganda Board, embora uma instituição com este nome só exista no Sri Lanka (Ceilão, na época do romance). Na realidade, na Índia existe a Tea Board of India, criada em 1953 e operando desde 1954, instituição que regula o cultivo, o processamento e a distribuição do chá, assim como cuida de sua promoção e de sua divulgação.

Darshan | ou *darshanam*, literalmente "visão". A contemplação de uma imagem sagrada ou o recebimento da bênção de uma pessoa santa.

Dasara | do sânscrito *dasha-hara*, ou "afastar da sorte ruim". É um dos festivais mais famosos da Índia. Nas línguas regionais pode ser escrito *Dashera*, *Dussera* ou *Dussehra*.

DDT | Diclorodifeniltricloroetano. Primeiro pesticida moderno, tendo sido largamente usado após a Segunda Guerra Mundial para o combate aos mosquitos vetores da malária e do tifo. Sintetizado em 1874, suas propriedades inseticidas contra vários tipos de artrópodes só foram descobertas em 1939, pelo químico suíço Paul Hermann Müller, que, por essa descoberta, recebeu o Prêmio Nobel de Medicina de 1948. Embora haja muita pesquisa em andamento, ainda não existe vacina contra a malária.

Deepavali | ou *Deepawali*, *Divali*, "fileira de luzes". Famoso festival das luzes, celebrado entre a metade de outubro e a metade de dezembro, de acordo com o calendário indiano. O festival rememora com luzes, fogos de artifício e festejos variados o retorno do heroico deus Rama à sua cidade natal, Ayodhia, acompanhado da esposa, Sita, e do irmão, Lakshamana, depois de 15 anos de exílio e da derrota do rei dos demônios, Rava, ou Ravana.

Desdêmona | personagem de *Otelo*, de Shakespeare.

Devaka | nome de pessoa do sexo masculino que em sânscrito significa divino, celestial. Na mitologia indiana (e não no contexto da narrativa) Devaka foi um grande rei, pai de Devaki, a mãe do deus Krishna.

Dhobi | lavanderia.

Dhoti | indumentária masculina feita de um único pedaço de tecido que é colocado ao redor dos quadris, por vezes passado por entre as pernas.

Flamboyanzinho | *gold mohur*, Flor-do-paraíso, Flor-de-pavão ou Flamboyant-mirim (*Caesalpinia pulcherrima*). Árvore de pequeno porte e de rápido crescimento da família das leguminosas (*Fabaceae*), nativa da América Central. Sua copa tem um formato arredondado e pode atingir de 3 a 4 metros de altura. Suas flores são vermelhas, alaranjadas ou amarelas (na variedade flava). Seu fruto é do tipo legume, ou vagem.

Ganesh | célebre deus com cabeça de elefante, filho de Shiva e Parvati. É considerado muito sábio e por isso é o protetor de qualquer empreendimento artístico, literário ou comercial, mesmo quando fraudulento.

Ganges | ou *Ganga*. O rio mais sagrado da Índia segundo os hindus; nasce na cordilheira do Himalaia e desemboca na baía de Bengala.

Ghee | manteiga clarificada.

Green chili | ou *hari mirch*; nome científico: *Capsicum annum L, Capsicum frutescens L.* Pimenta verde muito usada como tempero na Índia, originária da América tropical.

Gurkha | etnia nepalesa e do Norte da Índia.

Idli | bolinho de consistência esponjosa preparado com farinha de arroz e lentilha cozida ao vapor. Típico do Sul da Índia, é servido sobretudo no café da manhã.

Jamuna | ou *Yamuna*. Um dos maiores afluentes do rio Ganges. Yamuna é também o nome da irmã de Yama, deus da morte, e filha de Surya, deus do Sol.

Jibba | ou *jubba, kurta*. Túnica de mangas curtas ou compridas, usada no lugar da camisa pelos homens e da blusa pelas mulheres, com comprimentos variáveis: pouco abaixo da cintura, na altura dos quadris ou dos joelhos.

Jutka | charrete puxada por cavalo, tradicional do Sul da Índia, que se usa para transportar mercadorias, pessoas ou a imagem de uma divindade.

Kailas | ou *Kailash*. Pico da serra do Kailas, no Tibete. É considerado sagrado por quatro religiões: *bön* (religião tibetana), budismo, hinduísmo e jainismo. Segundo a tradição hindu, Shiva mora no seu cume, em perpétua meditação junto à sua esposa Parvati.

Kalipet | ou *Kalapet* ou *Kalapettai*. Cidade no território de Pondicherry (ou Puducherry), situado no Sudoeste da península Indiana. Anexado em 1703, permaneceu sob domínio francês até 1954-56. Os franceses administraram o território por quase 300 anos e até hoje a região é tida como um monumento vivo da cultura francesa na Índia, um enclave no estado do Tâmil Nadu.

Karma | "ação" realizada pelo ser humano; em particular, um ato sagrado, um rito, um sacrifício. A palavra indica também

GLOSSÁRIO

os efeitos das ações praticadas e a lei férrea do *dharma*, do dever, à qual até os deuses estão sujeitos.

Krishna | uma das dez encarnações (*avatara*) de Vishnu, cujas empresas heroicas são narradas no Mahabharata.

Lantana | gênero de planta da família das verbenáceas, é um arbusto sempre-verde e vários tipos são cultivados como plantas ornamentais.

Lord Krishna | Senhor Krishna (ver Krishna).

Lucknow | cidade do estado de Uttar Pradesh, no Norte da Índia.

Madras | atual Chennai.

Madura | ou *Madurai*. Cidade sagrada do Sul da Índia, no estado de Tâmil Nadu.

Mahabharata | um dos poemas épicos mais extensos da história da humanidade, de caráter espiritual. Contém o *Bhagavad-Gita* (*Mahabharata* VI, 25-42), o mais célebre poema religioso da Índia.

Mahatma (Mahatma Gandhi) | em sânscrito, "grande alma". Atributo honorífico ao pai da Índia, Mohandas Karamchand Gandhi, o Mahatma Gandhi.

Mani | nome próprio para ambos os sexos bastante frequente no Sul da Índia que, em sânscrito, significa joia.

Meena Kumari | famosa atriz indiana (1932-1972), um dos rostos mais conhecidos de Bollywood. Venceu quatro vezes o *Filmfare Awards* como melhor atriz protagonista.

Naja ou Naga | serpente. Na mitologia védica e hindu a palavra também indica seres semidivinos que habitam nas profundezas das águas ou no mundo subterrâneo chamado Nagaloka. As cobras *naja-rei*, ou hamadríades, encontradas na Ásia, são as maiores e mais venenosas do mundo, chegando a cinco metros e meio de comprimento.

Nalini | nome próprio feminino que, em sânscrito, significa lótus.

Namasté | *namah*: obediência, saudação reverencial; *te*, a você. Termo sânscrito que indica a saudação com as mãos unidas. É também um *mudra*, gesto simbólico, da disciplina *yoga*.

Nari | nome próprio feminino que, em sânscrito, significa mulher. Na mitologia hindu, Nari é a filha da montanha chamada Meru, uma montanha de ouro situada no centro do Universo que é o eixo do mundo.

Nataraja | um dos aspectos do deus Shiva: o dançador cósmico. A dança simboliza as cinco faculdades de Shiva: criador, preservador, destruidor, removedor de ilusões e dispensador de graças.

Natya Shastra | ver *Bharat Natvam* e *Bharat Muni*.

Ootacamund | ou *Ooty*. Cidade no estado de Karnataka; localidade de veraneio, por seu clima ameno de montanha.

Otelo | referência a Shakespeare.

Pallavi | broto, ramo novo ou galho, em sânscrito; na música clássica do Sul da Índia, *Carnatic music*, *pallavi* é a linha temática de uma canção. O termo é também utilizado como nome próprio feminino.

Pan | ou *paan*. Folha de *betel* (*piperbetle*) dobrada quase sempre em forma triangular e fechada com um cravo. Contém noz-de-areca e outras especiarias; às vezes, o recheio pode ser de tabaco. Mastiga-se *pan* sobretudo com fins digestivos, sem ingeri-lo. É oferecido aos convidados após uma refeição em sinal de hospitalidade.

Parvati | principal esposa de Shiva.

GLOSSÁRIO

Peak House | Casa do Monte.

Peepul | figueira sagrada da Índia, conhecida no Brasil como figueira-religiosa (*Ficus religiosa*). Árvore sob a qual o Buda recebeu a iluminação; por isso é também chamada *Bodhi-tree*, árvore da *bodhi*, da iluminação, do despertar.

Plymouth | marca americana de carro produzido pela Chrysler Corporation e em seguida pela DaimlerChrysler. Sua produção cessou em 2001.

Pundit | ou *pandit*; do sânscrito *pandita*, homem culto. O termo refere-se à pessoa que conhece a cultura tradicional e a língua sânscritas. Pode ser empregado também como título honorífico para um sacerdote.

Pyol (pyol school) | ou *Poyal*. No Sul da Índia, é assim chamado um espaço um pouco elevado no centro do vilarejo onde as pessoas se reúnem. Pode significar também a varanda de uma habitação. *Pyol school* é uma escola que funciona num espaço do gênero.

Raju | variante do termo Raj ou Raja, que, em muitos idiomas indianos, significa rei, príncipe.

Ramayana | literalmente "O itinerário de Rama", "A viagem de Rama". Poema épico que conta os acontecimentos terrenos de Rama, sétimo *avatara* (encarnação) de Vishnu e modelo perfeito de soberano, e da sua esposa, Sita, raptada pelo rei dos demônios, Ravana.

Robert Clive | (1725-1774) oficial britânico também conhecido como Clive da Índia; responsável, juntamente com Warren Hastings, por abrir caminho para o domínio inglês sobre a Índia, domínio esse que durou quase 200 anos.

Sabha | literalmente "sala de reunião", "assembleia". Significa tanto o lugar onde são convocadas as assembleias públicas quanto a assembleia propriamente dita. Em híndi significa sociedade, associação.

Sadhu | significa "bom" e é a alcunha dada a qualquer asceta que vive como mendicante, depois de ter renunciado aos vínculos terrenos.

Saithan | diabo, demônio.

Sanctum santorum | "parte santa dentre as santas", "a mais santa". No hebraísmo corresponde à área mais interna do templo de Jerusalém, à qual somente o sumo sacerdote tinha acesso e na qual, originariamente, eram conservadas a arca da Aliança e as tábuas da Lei. Num sentido geral, é o coração de um templo, de uma igreja, onde é conservada uma imagem sagrada ou uma relíquia.

Saraswathi | divindade fluvial do mundo védico. Chamada também de Bharati e Sarada, é a consorte de Brahma e a personificação da poesia, da música e da eloquência.

Sari | tradicional indumentária feminina do subcontinente indiano. Consiste em um tecido de mais ou menos um metro de largura, cujo comprimento pode variar entre quatro e nove metros, que enfaixa o corpo de diversas maneiras, de acordo com o costume regional e as circunstâncias.

Savitri | "relacionada ao Sol", nome próprio feminino de origem sânscrita. Na mitologia hindu, Savitri aparece como filha de Surya, deus do Sol, como filha do Rei Aswapati e, às vezes, até como esposa de deuses como Brahma ou Shiva.

Seetha | ou Sita. esposa de Rama, considerada o ideal da esposa submissa indiana.

Shastra | cânone, regra, preceito. Na tradição religiosa hinduísta indica todos os textos que apesar de não serem religiosos pertencem à lei perene.

Shiva | uma das três formas do ser supremo: Shiva (destruição), Vishnu (conservação) e Brahma (criação).

Shikari | caçador.

GLOSSÁRIO

Shrine | termo genérico para indicar o lugar onde se encontra uma imagem de uma divindade no interior do templo, em local público ou privado, para adoração do fiel.

Sir Frederick Lawley | personagem fictício dos romances de R.K.Narayan, nos quais comparece como tendo sido um distinto *Commissioner* de Malgudi, onde há uma estátua com a sua imagem e um conjunto residencial com seu nome. Na Índia colonial o chefe da administração local era chamado *Commissioner* porque administrava "sob comissão" do rei ou da rainha.

SOS | sinal usado em situações de emergência na radiotelegrafia. Quando enviado em código Morse, consiste em três pontos (correspondentes à letra S), três traços (correspondentes à letra O) e novamente três pontos.

Sri | ou *Shree, Shri*. termo sânscrito que significa radiante, iluminado, usado como forma respeitosa de se dirigir a uma pessoa, um santo, ou uma divindade. Usado também como equivalente ao tratamento de "senhor" ("*Mister*", em inglês).

Sul da Índia | ou Índia do Sul. Compreende os estados de Andra Pradesh, Karnataka, Kerala e Tâmil Nadu. Este último é o estado natal do autor, onde se localiza, imaginariamente, a cidade fictícia de Malgudi. No entanto, R.K.Narayan inspirou-se em Mysore (cidade do estado do Karnataka), onde viveu boa parte da vida, para forjar Malgudi.

Swami | mestre. Título que pode ser atribuído a uma personalidade religiosa, a um místico, mas também a um mestre em alguma arte.

Swamiji | forma respeitosa da palavra *Swami*.

Tabala | ou tabla. Instrumento musical indiano de percussão.

Taj | coroa, em sânscrito. Nome de uma célebre cadeia indiana de hotéis de luxo.

The Hindu | um dos principais jornais indianos em inglês, distribuído em todo o país; tem seu maior número de leitores no Sul da Índia, em particular no estado de Tâmil Nadu.

Tiffin | termo usado no Sul da Índia, mais especificamente por brâmanes tâmeis, para indicar uma refeição leve a qualquer hora do dia; geralmente substitui o almoço.

Trichy | abreviação de Tiruchirappally, cidade histórica do estado de Tâmil Nadu, no Sul da Índia.

Vadhyar | sacerdote, guru, professor, em sânscrito.

Velan | nome próprio masculino que, em sânscrito, significa "filho de Shiva", "deus da guerra".

Vinayak | "a melhor das guias"; um dos nomes de Ganesh.

Vishnu | ver Shiva.

Yogui | ou *yogi*, *yogin*. Designa pessoa do sexo masculino que pratica *Yoga* ou ainda os poderes especiais que essa pessoa venha a adquirir. Uma praticante do sexo feminino é chamada *yoguini* ou *yogini*.

Conheça também de R.K.Narayan,

O PINTOR DE LETREIROS

"Que ótima surpresa esse romance de R. K. Narayan. No pacote, encontramos um belo projeto gráfico e uma nova editora; no conteúdo, a escrita cristalina de um dos maiores romancistas indianos do século 20 (em excelente tradução de Léa Nachbin)".
RONALDO BRESSANE, *FOLHA DE SÃO PAULO*

UM TIGRE PARA MALGUDI

"Em *Um Tigre para Malgudi*, o autor [R.K.Narayan] volta a ambientar a história na fictícia Malgudi. Para quem já leu *O Pintor de Letreiros*, é possível reconhecer alguns locais e fazer um novo passeio pela cidade, agora não na garupa de Raman, o pintor, mas ao lado de Raja, o tigre, e seu mestre."
RICARDO MARQUES DE MEDEIROS, *GAZETA DO POVO*.

GUARDA·CHUVA

Esta obra foi composta em Minion Pro e
impressa pela Imos Gráfica em offset sobre
papel Pólen Soft 70g/m² em fevereiro de 2013.